MOUNTAINS AND OCEANS
UNITE IN FLOW

山海流

尹学龙——著

作家出版社

尹学龙，1954年出生于山东平度（今属青岛），现居住北京。复旦大学文学学士，中国人民大学社会学博士。曾任海军政治部办公室研究员、宣传部副部长、某师单位政委、首都精神文明建设委员会办公室巡视员等职。文学作品发表于《北京文学》《上海文学》《散文》《散文选刊》《北方文学》《北京晚报》及《地名古今》《头号地标》等网络媒体。

飞机上俯瞰兴都库什山

作者 2019 年 6 月在火地岛

作者 2019 年 6 月在复活节岛拉努克火山口

好望角

达尔文去过的比格尔海峡

哈瓦那柯希马渔村码头，海明威与《老人与海》老渔夫原型出海的地方

墨西哥博物馆中的阿兹特克太阳石

作者 2016 年 4 月在大溪地

作者 2016 年 3 月在新西兰南岛海岸

莫雷诺冰川

伊瓜苏瀑布

作者 2017 年 9 月在贡嘎山海螺沟冰川

四姑娘山

梅里雪山

贵州织金洞"霸王盔"

塞舌尔风情

坎昆风光

作者 2017 年 8 月在帕劳浮潜

作者 2018 年 9 月在阿曼海跟船长学习操舵

目录

第一辑

追踪海明威	002
太阳石魔幻	011
黄金泪	018
坎昆潜水	029
比格尔海峡	037
莫雷诺冰川	042
伊瓜苏瀑布	047
库克与太平洋	051
库克与太平洋（续）	060
塞班岛喋血	069
提尼安岛	076
好望角风浪	083
南非动物	091
海椰子与象龟传奇	098
西沙之行	106
虚云与祝圣寺	114

霞客与佛徒　　　　　　　119

天柱峰佛事　　　　　　　124

飞越欧亚大陆腹地　　　　129

第二辑

山海同流　　　　　　　　138

万里长江山水情　　　　　150

刀山火海　　　　　　　　158

雨崩神瀑　　　　　　　　164

贡嘎山的王者风范　　　　173

四姑娘山　　　　　　　　180

醉在普达措　　　　　　　188

绥阳双河洞，遥遥无尽头　194

格凸河穿洞　　　　　　　201

小寨天坑　　　　　　　　209

大石围天坑群　　　　　　215

织金洞的滴水生石奇观　　223

银子岩玉笋乳柱　　　　　230

雨桂林　　　　　　　　　236

跌入掌布的山水魔镜　　　241

塔波乔峰观海　　　　　　247

帕劳群岛　　　　　　　　253

塞舌尔风情　　　　　　　258

波拉波拉岛　　　　　　　266

巴厘岛火山　　　　　　　272

跋　　　　　　　　　　　277

追踪海明威

上大学时就被海明威的《老人与海》吸引：极简风格，迷人的海和硬汉形象，可以让任何人从任何角度读出意义。我收藏了余光中、张爱玲、李育超的中文译本，并有一种冲动，何时能看一看海明威写《老人与海》的地方？

一

查海明威传记资料，他早在1936年就得到了《老人与海》故事的原型，这一段时间，他住在美国迈阿密东南260公里外的西礁岛（Key West）。

我从迈阿密乘车去西礁，走的是连接32个岛屿、建有42座大桥的美国1号公路。海明威曾多次走过这条路线，不过他乘的是火车，后来铁路被飓风毁坏，才改建公路。此路如穿行海上，左边是大西洋，右边是墨西哥湾，两边海水似乎随时会漫上来。路过七英里跨海大桥时，看到北面被飓风摧毁的铁路断桥，沧桑感油然而生。

到达这个美国最南端的海岛小镇，已是离古巴比迈阿密还近了。小镇椰树掩映，彩屋就像积木拼装的儿童玩具。老邮局是红色，杜鲁门度假行宫是白的，位于白头街907号的海明威故居有意漆成绿白相间。它是一栋西班牙殖民时期的两层别墅，每层都有遮阳的铁制凉台；房间宽敞，有拱券形门窗和枝型吊灯。院子建有小镇最早的游泳池。海明威当年养的波斯猫与众不同——六趾，它们的子孙仍在椰子树下乱窜。这是海明威第二任妻子保琳的叔叔于1931年为他们购买的别墅。海明威出生于芝加哥郊区的清教徒家庭，在意大利参加"一战"后，携第一任妻子哈德莉到巴黎打拼，住在廉价公寓，常忍饥挨饿。后来因发表《太阳照常升起》《永别了，武器》一举成名，离婚后与富家女保琳再婚，经济条件改善，得以在大萧条时期到这个度假胜地安家。这是海明威的人生转折点，他从此有条件经常出海垂钓。

故居里挂着他的多幅生活照。20多岁时很瘦，脸上干净，帅气。中年以后身材魁梧，像熊；头很大，配上激情似火的眼睛和浓密的络腮胡子，像狮子。他是一个地道的运动健将，爬山、游泳、拳击、滑雪、狩猎、垂钓，无所不好。有一幅照片最流行：他穿着T恤、短裤，光着脚板，蹲在船甲板上，两手举着背鳍朝下的大马林鱼，脸上充满得意之情。1934年，海明威定制购买了一艘游艇，从此频繁出海钓鱼。他和当地的渔夫交朋友，向他们学潮汐、信风知识和钓鱼技术。他常常带着书随船漂泊，捕鱼累了就看书，看书累了就在船上睡，醒了以后再捕鱼……

这是西半球的一片珊瑚海。由于墨西哥暖流的影响，它比东半球同纬度的海域水温高得多。海明威驾船出海，追逐着信风、湾流和艳丽的热带鱼，不知不觉到达巴哈马群岛的比米尼岛。他被这里原始的海岛风光迷住，干脆住下来，连续出海捕鱼，流连忘返。我乘美国诺唯真大型游轮去了比米尼岛附近的拿骚、天堂岛，那里至今人烟稀少，海水清绿，浅滩上到处可见肥大海参，码头港湾浅水区可见大鳐鱼游走。但那里的大西洋飓风令人恐怖。海明威在一篇通讯中说过，他驾驶游艇在这一带多次遇到风暴。有一次，海浪如山，船猛烈摇摆，致使他摔倒受伤，流血不止，不得不返回。我乘游轮进入大西洋时，天上云形诡异，海面平静得可怕。果然，刚返回迈阿密，海上便刮起了飓风。

海明威喜欢危险的动荡生活，只把家当成暂时休息场所。来西礁后，他还常去古巴钓鱼，去美国西部山区游猎，到西班牙看斗牛。有人统计，十年之间，他去西班牙17次，亲眼见到1500多头牛被杀死。1933年至1934年，他追随老罗斯福踪迹去非洲丛林，猎杀了狮子、野牛、猎豹等大猛兽。他在"一战"受重伤，体内取出200多块弹片；1937年西班牙内战爆发，他又奔赴战场，参加保卫共和国的战斗。他胆子大，不怕死。与朋友比试射击，以他人叼在嘴上的烟头为靶子，弹无虚发。战场上，别人都躲着炮弹，他却开车专往炮弹爆炸的地方去。

按说住在西礁岛这样的环境应当满足了，但海明威不知足。从1939年开始，他又搬到古巴居住了。

二

我从墨西哥坎昆飞古巴哈瓦那。从高空俯瞰加勒比海，碧绿，静谧，闪亮。

不知为何，一走进哈瓦那老城，却感受到海明威的西班牙情结。他喜欢西班牙，掌握了西班牙语，交了包括斗牛士的许多西班牙朋友。而眼前的哈瓦那是一座典型的西班牙殖民时期古城，所有人都讲西班牙语；教堂、古堡、酒吧、旅馆、剧院，都保存了原有的风貌。哈瓦那作为加勒比海最大的天然良港和海上贸易之都，历来是冒险家、商人、海盗、奴隶贩子、罪犯的聚集地，欧亚非各种肤色人群混居，繁华与混乱并存，这正合海明威的胃口。佛朗哥掌权后，和他并肩战斗过的西班牙共和军人，或被杀，或逃到古巴；他也成了在西班牙不受欢迎的人。到古巴，正好寄托对西班牙的情思。

海明威早在1928年就到过古巴。他的故居有两处，一处是哈瓦那老城中的双世界酒店，他于1938年以前常来古巴时在此住宿；另一处是城东18公里外的瞭望山庄，他于1939年至1959年定居古巴的地址。

双世界酒店就在老城的中心，保持原貌并继续营业。酒店大堂及楼梯口悬挂着海明威的巨幅照片。用兑换的5元外汇券买一张票，可到他住过的511房间参观。电梯是古老的升降机，木条造的闸门，由一位男士手工操控。解说员是西班牙裔女士，英语流利。511房间并不大，保留了海明威用过的床、简单家具及打字机。窗外视野极好，古城全景一览无余。

海明威在1933年写的一篇《古巴的来信》提到这个酒店："在哈瓦那有一个旅馆名叫双世界，从旅馆向外望去，总能看到美丽的景色。从东北角的房间向北面看过去时，能看见一座悠久的教堂，你有时还能在海港的入口处听到脾气阴晴不定的大海的吼叫声。"

他在西礁时结识了古巴走私贩乔·拉塞尔，便时常与其往来于哈瓦那和迈阿密之间，与偷渡者、人口贩子、酒类走私者等各种海上过往人物接触，成就了《有钱人和没钱人》一书。每到哈瓦那，从卡萨布兰卡码头下了船，到双世界酒店安顿好，就去附近酒吧喝酒。他天天喝酒，酒量极大，借酒刺激情绪，以酒交友。顺着他曾经的路线，出酒店前行数十米，便是带广场的天主教堂。向左拐进一条窄巷，可见他经常光顾的 La Bodeguita Del Medio（街中供销社）酒吧。里面挤满了欧美游客，正在排队买莫基脱鸡尾酒。调酒师于柜台前现场调酒，杯子里先放薄荷叶，用杵子砸碎，再倒朗姆酒和苏打水、糖，加冰。传说这就是当年海明威教的。人们说海明威每从这里喝完酒以后，上来灵感，便回酒店写作。

海明威在世时，大批美国人涌入古巴投资经商，唯有他选择在古巴长期定居。有人问其原因，他回答：喜欢这里自由自在、不拘礼节的氛围和自然环境，但"最重要的原因就是这里有条又大又深的蓝色大河，它有0.75英里到1英里深，60到80英里宽……这也是我所知道的最好的渔场"①。这条蓝色大河便是世界上最强大的暖流——墨西哥暖流。原来他最惦记的是大洋中的这条湾流。他发现，西礁、比米尼和古巴，都是湾流中的岛屿。因湾流携带丰富的营养物质，吸引了大量鱼类。而古巴靠湾流最近，鱼类最多，尤其是有罕见的大马林（malin）鱼即蓝枪鱼。

那时古巴海湾的大马林鱼数量惊人，据他于1933年、1934年两篇通讯透露，他在古巴海域每年出海100多天，每天12个小时。两年共捕获并仔细观察了91条马林鱼。1933年，他捕获的最大一条重468磅。他运用从小跟随医生父亲学到的博物学知识，对信风、湾流及马林鱼的特性作了大量观察，但认为这还不够，"最起码还得捕上几百条的马林鱼……并且需要边观察边对每条鱼的每个细节做详细记录"。

我有时喜欢把《大双心河》与《老人与海》对照着读。海明威将前者列为《在我们的时代里》的最佳短篇小说，将后者列为他一生写的最好作品。两者都将钓鱼写得出神入化，从中可见海明威对这项活动的终生迷恋。耐人寻味的是，他在生活中喜欢和亲人朋友一起钓鱼，但在作品中却钟情于一个人独钓。《大双心河》钓鳟鱼的尼克在战场中饱受创伤，通过皈依自然逐渐找回了曾经的活力，写《老人与海》、钓大马林鱼的海明威又何尝不是如此？亲历了两次世界大战、伤痕累累的他，与快如闪电、半吨多重的大鱼缠斗时，必是其乐无穷并得到最快康复。

三

来到哈瓦那东郊15公里外的柯希马渔村，感觉好亲切。《老人与

---

① 见《海明威新闻集·蓝色大河》。

海》的起始背景就是这个渔村。村子不大，但很整洁，火红的凤凰木在街头盛开。《老人与海》多次提到的露台饭店就在村口，正在装修。当年海明威常把打来的鱼送到酒店加工，和渔夫们一起在这里聊天。传说《老人与海》中小男孩马诺林的原型是露台饭店老板的孩子。饭店外边100米左右便是渔船码头，它已残缺不全，但保留了原有结构。这里便是海明威，也是柯希马渔村老渔夫们经常出海的码头。它的左前方岬角，屹立着一座西班牙军事古堡。1762年，英国舰队就是从这里登陆并攻占了哈瓦那。此刻海湾水平如镜，映照出满天白云。黑压压的海基岸，满布蜂窝状的火山岩。岸边亭子里，立有海明威石雕像，这是村民们自发捐款为他建造的。

村里很静，我想寻找一两位渔民聊聊，但街上没有人，大概渔民都出海了。时光如梭，就连那位比海明威多活了半个世纪的老船长格雷戈里奥·富恩特斯也于2002年去世了。他是柯希马渔村捕马林鱼的能手，也是海明威的好友和雇用的大副，"皮拉尔号"游艇由他在此保管。海明威的侄女希拉里·海明威曾于2001年到这里探望了已经103岁的富恩特斯。他被认为是《老人与海》中桑提亚哥的原型。桑提亚哥的原型不止一个，在富恩特斯之前，海明威还雇用过另一位老船长卡洛斯·古铁雷斯。他从12岁就出海，教给海明威许多捕大马林鱼的技巧，并于1936年告知了海明威《老人与海》的最初故事。海明威一生交友广泛，却很挑剔。唯有对老渔夫、老猎人始终"比敬重父亲还要敬重"。在非洲狩猎的日子里，他也像孩子一样，向白人猎手帕奇瓦尔虚心讨教捕猎技巧，恰似《老人与海》中男孩与老渔夫的关系。在他看来，老渔夫、老猎人都是保持了童心的硬汉。"拥有一颗童心并不丢脸，相反，值得尊敬。"有了童心，便有热血，"热血才决定着斗士的斗志"。[①] 这是对桑提亚哥和帕奇瓦尔，也包括他自己的解读。

[①]《乞里马扎罗山下》第2章。

太阳升起来了，柯希马渔村码头周边，天光水色迷离。恍惚中海明威驾着游艇在前面迅即闪过，一股浓郁的鱼腥味扑鼻而来，引领我沉浸在《老人与海》的世界里：海面上散布着红色的浮游生物和果囊马尾藻；鲯鳅在飞掠的鱼群下破水而行，只等飞鱼一落下便扎进海里捕获。军舰鸟斜着翅膀俯冲下来。僧帽水母紧靠船舷漂浮不定，大海龟从正面直逼上去，把水母连同触须统统吃掉。深海中，长着剑吻和长柄大尾巴的马林鱼正在寻觅猎物……海明威终于认识到，大海能如此富有繁殖力，是因为像墨西哥暖流这样的湾流在运动着，在人类发现它、认识到它之前就这样流动着。这条湾流生生不息，养育着大西洋完整的生物链，并惠及北美东岸乃至北欧。而海明威就是独自在那条湾流中垂钓的渔夫。

四

最后到达哈瓦那东郊的瞭望山庄，发现自己置身于一个天然的植物园。一座黄色平层别墅安落在凸起的小山丘上，房前屋后有巨大的榕树、木棉、棕榈和翠竹，但不影响视野。这是海明威第三任妻子玛莎于1939年选中的寓所。五年后房子的女主人换成海明威第四任妻子玛丽，他们在这里一直住到1959年。

当地人称瞭望山庄为"House"，海明威称它为"农舍"。共有五室一厅，盖得方方正正。客厅面积很大，几乎占了整个房子的五分之二。其他分别为书房兼卧室、储藏室、书房、卧室、餐厅。室内明亮，每个窗户向外看都是田园风景画。除了铺地的彩色瓷砖，装修并不豪华，床上用品、家具和餐具简单实用。令人惊讶的是，里面的动物标本之多，像小型自然博物馆。会客厅、书房和走廊的墙上挂着许多羚羊、野牛、鹿等野生动物标本，书桌和书橱上放着狮子和猎豹头部的标本，这是海明威将运回纽约的非洲猎物又委托专业机构制作的，工艺考究，个个鲜活生动。室内藏书之丰富，又像图书馆。我好奇地数了一下，不仅客厅、书房兼卧室各有书橱10个，而且餐厅也有6个，卧室还有3个，共有29个书橱，给人的感觉是主人每时每刻都离不开书。据介绍这里藏书有9000多册。海明威有一个习惯，无论去哪里，随身携带书。他空闲时每天读3本书。

在院子里的露天游泳池旁边，我看到了那条船身漆成褐色、甲板漆成绿色的"Pilar号"游艇。除了浮桥和舷外支杆拆去，它坚固的船体、有挡风玻璃的驾驶舱、储藏室、简易卧铺都保存完好。它有12米长、16吨重，能装300加仑汽油、50加仑水。船上配有两台发动机，最快时速达16海里，可容纳6至8人，它陪伴海明威26年。

与过去一样，海明威住得越舒适，生活节奏越亢奋紧张。他继续出海捕获大马林鱼并与抢夺钓鱼成果的鲨鱼作战，曾在两周内以机枪射杀27条身长3米以上的鲨鱼。他常去美国西部打猎，去墨西哥看斗牛。在古巴与朋友比试拳击、射击，常以天上飞鸟练枪法。"二战"爆发，他突发奇想，成立了针对法西斯的私人间谍组织，在"Pilar号"游艇安装了电台、枪炮和炸药，追踪加勒比海的德国潜艇。此后又以战地记者身份参加了英军空战、诺曼底登陆、解放巴黎等多次战役，并到过中国战场。

海明威的时代，正值美国利用两次世界大战迅速崛起。他应运而生，成为美国大众文化的宠儿。他的短篇小说和长篇小说皆是经久不衰的畅销书，并被拍成好莱坞电影和电视剧。1952年，在瞭望山庄，他只用了8个星期，便写完26531个字的《老人与海》。当年9月，刊登此稿的《生活杂志》以提前寄给大众读者征求意见的推介方式，创纪录地销售500多万册。两年后，作者获诺贝尔文学奖。海明威的名望达到峰值，他的传奇人生、硬汉形象和独创的新闻体，吸引眼球且适合大众口味。他被采访者和崇拜者包围，无论走到哪里，都有人请他签字。他的优点缺点、风流韵事，都成了大众消费品。

瞭望山庄最终在古巴上演了一部美国版《红楼梦》。那些年，他凭借自己的才华和作品，财源滚滚，过上富人生活。山庄里既热闹又清闲：雇有园丁、保姆、中国厨师等9个佣人，经常宾朋满座，欢声笑语。联合国秘书长、苏联外长、美国大使、将军、出版商、富豪、体育明星乃至渔夫、猎人等络绎不绝地来访。他的最后一任妻子玛丽温柔体贴，照顾他无微不至。三个孩子也长大了并常来看他。他喜欢动物，山庄养了52只猫、16条狗，"鹌鹑清早来泳池饮水；多种蜥蜴在茅草棚生活觅食……"① 然而，《老人与海》发表不久，他再次去非洲狩猎两次飞机失事，脊椎骨跌断，内脏破裂。他带着伤病重访西班牙，坚持写出《危险的夏天》《流动的盛宴》等最后一批著作后，身体出现断崖式崩溃。1960年，美苏冷战加剧，美古关系决裂，海明威心碎地离开居住了20多年的古巴，回到美国内华达州居住。转眼间，瞭望山庄人去楼空。

回美国后，他患了严重的精神抑郁症、糖尿病、肾病以及一系列并发症，再也不能写作，这无疑又是致命一击。他出现幻觉，行动古怪。梅耶医院的电疗没有治愈他的伤病，反而使他出现失语和记忆中断。在两次自杀被阻止后，他强颜欢笑、假装康复骗过医生，回到家中，于1961年7月2日拿出在非洲青山用过的双筒猎枪，对准自己的脑袋，扣动了扳机。当家人发现时，他倒在地上血流满地，上半个脑袋已经不见了。

海明威去世后，无论美古关系如何紧张，古巴政府始终对海明威故居精心保护。哈瓦那许多景点，至今可见卡斯特罗与海明威两个大胡子的合影。这是当年卡斯特罗应邀参加海明威举办的钓鱼比赛并获一等奖时所拍，海明威曾经为他发了奖杯。卡斯特罗自称非常喜欢海明威的作品，他从《丧钟为谁而鸣》一书中学习怎样打游击。

---

① 见《海明威新闻集·蓝色大河》。

太阳石魔幻

夜深，心静，伏案，读帕斯长诗《太阳石》。

开始感觉玄奥：纷繁奇幻的意象，跌宕起伏的激情、想象与哲思。随后便感到文字背后还有看不见的东西，旋转的时空隐含神秘的内聚力。继而，世界的轮廓逐渐清晰，乱麻一团的文本变成一个鲜活的生命体……诗人将印第安古老神话与西方现代文明融为一体，其中不乏东方智慧的玄思和直觉。

帕斯自称这是时间之诗。他受阿兹特克太阳历石影响，认为有两种不同的时间，一种是线性的，即充满暴力的人类历史；另一种是非线性的，恰似宗教的神圣节日，已被人类丢失。古代墨西哥人的金星历让帕斯着迷：金星既是启明星，又是长庚星，具有死亡和复活双重品格；它每隔584天在同一位置与太阳重合。帕斯为探寻像金星那样切入宇宙时空的永恒瞬间，在《太阳石》采用584行、首尾6行重复的环形结构。

乘上飞机，越浩瀚太平洋，到帕斯的家乡——海拔2200多米的墨西哥城。再沿改革大道，到城中心查普尔特佩克公园里的国立人类学博物馆，看帕斯笔下的太阳石。

建筑大师巴斯克斯设计的这座博物馆风格别致：直奔雨神主题的巨型蘑菇雕塑耸立门后，阳光与水流从顶上一起滑落下来，漫溢至地面；放大的四合院结构，周围的12个宽敞展厅，恰似印第安人以广场为中心的聚落建筑群。馆内60万件藏品集美洲印第安文化瑰宝之大成，以石雕、石像、石碑、石器、壁画等石头文物最为丰富。镇馆之宝——著名的太阳石赫然安放在阿兹特克展厅。

在前哥伦布时期，这块直径3.6米、重25吨的太阳石是阿兹特克帝国首都宗教祭祀中心——太阳神庙的圣物。1521年，西班牙征服墨西哥以后，它被埋到宪法广场的地下。1790年，它又被人在原址挖了出来，其坚硬的材质及雕刻图纹完好无损，由此引发了研究印第安文明的热潮。

圆盘形石雕的中心，是第五代太阳神的头像。大鼻子，方形嘴唇，椭圆形眼睛，伸出的舌头很长，两边的手还抓着人的心脏，这是一个正在享用人血并发光的太阳。头像周围的虎、水、风、火四个图腾，展示了以往四个太阳时代的毁灭景象。再向外，是一圈表示每月20天的浮雕：鳄鱼、蜥蜴、蛇、死神、鹿、狗、鹰……最外围是两条羽蛇构成的环形图案，边缘刻有星星和燧石图形。这块神圣的纪年石雕，浓缩了阿兹特克历法的全部信息，表达了对整个地球面临危机的忧虑：那持续燃烧的太阳快要熄灭了，唯有用人的生命和鲜血祭献太阳，才能使其不断发光，拯救人类。

我站在太阳石面前发呆，时间放慢了脚步，阿兹特克太阳神庙盛大的人祭场面浮现眼前：在无数围观者的注目礼下，被挑选的牺牲者身着艳丽衣袍，戴着鲜花，走向金字塔顶端太阳神庙前。有人献上名叫萝阿齐的迷幻药，牺牲者饮后，平躺在祭台上，四位祭司按住手脚，大祭司用锋利的黑曜石刀切开胸膛，迅速掏出血淋淋跳动的心脏，高举向天空。鲜血，也称圣水，从尸体中汩汩流出，尸体接着被踢下陡峭的石阶，有人割下头颅，穿在木桩上，尸体其他部分则被分割，作为贵族享用的人肉餐。

帕斯多次提到阿兹特克人对死亡的看法。他们相信太阳神的启示，认为死亡不是生命的终结，而是通向另一个世界的过渡，那是一个幸福时刻。每年的11月2日为墨西哥亡灵节，这一天，人们打扮成骷髅，或用骷髅头装饰房屋，设祭坛欢迎亡灵回家，生者与死者欢聚、交谈，以表示亡灵依然活着。此时此刻，他们集体进入神圣时间，超越了现实。"灵魂像色彩、声音、情感那样爆发"，最古老最神秘的事物降临，"时间不再是连续性的，它又变为原初的东西"[①]。

有人类学者发现，从北美哈得孙湾一直到南美火地岛，各地印第安人的生理特征和血型分布惊人地一致，说明他们同族、同源。但因地理环境不同，他们的语言和文明程度又千差万别。活跃在中美洲的阿兹特克人是具有高度文明、特别英勇善战的一族。据说他们一直在不停地征战，但不是以杀人为目的，而是以多抓获俘虏向太阳使者——战神威齐洛波奇特利献祭为目标。这种人祭与选出本族牺牲者祭神不同，它兼有恐吓敌人的功能。阿兹特克人通过战争与人祭，不断强化了尚武精神，使自己国家扩张为中美洲最强大的帝国。阿兹特克武士形象及战斗场面，在此地发掘的古代石雕中也有表现。

在博物馆的阿兹特克厅，有一张放大的特诺奇提特兰古城地图：碧绿青山环抱一片清澈湖水，远方有两座火山被冰雪覆盖。湖中央是一座建有繁华都市的人工岛。城内街道与运河交错，宏伟宫殿、白色楼宇倒映湖中，安放太阳石的神庙就在中央金字塔之上，这便是曾经的阿兹特克帝国首都，当今墨西哥城的旧址。奇特的是，这座城市在战时具有非同寻常的防御功能：它的水系可以使武士们的独木舟船队自由往来，机动作战；它的房屋及院墙是陆地藏身和居高临下作战的防御阵地；水城与周边大陆仅有三条人工长堤，均设有可拆卸的浮桥，一旦撤去，攻城者进退两难。

[①] 帕斯《孤独的迷宫》。

1521年，就是在这里，西班牙骑士科尔特斯率兵诱捕了阿兹特克帝国的蒙提祖马国王，其部下阿尔瓦拉多无故屠杀了600多名阿兹特克贵族。由此激起阿兹特克人的强烈仇恨和拼死反抗，这座水城刹那间变成了藏有无数机关的碉堡、水寨，双方对决，演变为罕见的水陆两栖作战。

科尔特斯是一个智勇双全、经验丰富的军事将领。当时，他身边有甘愿随军充当翻译和情妇的印第安酋长女儿玛琳切；经他挑唆和笼络，印第安特拉斯卡拉族等部落派出8000名武士相助；还聚集了1300多名西班牙士兵，内有96名骑兵，80名火枪手，都是经过远洋航行、骁勇善战的亡命之徒。但尚武好战的阿兹特克人无所畏惧，20万特诺奇提特兰城居民全部拿起武器，以必死的信念轮番作战。当科尔特斯想利用蒙提祖马国王动员他们放弃战斗时，武士们却拥戴新的国王吉特拉华，咒骂并用石块打死了蒙提祖马。战斗越来越激烈，西班牙骑兵在水城和堤道中无法施展，一批批阿兹特克武士乘独木舟从水上蜂拥杀来；所有屋顶成了他们居高临下的据点，随时掷下密集的投枪、石块。西班牙士兵不时被活捉，阿兹特克武士边战斗，边将西班牙俘虏绑到神庙杀了祭神。科尔特斯不得不率军夜间突围，结果"墨西哥武士队伍攻杀上来……湖上到处是独木船"。"我们用刀剑朝他们猛劈猛砍；他们打得好凶猛，用长矛、镶燧石的木斧和双手抡的砍刀给我们造成惨重伤亡。"[①] 经过五天激战，西班牙士兵被杀死和捉去祭神的共有860多人，只剩下440人带伤侥幸逃脱。同盟军也彻底溃败。

这一仗，充分证明阿兹特克人的战斗实力。然而一年后，科尔特斯带领600多名西班牙士兵和数万名印第安同盟军卷土重来，却又攻克了特诺奇提特兰城。这究竟是什么原因？人们开始以为，是由于当

---

① 迪亚斯《征服新西班牙信史》第115章。

地特拉斯卡拉部落帮助西班牙人养伤、筹粮、造船和刺探情报，并派出8000人将西班牙13条帆船翻山越岭运到战场，在关键时刻给予了支持。后来才发现，还有更重要的原因：西班牙人携带的天花在阿兹特克帝国到处蔓延，这是比火炮火绳枪更凶恶的武器。印第安人因为大西洋阻隔，从未与欧洲人接触，对其带来的疾病天生缺乏免疫力。许多人一染天花，高烧呕吐不止，浑身都是脓疮，很快致死。接着全家人乃至全村人感染病倒。新国王吉特拉华因感染天花病逝，酋长们、武士们也纷纷倒下。西班牙人就是在这个时候，向阿兹特克人发起进攻。即使如此，阿兹特克武士们在又一位新国王夸乌特莫克指挥下，进行了殊死战斗。他们忍受着饥饿、疾病，在湖中钉木桩、挖陷阱，为西班牙帆船设置重重障碍。62名西班牙士兵被活捉祭神，科尔特斯差点被擒，惊出一身冷汗。为了尽快结束战斗，西班牙人边攻城，边烧毁房屋，边劝降，阿兹特克人不为所动，英勇抵抗了93天，无一人投降。城破之时，陆地上、湖中及碉楼内遍地尸体，鲜血染红了大地和湖水。幸存的人个个衣衫褴褛，骨瘦如柴。

  美国学者、《哥伦布大交换》作者克罗斯比针对这段历史感叹，如果14世纪黑死病和蒙古大军也是这样一起拥入欧洲，欧洲人的历史就要改写了。一个民族的命运，再没有比同时遭受战争和瘟疫更悲惨了。美丽的特诺奇提特兰古城被彻底毁灭了。"这块土地上有过的一切都已消失，一件完好的东西都没有了。"[①] 连湖水、河道也被填平，建起了西班牙风格城市。天主教徒们同时烧毁了所有印第安书籍、画册，并将印第安祭司处以火刑。英雄末路的阿兹特克人大部分战死、病死、饿死。印第安妇女除少数贵族妇女与西班牙人建立正式婚姻关系，大部分沦为侵略者的性奴，造成大量印欧混血儿即梅斯蒂索人的出生。由于印第安人口大幅下降，西班牙统治者又引进非洲黑

---

① 迪亚斯《征服新西班牙信史》第80章。

奴和中国苦工，形成新的人种混血。殖民 300 年，大量财富源源不断地从这里运往西班牙，墨西哥自身发展却受到了严重阻碍。由于欧洲列强争夺和种族的矛盾，这个国家即使独立后，也暴力不断，不得安宁。

帕斯的《太阳石》是超现实主义诗歌的杰作，而他的专著《孤独的迷宫》却是关于墨西哥历史及民族性的经典，将两部作品对照着看不无裨益。帕斯于 1914 年出生于有少量印第安血统的白人家庭，1990 年获诺贝尔文学奖。他的一生目睹了两次世界大战和墨西哥革命制度党长期执政。他去过尤卡坦半岛，看到仍然生活在贫困中的印第安人。在美国洛杉矶，又看到百万孤独的墨西哥人漂泊在异国他乡。1937 年，他去西班牙参加了反法西斯斗争。1968 年，他为抗议本国政府在三文化广场镇压学生运动愤然辞去印度大使职务。帕斯对历史的看法与众不同，他认为征服墨西哥的西班牙人，实际上是阿兹特克帝国神权政治的继承人。墨西哥独立后，军阀、教会、大地主三位一体的考迪罗独裁制度，乃至后来镇压学生、搞文字狱的革命制度党，都有阿兹特克帝国专制的影子。他的作品对线性时间采取一贯否定态度，暗含对丑恶现实的彻底批判。墨西哥是印第安众多古老文明的发源地，随着奇琴伊察、特奥蒂瓦坎等古城被发现，帕斯认识到，古老的印第安文明是取之不尽的文化源泉。阿兹特克太阳历法实际上是对玛雅人天文历法辉煌成就的继承。玛雅人对时间流逝、移动的痴迷深深影响着帕斯对时间奥秘的探索。帕斯认为，古代墨西哥人对世界末日的焦虑值得深思，他们历法中的神圣时间正是他要寻找的永恒瞬间。

1937 年初，西班牙内战正酣。佛朗哥军队利用德国飞机对马德里狂轰滥炸。在城中的安赫尔广场，一对情侣就在飞机投弹、火光冲天时勇敢地脱衣做爱。作为目击者，帕斯的心灵受到极大震撼！生命与死亡，美丽青春和残酷战争，形成强烈的反差，刺激了他的无限想象力。历史是如此诡谲，阿兹特克人的悲剧是西班牙人造成的，墨西哥人却在西班牙首都感受杀戮；摩尔人曾经征服过西班牙，后来被赶出国门，现在成为佛朗哥军队主力杀了回来，加倍报复。那对战乱中的情侣，必是抱定了视死如归的信念，他们的爱是对战争的控诉……20年后，帕斯将这一难忘的景象摄入长诗《太阳石》中。他长期追寻的永恒瞬间完美出现了，人类的狂暴历史在此瞬间消解。原来，爱情、诗歌和宗教经历一样，都是生死的飞跃。"爱是本性的创造"，"世界消失了，什么都不存在了"[①]。爱情证明，只有在与他人的结合中，才能拯救自己。《太阳石》打破时空界限，引入永恒的女性，同时注入深厚的弦外之音：那种追求无限发展和进步的线性历史观是不可取的，战争、暴政和野蛮都是进步的代价。唯有借鉴爱情和艺术的境界，抓住现时瞬间，以爱为终极交流方式，才能救赎迷失的人类。如他的诗所示：

> 如果两个人
> 股肱相交、神醉魂迷、躺在草地上，
> 世界就会变样：天塌下来，树向上长，
> 空间只是寂静和光芒……
> 任何事情也没有发生
> 只有幸福地流逝的完美的时光……

写于 2019 年 8 月

---

① 帕斯《弓与琴·诗的揭示》。

黄金泪

从哈瓦那飞利马，再飞库斯科，舷窗外始终是安第斯山脉的身影。视野中除了雪峰，便是光秃秃的石山石岭，鲜有绿色和生命迹象。山的颜色很特别：四处流泻的绛紫中，闪耀着大块大块的鲜黄。这正是藏有丰富金矿的大山迹象。

这座地球上最长的山脉自从有人居住并发现了黄金，便引发了无数悲剧。

一

有学者考证，至少在 12000 年前，地球北部特别寒冷，海平面下降，连接亚洲和北美的白令海峡成为陆桥。来自亚洲的移民由此陆续到达美洲，由北向南，沿科迪勒拉山系的落基山脉、安第斯山脉散开，逐渐形成数百个部落。这些美洲原住民被 1492 年到来的哥伦布误认为是印度人（音译"印第安人"）。

公元 1200 年左右，安第斯山脉中段的库斯科谷地，一支讲克丘亚语的印加民族迅速崛起，他们相继征服了相当于今秘鲁、厄瓜多尔、玻利维亚全部，哥伦比亚、阿根廷、智利部分地区共 200 万平方公里的土地，将安第斯山脉的腹地囊括其中。印加帝国成为美洲大陆最强大的帝国，物产丰富，农业发达，礼法森严，人口达到 900 多万。

印加人很早就发现了安第斯山脉的黄金。"整个秘鲁都能采到黄金……在地层表面和沟溪江河中都有黄金。"① 那时，用不着开矿，在地面随便一挖，或到河里淘沙，便可得到黄金，时常还能捡到纯度很高的天然金块。金的伴生矿是银，印加人同时发现安第斯山的丰富银矿。但在印加帝国，黄金不是货币，而是"太阳神流下的眼泪"，仅被用于制作神庙和王宫的器皿饰品。印加人见了黄金，没有贪欲和邪念，百姓夜不闭户，路不拾遗，人人安分守己。

印加帝国成为"黄金国"。传说库斯科的太阳神庙就像一座金库：屋顶用金片铺盖，地板由金砖砌成。雕刻在巨大金盘之上的太阳神像，缀满宝石，向四面八方散发光芒。天花板和墙壁上镶嵌着各种金色装饰物，用于宗教用的水瓶、盘子、香炉都是金质或银质的。太阳神庙、王宫和贞女宫里，都建有黄金花园，用金银仿制草木的叶、茎、花、果，生动逼真；狮子、老虎、鹿、蜥蜴等大大小小的动物，也是用金银做的……

我在利马的黄金博物馆，看到印加人的黄金工艺品。数十个玻璃橱柜，摆满了各种造型的金质耳环、项链、酒具、餐具，还有镶着精美图案的金箔、金衣、金帽……印加工匠掌握了复杂的金属加工技艺，他们不做金元宝、金条，而是利用黄金的柔韧性，为神灵和王室打造出各种造型的圣器。黄金是神奇的抗腐蚀金属，已经五六百年过去了，它们高贵的品质和色泽丝毫没有衰减。这仅仅是印加帝国黄金的九牛一毛。

直到 16 世纪初，这一切都不为外人所知。

二

大航海时代，黄金是点燃探险激情的导火索。

---

① 加西拉索《印加王室述评》第八卷。

据说哥伦布读了《马可·波罗游记》，被书中所说东方富饶的中国及金银遍地的日本等岛国吸引，决心通过远洋冒险去找到这个地方。他先后四次到达加勒比海群岛及美洲大陆，千辛万苦，并没有找到多少黄金，但吹嘘说，这些岛屿有无法估量的金矿，发现了"很多金沙，多得惊人"①。

在欧洲，黄金早已成为财富的标志。任何人，只要手中持有黄金，便拥有了强大的购买力，随时可以购房置地，享受荣华富贵。西班牙人天生就有浪漫、尚武和冒险的倾向，哥伦布的黄金"信息"一下子激起了他们的无穷欲望。从贵族、将军到船长、水手、商人、罪犯，都加入了去新大陆寻宝的队伍。国王斐迪南和女王伊莎贝拉对甘愿远洋冒险的人不问出身，一概支持。一次次远征开始了，到达美洲的西班牙人寻宝心切，常把海边贝壳、印第安人的龟甲盾牌、铜制工具等闪光的东西误认为金子。多次失望之后，他们并不死心。1513年，因逃债而去美洲的巴尔沃亚穿越巴拿马地峡，到达太平洋海岸，终于获得准确消息：南面高山后面，有一个黄金国，那里的黄金遍地都是。

这是欧洲人对印加帝国的最初发现。当时巴尔沃亚派人驾船沿海岸向南勘探航行，穿过赤道后看到一个印第安人正在河口捕鱼。用手势和话语问他这是什么地方，印第安人回答说是"秘鲁"（Pelu），即"河流"的意思。西班牙人却误以为这就是那个黄金国的名字，并将其延续下来。

黄金国的消息，使西班牙骑士们几乎要疯狂了。巴尔沃亚拉起一支队伍，准备去征服秘鲁，却遭到上司佩德拉利亚斯总督的嫉恨，被判为叛乱分子并送上断头台。后者的另一名部下皮萨罗乘机接手了这项任务，与骑士阿尔马格罗、神甫卢克合伙，从1524年开始，带领一帮士兵从巴拿马连续三次向南行进，经受了太平洋的颠簸、赤道附

---

① 《哥伦布航海日记》1493年1月8日。

近雨林的毒虫叮咬、安第斯山长途跋涉等百般折磨，终因资源耗尽半途而废。在许多人陷入绝望时，皮萨罗坚持返回西班牙直接向朝廷呼吁，得到国王的有限支持，再次筹备起一支不到 200 人的队伍，经过艰难的征途，于 1531 年从秘鲁西北角的通贝斯海岸登陆。

在此 10 年前，皮萨罗的远房亲戚科尔特斯率领 600 名士兵征服了阿兹特克帝国。皮萨罗很明显受到科尔特斯榜样的激励，期盼自己能够率兵征服印加帝国。

三

关于皮萨罗俘获印加王的记载，流传的版本很多。美国历史学家普雷斯科特的《秘鲁征服史》附录，内有皮萨罗亲戚和侍卫佩德罗写的《秘鲁王国的发现和征服》、皮萨罗兄弟埃尔南多的信等当事人手稿，所记现场情况较为可信。

皮萨罗，私生子，不识字，时年 56 岁。身材高大，相貌堂堂，有毅力，喜爱赌博，内心冷酷残忍，有长期作战经验。他在通贝斯以南的圣米格尔城出发时带领 177 名士兵，有 9 人忍受不了艰难征途自动返回，剩下的 168 人（骑兵 62 人，步兵 106 人）多为亡命之徒。1532 年 11 月，当他们到达印加北方重镇卡哈马卡时，驻扎附近的印加王阿塔瓦尔帕身边有 5 万大军，满山遍野的营帐望不到尽头。皮萨罗异想天开，决心诱捕印加王。他一方面派人送上甜言蜜语，邀请印加王前来会晤；另一方面则将部队全副武装，分三路埋伏在现场周边。

印加王阿塔瓦尔帕，30 岁，相貌英俊，骁勇善战，充血的眼白微露凶相，右耳垂特别肥大。他对所有人一本正经，不苟言笑。平时由后妃们轮流侍候，每人八至九天。即使高官显贵见他，都要背负重物，裸腿赤足。这位一贯作威作福的国王怎么也想不到西班牙人敢绑架他。应皮萨罗要求，他把大部分武士留下，只带贵族、仪仗队和解除武装的警卫共数千人,以完全信赖白人的诚意进行访问。

他的仪仗阵势仍然庞大。数百名仆从在前面边打扫道路,边唱凯旋之歌。头插羽饰、身着各色服装的大小官员列队而来。带着大金耳坠的贵族们抬着轿,阿塔瓦尔帕坐在桥中用黄金铸成的御座上,头戴镶金王冠,颈上挂着特大绿宝石项链,高高在上,以威严而安详的神态,俯视身边的臣民。他不知道,他和贵族们戴的黄金饰品,让偷窥的西班牙伏兵,起了更大的杀心。

皮萨罗根本就不出来见他,只让巴尔维德神甫带翻译向他宣讲《圣经》教义,劝他皈依基督教。待他被激怒而将《圣经》扔到地上,神甫急忙返回,动员士兵们进行圣战。皮萨罗发出信号,顿时杀声震天,堡垒中的火炮、火绳枪向赤手空拳的印第安人齐射,西班牙骑兵、步兵飞速冲进广场,挥舞军刀奋力砍杀。人头、胳膊、半截身子纷纷落地,血流遍地。印加人吓得魂飞魄散,相互冲撞,阵势大乱。人群潮涌般冲向门口,推倒了一堵墙。印加王吓糊涂了,他的黄金御座和首饰溅满了鲜血,轿舆被冲得忽东忽西。印加卫士和贵族们死守轿子,杀掉一批,又围上一批。西班牙士兵杀得不耐烦了,有人冲上去想一刀捅死印加王。但皮萨罗冲到了最前面,生擒了印加王,将其迅速转移到一幢建筑物内,严密看守起来。

皮萨罗成功了。他创造了世界军事史上的奇迹。这个出身卑劣的人被授予"阿塔维洛斯侯爵",麦克·哈特将其列入影响人类历史进程的100名人。

印加的专制体制,整个帝国听命于国王一人,皮萨罗对此琢磨得很透。他活捉、软禁了阿塔瓦尔帕,并不急于杀,而是作为人质,诱捕了印加将军查尔库奇马,控制住印加人的反抗情绪。印加军队成了无头鸟,不战而溃。而阿塔瓦尔帕俯首听命,成了"儿皇帝"。他发现西班牙人贪恋黄金,天真地要求以满满一屋黄金赎身。皮萨罗欣然同意并签署协议。国王用结绳文字传达了命令，印加古道上出现了运送黄金物品的长长队伍，一座长7米、宽5米、高3米左右的房间被填满了黄金。皮萨罗兴奋得红了眼睛，将这些黄金制品立即熔化为金锭，却仍然杀害了阿塔瓦尔帕。接着扶持前任国王瓦斯卡尔的弟弟曼科当傀儡皇帝，顺利占领首都库斯科并征服了秘鲁全境。

卡哈马卡半个小时的战斗决定了两国天壤之别的命运。西班牙继征服古巴、墨西哥之后，又占领了四倍于本土面积的土地，并发现了特大的波托西银矿和更多的金矿。据塞维利亚海港登记的官方数据，从1500年到1650年，超过180吨黄金、16000吨白银从美洲运到西班牙，秘鲁是主要贡献地区。比较18世纪100年间，全世界黄金产量只有200吨的数据，西班牙可谓是暴发户。印加人则失去土地、家园，沦为亡国奴。他们不明白，黄金这种东西何以会给自己招来杀身之祸；他们被驱赶着去矿上日夜不停地采金，因身体羸弱，很快积劳成疾而死；更多的人因为没有免疫力，被西班牙人带来的病毒传染，大批死亡。至1620年，印加帝国原有的900万人口只剩60万。

四

在库斯科街头，走得伤感。这座位于海拔3400米的高原城市，气候很像拉萨。作为一座圣城，它在印第安人心中的地位，如同耶路撒冷之于基督徒、麦加之于伊斯兰教徒。现在，它原本的美洲狮形状已被完全破坏。狮头——城西北的萨克萨瓦曼城堡只剩残垣断壁，30万块巨石的大部分被拆去盖西班牙式建筑；狮的心脏——城中心的武器广场，除了一尊第九代印加王帕查库特克的雕像，尽是西班牙风情的商店、酒吧、超市；狮的生殖器——城东南的太阳神殿，被整体拆除，原地基之上盖起了天主教修道院。曾经的黄金花园不见踪影，只留下一片空荡荡的草坪。印加祭司诵经的偏房里，响起修女们唱赞美诗的声音。

　　人类有一种残酷的战争叫宗教战争。交战双方都以神圣的名义，疯狂残杀持不同宗教信仰甚至是同一宗教中不同观点的人，手段极为残酷。16、17 世纪，天主教国家西班牙便是如此迫害犹太人、摩尔人和新教徒。国王斐迪南、伊莎贝拉建立了宗教裁判所，推行宗教不宽容政策，将成千上万所谓的异教徒和异端分子驱逐或绞死、烧死。皮萨罗一行将这样的宗教迫害带到了印加，宣布太阳神教为邪教，到处拆毁神庙，对不肯屈服的印加将军和酋长们，以火刑当众烧死。在"为上帝而战"的名义下，滥杀无辜、抢劫黄金的种种罪行都被掩盖了。做得更绝的是，以宗教为武器，摧毁印加人的信仰，禁锢印加的语言、文化、制度、风俗。可怜印加人从国王、祭司到信众，对这种宗教战争毫无防备，印加文明落入万劫不复的深渊。

　　生于 1540 年的印欧混血儿加西拉索，父亲是跟随皮萨罗征战的西班牙骑士，母亲是第十一代印加王的侄女。据他的历史名著《印加王室述评》，西班牙人能够轻易取胜，除了宗教迫害、皮萨罗的欺诈、印加王丧失警惕中了埋伏之外，还由于印加王室的内讧。印加帝国经十余代帝王、300 多年征服，统一了若干部落，大致政通人和。然而，第十一代印加王瓦伊纳·卡帕克去世不久，他的两个儿子——瓦斯卡尔和阿塔瓦尔帕便开始了争夺王位的内战。次子阿塔瓦尔帕掌握着重兵，假装臣服继承王位的兄弟瓦斯卡尔，暗中派数万大军悄悄杀回首都库斯科，乘其不备，打败了皇室军队，囚禁了瓦斯卡尔，并对王室成员和贵族展开了血腥杀戮，加西拉索母亲的大部分亲人也在这次屠杀中丧命。西班牙人入侵后，印加人本应一致抗敌，被俘后的阿塔瓦尔帕却仍然不忘派人暗杀了瓦斯卡尔。印加帝国由此元气大伤。

　　西班牙人征服秘鲁，最终靠的是武力。印加人缺乏反抗精神和不能打仗也是失败的重要原因。印加人是印第安人最善良的一族。因长期生活在专制和清规戒律下，像驯良的羊驼，温顺有余，血性和勇气不足。他们对冒险而好战的西班牙人忍辱退让，对方却认为他们是天然奴隶，更加无所顾忌。西班牙人行军打仗，驱赶沿途居民背负粮食物品，让印加妇女充当性奴；拆除印加宗庙、城堡，由印加人负责劳役；烧死印加将军和酋长们的柴草是逼其部下抱来并点燃的。对此，大部分印加人宁愿逆来顺受，也不反抗。虽然后来的印加王曼科率众起义，在山中坚持斗争多年，打死了皮萨罗兄弟之一胡安和许多西班牙骑兵，但终因力量单薄而失败。

在库斯科和马丘比丘，至今仍然能看到一些印加人后裔：深黄色皮肤、黑眼睛、黑而短的头发、匀称的身材、中等个头，神情中满是真诚和友善。汉诺和拉姆是我在马丘比丘温泉酒店遇到的两位员工，模样、言谈举止很像中国山东小伙。俩人会说流利的西班牙语和英语，轮流兼任前台服务和行李搬运，对每位顾客都恭恭敬敬，热情地跑前跑后。这是纯粹血统的印加人，其祖先因为藏在深山老林而躲过了西班牙人的屠杀。他们的温顺谦卑像一种遗传，带着无言的悲伤，让人想起百年前康有为在墨西哥见到印第安人的叹息："此乃我族同母兄弟也！沦落至此，情以何堪！"

印第安人是不是无论如何也打不过西班牙人？加西拉索记载了一个不同的战例：1553年，征服智利的西班牙将领巴尔迪维亚率领150名骑兵镇压13000名印第安阿劳科族起义者。族中有一位善于用兵的老头领现场观战后，把阿劳科族人编成13个梯队，每队千人，轮番上阵，以逸待劳，从早到晚不停战斗，最后西班牙骑兵们精疲力竭，被越战越勇的阿劳科族人悉数杀尽，巴尔迪维亚被活捉并打死。阿劳科族人在印第安人中属于民风剽悍的一族。

秘鲁征服之战，皮萨罗一行当时只有两门野战炮，3支射程短、装药时间长的火枪，20把十字弩，大部分印加人是被刀和剑杀死的。

而印加军队经过多年征战，熟悉山地，善于伏击，数量占绝对优势。如果他们也能像阿劳科族人那样作战，结局会怎样呢？

五

走进利马，感受到与库斯科完全不同的气候。这里受寒冷的洪堡洋流影响，干旱、荒凉，冬季雾多却少雨。皮萨罗决定在此新建秘鲁首都时，主要考虑属于太平洋海岸，方便与西班牙的远洋运输，并不知道此地位于太平洋火山地震带，结果利马建成后多次被地震毁坏。

利马有60多座天主教堂，其中利马大教堂既体现欧式风格，又借鉴印加装饰艺术，内部穹顶和框架镶金包银，一派富丽堂皇。这是皮萨罗指定设计的天主教堂，可惜皮萨罗没有看到它建成便被仇人所杀，他的尸骨安葬于这所教堂里。

传说人与魔鬼有协定，人把灵魂交给魔鬼，魔鬼把黄金交给人。而人一旦成了魔鬼，便和所有人成为敌人。西班牙征服者正是因黄金变成魔鬼，很快发生内战。

皮萨罗和他的合伙人阿尔马格罗首先因分赃不公发生了内讧。两人本是患难战友，约定平分掠夺的财产。然而征服秘鲁后，皮萨罗兄弟分得巨额财富，阿尔马格罗等所得甚少。他一怒之下，率众攻克了库斯科，逮捕了皮萨罗兄弟埃尔南多。这时他本可以打败皮萨罗，但念及旧情，同意谈判。皮萨罗佯装妥协，换取了埃尔南多的释放。暗中调动700多士兵突袭阿尔马格罗。在这次血腥战斗中，共有200多名西班牙士兵死于自己人刀下。阿尔马格罗被抓获，皮萨罗指使埃尔南多将其秘密杀害。回国后的埃尔南多因此被判入狱。

此刻阿尔马格罗的部下，有几百人散落在全国，皮萨罗本应招降纳叛，但他被胜利冲昏头脑，根本不把这些人放在眼里，使许多人失去生活来源，处于极度贫困境地。1541年6月26日中午，11名骑士忍无可忍，在阿尔马格罗之子迭戈带领下，冲进总督官邸，经过殊死搏斗，用西班牙的利剑刺死了皮萨罗，并在他家中搜出大量黄金。

秘鲁总督成为西班牙所有殖民地中第一肥缺，也是风险最大的职位。阿尔马格罗之子迭戈被300多名骑士自发拥戴为秘鲁总督。但不久，王室的军队前来镇压，经过又一场死伤数百人的内战，迭戈和他的拥护者被杀。

皮萨罗的另一位兄弟贡萨洛，后来在杀人不眨眼的老将卡瓦哈尔支持下，也发动叛乱，聚合起700名士兵，打败了总督布拉斯科·努涅斯带领的400人，并砍下了总督的头，在他哥哥的官邸自称秘鲁总督。贡萨洛一度控制了波托西银矿潮水般的财富，打造了1000多人的精锐骑兵部队，受到很多人支持。但在王室部队的攻势下，转眼落得众叛亲离，被绞死。至此，皮萨罗参加秘鲁征服的四兄弟，三人被杀，一人入狱，竹篮打水——一场空。

安第斯山的黄金，似乎带着印第安人的诅咒，不仅让西班牙征服者厄运不断，而且使他们的国家也不得安宁。

西班牙的暴富，使欧洲列强分外眼红，并得了强盗富国的启示。英国、法国、荷兰纷纷怂恿海盗抢劫西班牙运输宝藏的船队，致使加勒比海一带，海盗四起。西班牙凭借黄金，打造了无敌舰队为商船护航，却防不胜防。英国伊丽莎白女王秘密颁发"私掠许可证"，暗中支持著名海盗德雷克大肆抢劫西班牙运宝船。两国矛盾随之激化，英女王不惜授予德雷克爵位，任命其为舰队指挥官，按照海盗的战法和战船特点重建皇家海军，击败了西班牙无敌舰队。与此同时，法国海盗弗索瓦斯率领队伍袭击了波多黎各、海地和古巴，烧杀抢掠后悠然离去。荷兰西印度公司舰队于1628年俘获了一支庞大的西班牙运宝舰队，劫走的金银和香料装满9艘大船。1656年、1657年，英国舰队又两次摧毁西班牙运宝船队。这种海盗即是海军、海军亦是海盗的把戏，西班牙是始作俑者，也是身受其害者，最终导致国运衰败。

沾着印加人泪水和鲜血的安第斯山黄金，逐渐散落到世界各地；有许多因飓风和战争沉入大西洋和太平洋海底；那些被印加人藏起来的珍宝大部分不知去向，其传闻及后来人寻宝的故事更加离奇……

写于 2019 年 7 月

坎昆潜水

一

世人说，坎昆是潜水爱好者的天堂。

坎昆，我对它向往已久。不仅因为它有很好的珊瑚礁海域，更因为它位于墨西哥暖流中的重要关口。

墨西哥暖流，世界上最强大的暖流。它发源于赤道流，在加勒比海和墨西哥湾蓄热，经佛罗里达海峡向东北喷射，翻越大西洋海岭，直达西北欧乃至北冰洋，造成北极圈附近温和湿润的气候。它的河岸由冷水组成，它的流量比亚马孙河要大上千倍。据测算，它每年向英吉利海峡两侧每千米的海岸，输送了相当于燃烧6000万吨煤炭的热量。

大航海以前，这条洋流不为世人所知。哥伦布发现新大陆后，它与欧洲到美洲的繁忙航线重合，船长和水手发现，顺流而下与逆流而上，航程会相差两个星期。美国开国元勋富兰克林，首次测量并研究了这条洋流。海洋学家莫里通过研究众多船长的航海经验，画出了这条洋流的详细海图。作家海明威在这条洋流中垂钓30余年，孕育写出了世界名著《老人与海》。

坎昆，隔尤卡坦海峡与古巴岛遥遥相对，在加勒比海北部，扼墨西哥湾暖流的咽喉要道，是体验那条大洋洪流的最佳地点。

于中国人而言，坎昆是遥远的西半球。

我问南美华人导游去墨西哥怎么飞。他说任意飞，往东或往北从美国、加拿大飞过去，往西从阿联酋、或巴黎或阿姆斯特丹飞过去，都差不多距离。

我选择以前没有飞过的航线：北京—巴黎—墨西哥城—坎昆。连续30多个小时的旅程，一次彻底的时空倒错。飞越了欧亚大陆和大西洋之后，天与地、白天与黑夜，恰好与原来翻转。

迷蒙中乘车驶进坎昆市酒店林立的海滨大道，看到了椰子树下泛出灵异绿光的珊瑚海，很像魔幻现实主义的场景。

二

船驶出码头，穿过一片红树林，驶向外海，涌浪即刻增大。头天晚上在酒店浴场下海游泳，觉得海水像温泉。当下阳光刺眼，海风火热，整个海面热气腾腾，墨西哥湾不愧是一个蓄热水库。现在是当地时间上午11点，故乡里的人们已经入睡，困意伴随记忆也向我袭来。

船上的人开始整理装备。德国教练尼克·巴赫曼（Nico Bachmann）和我边穿戴潜水衣，边用英语抓紧交流。他今年33岁，已有16年潜水经历，曾在多个国家的PADI潜水中心担任教练。精瘦的体形、柔韧的筋骨和敏捷的身手，展示了他长期潜水运动的成绩。看得出，他所有动作都按潜水手册操练，有条不紊。他以德国人的严谨盘问了我呼吸嘴、面罩在水中脱落的救生措施，接着一一介绍当日两次下潜计划的要点。

船行40分钟左右，涌浪越来越大，远处水面跳出了两只海豚，船上人一阵欢呼。船开始上下左右摇晃。所有的潜水员背起氧气瓶，佩戴好铅块，套上蛙鞋，一面在晃荡中保持平衡，一面按顺序从船尾入海。巴赫曼示意我俩排在最后，同时沉着地把四个铅块分别装入浮力调节装置（BCD）口袋。两位加拿大老者行动缓慢，但经验丰富，不慌不忙地跟随一位墨西哥教练跳了下去。一对西班牙情侣和墨西哥专业摄影师路易斯·巴拉修（Luis Palacios）随之入水。巴赫曼接着跳入水中，转身等我。我跄跄着走到船尾，稳住身，为BCD充气，右手按住面罩，迈步跳入海里，接着高举排气阀排气，跟他潜入水中。

水下被太阳照得一片光明，前面下水的人吐出的气泡，在晃动的海流中一排排升起，几乎弥漫了周边水域。下潜七八米，我的耳朵感觉疼痛，向巴赫曼作了个手势，他停下来，耐心等我捏鼻子鼓气、调整好耳压，再带我下潜。这时，一股股定向流迎头袭来，这就是著名的墨西哥暖流吗？我感到浮力增大，与他拉开了距离，很难深潜下去。巴赫曼掉头一看，奋力游回我身边，从腰间拿出早已备好的铅块塞进我的BCD口袋。我这才感觉浮力减小，顺利下潜。10米、15米……很快潜到了25米处。

海中呈现阴森森的蓝黑色，但水质清澈透明，能见度很好。海底平坦，一条锈迹斑斑的沉船就在不远处，船体长满了珊瑚，有两个斑纹亮丽的大玳瑁在上面缓慢爬行。船舱的门、窗都不见了，只剩下锈迹斑斑的钢铁框架。巴赫曼双手合抱胸前，两腿拍打蛙鞋，钻进了船中。我模仿他的动作跟随其后。船舱里藏着一群群五颜六色的鱼，有的鱼群排列成一堵墙，有的聚合成一个大球，见我们游来，立即变换队形，蜂拥而出。

我们在舱内钻进钻出了几回，然后又围着船转圈，时而与其他潜水员擦肩而过。巴赫曼四肢舒展，矫健的身姿像一条梭鱼，在水下敏捷穿行。我拍打着蛙鞋尽力跟上，并细细打量船的遗骸。这不是一艘战舰，而是一条民船。沉船事故发生于何时？又是哪国的船？自西班牙征服阿兹特克、印加两个帝国之后，墨西哥的韦拉克鲁斯和古巴哈瓦那便成为商船的停泊点和中转站,这里正是两个港口间的必经之地。西班牙的船队将抢来的大量金银财宝从这里运回本土,引得英、法、荷等各国海盗分外眼红,纷至沓来。著名的英国海盗霍金斯、德雷克都曾在这一带频繁出没,抢劫了许多财宝。另有奴隶贩卖、货物走私在加勒比海一带疯狂交易,使这片洁净海域充满了人口贩子、走私贩等亡命之徒。人为财死,自大航海时代以来,不知有多少满载金银财宝的商船在这里遇难,又不知有多少生命由此消失。而眼前的这条商船发生了什么事并无记载,船上人、物都被洋流卷走,空留下诸多悬念……

三

仪表盘显示,氧气瓶的气不断减少。不知不觉,已经到了警戒线。我用手势向巴赫曼传递了信息,他立刻指示返回水面。我们轻踩蛙鞋,几乎以垂直角度缓缓上浮。水中越来越亮,离水面五六米时,巴赫曼掉转头,指示我以中性浮力悬停。这是以往潜水员用生命换来的经验,因为每下潜10米,压力增加一倍。上升过快,肺部会像气球一样膨胀,吸入的氮气来不及排出,致使潜水者残废甚至死亡。我对准巴赫曼的高度,以学过的呼吸技巧调整浮力,和他一样认真做稳压悬停。巴赫曼始终注视着我。直到时间差不多了,他才向水上发出信号。

我们浮出波涛滚滚的水面,看到了左右摇晃的船抛下的绳子。两人同时以最快速度游过去拉着绳子靠近船舷,巴赫曼钻入水中迅速为我脱下蛙鞋,我抓住舷梯背着气瓶猛力跃出水面,登上了倾斜甲板,水花从我身上流泻而下。这时船又大幅晃动,随着一阵眩晕和恶心,我转身向海里大口呕吐。巴赫曼接着也跃上了船。

我一般不晕船。这次大概是因为倒时差没睡好,加之上船时的大摇大摆，使我失去平衡。船仍然在湾流中晃。大海、蓝天、白云都跟着摇荡。我坐在船艉的右舷，手把着栏杆，尽量保持稳定，感受洋流的力量。其他人陆续从水中冒出，摇摇晃晃地登上了船。那对西班牙情侣登船时也发生了呕吐。巴赫曼把蛙鞋和氧气瓶放好，赤脚走过来，关切地注视我。我有点难为情地问他，呕吐到海里合不合适？他说没关系，想吐就吐。他顺手拿起我的呼吸嘴，迅速拆开，让我看里面的构造。"即使在水下，想吐就吐在呼吸嘴里好了，"他说，"你可用排气法排除呕吐物，不会影响继续呼吸。"我的心情立刻放松。

　　大胡子摄影师巴拉修靠近我，笑哈哈地说：潜水就是一种享受，没有别的，就当是一次享受。我心里一热，也笑了：是的，希望多拍一些珊瑚和热带鱼，我就是为了它们才来潜水的。巴拉修哈哈大笑：没问题，我也喜欢漂亮的珊瑚和鱼。巴赫曼凑上来：船再走20分钟，我们用另一瓶气下水。这次可以看到很多漂亮的珊瑚和热带鱼。

　　船继续大幅度摇晃着行进，潜水员们一面靠着栏杆保持平衡，一面将脱下的BCD固定到第二瓶气。巴赫曼靠近来，帮我重新检查装备。为了让我减轻耳压，他把自己带头罩的潜水上衣脱下，让给我穿。

　　这是一片新的海域，我们潜到10米时摆脱了涌浪，但仍然感觉到定向流。在水下15米处，我们看到大面积的珊瑚礁。绵延的丘陵状礁盘，尽是相互勾连的石灰岩溶洞，层叠的死珊瑚遗体构筑了庞大的山体结构，泛出一种坚硬的铁青色和棕红色。丛林般的活珊瑚就在其上生长，细软的触手散发出晶莹的彩光。一般常见的鹿角珊瑚、蘑菇珊瑚并不多，罕见的脑珊瑚、柳珊瑚、软珊瑚却比比皆是。珊瑚是一种奇妙的海洋生物，它能分泌出钙质骨架，形成石灰岩礁石。记得海洋学家蕾切尔·卡森考证，墨西哥彼岸的迈阿密至西礁岛的一系列石灰岩岛屿，都是千百万年珊瑚造礁的结果[①]。而此岸的尤卡坦半岛，

---

① 见《海滨的生灵》第5章。

无论是两天前我在奇琴伊察玛雅古城遗址看到的巨大喀斯特溶洞，还是以现在坎昆水下所见，也都是石灰岩结构。按蕾切尔·卡森的观点，整个尤卡坦半岛想必同样是无数珊瑚虫躯体世代累积而成。

我在水下发现，海洋生物有一种奇特现象：越是美的，越是有毒。玳瑁、水母、狮子鱼和珊瑚都是如此。此地的珊瑚，饱餐墨西哥湾流携带的营养，又被湾流的水日夜冲荡，透明状触手密集发达，特别妖艳，越发使人觉得毒性十足。巴赫曼带着我在珊瑚礁丛中穿行，我们都双手合抱，身体横卧，以中性浮力与珊瑚礁保持距离，轻踢蛙鞋前进，尽量不触碰珊瑚的毒性刺细胞。行进中，时而看到很大的柳珊瑚，浑身似雪白羽毛，叶脉花纹奇特，根茎枝脉为青花蓝，气质非凡。又见土墩状的金黄色海绵，全身长满透明的绒毛，中间一个大洞，像张着大嘴巴的妖怪。据说这种海绵多栖息在有海流的海底。

巴赫曼有意识地放慢了节奏，我紧随其后。戴着他给我的头罩，耳压几乎不用调整便能适应。由于身心放松，潜行的速度反而又快了，腹式呼吸也均匀、舒缓起来，常常追上他并肩而行。

四

游了20多分钟，巴赫曼以手势问我还有多少氧气。我一看仪表，才用了一半，于是我们继续潜行。巴赫曼发现我逐渐适应，带我进入更复杂的海底。我们穿过一片小峡谷，来到一个洞穴前，他回头问我是否OK，我打手势说没问题，他便钻进去不见了。我跟着进入，发现穴道狭窄，仅容一人通过。我双手紧抱，小心翼翼拍打蛙鞋前行。一不小心，便听到背上气瓶触碰岩石的声音，须紧贴地下方能摆脱。在一个狭窄的拐弯处，我不得不用手扶着岩壁礁石弯身通过，手上立即被划破两道口子。待出了洞口，一条大圆眼燕鱼带着亮丽的斑纹悬停在水中。摄影师巴拉修早已等在洞口，趁机按下了快门。

巴赫曼回头看了一眼，做了个继续前行的手势，我们接着钻进另一片珊瑚沟壑。一群群热带鱼被我们搅起，很不情愿地从海底穴窟中游了出来。我仔细辨认，有见过的蝴蝶鱼、豆娘鱼、刺鲀、黄尾乌东、甜蜜的嘴唇鱼，也有许多不认识的鱼，都长得格外艳丽。有些鱼群庞大，且密密麻麻，把沟壑都堵住了。人游进去，鱼儿无法避让，直到快碰到它们，才懒懒地让出一点空隙，待我们游过去，空隙又闭合了。鱼和珊瑚一样，也贪恋洋流中携带的营养。听常在海上垂钓的朋友说，鱼总是喜欢迎着海流游走，以捕猎食物。据海明威的经验，钓大西洋马林鱼必须跟着墨西哥湾流走，越靠近湾流，鱼越多。这条洋流因裹挟丰富的营养，在它流经的路线吸引了大量海洋生物，造成许多天然渔场，但海明威钓的那种大马林鱼现在很少见了。

我们继续潜行，前面出现一片陡峻的礁盘。巴赫曼打了一个他独创的有狮子鱼手势，急忙向前游去，我加快速度跟进。潜至礁盘跟前，狮子鱼又不见了。巴赫曼斜躺着身，钻进沟壑底部向前搜寻，最后停在一个深穴前面，勾起身，伸手脱掉一只蛙鞋，拿起来去搅和洞中海水，一条花纹艳丽的狮子鱼扇动着羽状鳍条游了出来。这种鱼属于夜行性，白天一般藏在洞穴中或岩石阴影处。它显然不高兴，张大背上的毒棘，贴着珊瑚礁寻找另外的藏身之处。巴赫曼拿着蛙鞋继续逗弄它好大一会儿，不让它往回跑，让我大饱眼福。

我们把那片海底珊瑚礁来来回回搜索几遍，看到了无数亮晶晶的热带鱼，散布在广阔的海水中，似满天繁星。仔细观察，会发现海里有一条巨大水流载着星群缓缓前行，很像银河。确如蕾切尔·卡森所说：这是"行星洋流"，它让我们感受到地球转动和太阳、月亮对海洋的作用。当前可见、可触的墨西哥湾流，以不可思议的方式吸纳了宇宙的超大能量，滋养了北大西洋水下水上无数生命。加勒比海的珊瑚礁生态，坎昆的美丽风光，乃至蓝天、白云、绿树、纯净的空气……无不与它有密切关系。

　　我的气瓶压力表终于到了下限，巴赫曼带我上升，向水面打出信号，在预定位置悬停后，顺利跃出水面，返回船上。船仍然剧烈摇晃，这一次我没吐。巴赫曼伸出拇指向我祝贺："好多了。你第二瓶气用了43分钟，是第一瓶气的两倍，你已经适应了这里的海流。"接着检查了我手上的伤口，从他百宝箱般的潜水包里拿出一种药水为我敷上。

　　临别时，我们都有点舍不得。我和巴赫曼也许此生不再相见，但这次一起潜水的美好记忆将终生难忘。而巴赫曼对我说，你可在PADI网站查阅我的行踪，我们随时在全球其他地方再潜！

　　返回岸上，看巴拉修抓拍的照片，角度、构图、色彩都很棒，里面的人物风光如同梦境，我又有些醉了。他用的是Canon G16。

比格尔海峡

2019年6月，南半球冬季，由布宜诺斯艾利斯飞火地岛。

起飞时瓢泼大雨，飞机出电路故障，延误一个多小时。冲进雨云，遇强大气流，飞机抖得厉害。飞临巴塔哥尼亚高原，忽见天空纯净似水，一团团白云聚成巨大冰川，正向水中流泻。来不及细看，天象又变：灰蒙蒙云层铺满了脚下大地。不是云，是数不尽的雪山，还有冰河、湖泊、森林、雪地……无边无际，只是不见人烟。飞机紧贴雪山冰峰下降，终于出现紧接海湾的宽阔山谷，见到了乌斯怀亚的房屋、机场。

乌斯怀亚，当地印第安语，意为"观赏落日的海湾"。它位于比格尔海峡中部北岸，对面为智利纳瓦里诺岛。这里距南极洲只有800公里，人口已有7万。小城依山傍海，商店、旅馆、民宅一如童话世界的小木屋，室外是冰雪世界，室内热气腾腾。主街圣马丁路有许多餐馆，每家都可以吃到肉鲜味美的大蜘蛛蟹。欧洲航海家曾经见过的火地岛人已经无影无踪，居民都是欧洲裔的阿根廷人。这本是一片荒蛮之地，1884年，阿根廷将其作为罪犯关押地；1947年建海军基地；1972年以后，逐步形成现在规模。

这里诸多地名，将人拉回大航海时代。1520年11月，麦哲伦率西班牙舰队首次穿越岛之北侧恶浪滚滚的海峡，发现岸上篝火闪烁，遂将此地命名为火地，海峡以他得名。1578年9月，英国海盗德雷克率船队过麦哲伦海峡后，被飓风连续刮了52个昼夜，身不由己漂到南美大陆尽头,这才发现"火地"不过是海岛,岛之南侧还有一个通太平洋的海峡——以他命名的德雷克海峡。1616年1月,荷兰探险家斯豪滕、勒美尔在岛之东南发现了进入德雷克海峡的勒美尔海峡和以他们家乡为名的合恩角。后来,库克船长经过这里并顺路勘察,没有发现理想港湾。这一带海域因而成了环球航行的鬼门关,数百年间吞噬了成百上千艘船只。称雄海洋的英国人不死心,决意对南美洲东西两岸岛屿及峡湾进行精确测量。承担这一使命的"比格尔号"军舰于1826—1830年、1831—1836年两次远洋探险,终于在首航中发现了这条风浪较小的水道并命名为比格尔海峡,在这次航行中随行的博物学家达尔文沿途考察,催生了轰动世界的进化论。

比格尔海峡在麦哲伦海峡以南、德雷克海峡以北,横穿火地岛南部腹地,有诸多避风港湾。达尔文于1833年1月、1834年3月两次随"比格尔号"军舰来到这里,并对火地岛进行了考察。他认为海峡"跟苏格兰的尼斯湖峡谷有点像,有一连串的湖泊及河口。这个海峡大约有120英里长,平均宽度变化不大,约两英里。它大体上是一条笔直的海峡,两岸群山连绵,直到很远处才变得模糊不清"①。凭借峡湾优势,可以停靠万吨轮的乌斯怀亚港于20世纪发展起来,成为南极考察船的补给基地。1984年,中国"向阳红10号"南极考察船及"J121"救生船在此补充了燃料和食品。

空气凛冽,港湾海水宁静。游船为双体平底船,载客300多人。踏着冰雪走进码头,见海面被远方雪山、乌云的倒影塞得满满,天海之间变成一面光怪陆离的大镜子。游船的双层客舱都坐满了人,多为欧美游客。客舱里有茶水、甜点和空调,暖烘烘的。但舱外甲板上寒风劲吹,冻脸冻手。游船驶出码头,两岸千姿百态的雪峰从玻璃窗透进来,山坡是清一色的厚厚积雪,一条条冰川从山谷中直泻而下。冰

---

① 《比格尔号航海日记》第10章。

雪反射的光芒，清除了断崖沟壑的一切阴影。游客们纷纷走上甲板拍照，不一会儿冻得脸红手僵，不得不回到舱内暖身。然而在室内隔着玻璃看外面的风景，不过瘾，忍不住又跑去甲板。一众人这样来来回回折腾，弄得船舱内外的通道拥挤不堪。

行不久，天空中乌云翻腾，在阴森森的海面上投下黑沉沉的影子。偶有天光从云缝中射出，与山上冰雪之光汇在一起，照亮海水。这时才看清，水中常有海豹出没。海豹的黑影三五成群，贴着水面驶近船头，无声无息地跃出，又一声不响地没入水中不见了。低头寻找，却发现水中漂荡着大片海藻，有黑乎乎的鱼在海藻里游。达尔文对此有细致观察："这种庞大的藻有圆形的茎，部分茎上面有黏液……假若把几根茎缠在一起，就能达到承受几块大石头的力量那般坚韧……你摇晃几下互相缠在一起的海藻，海胆、贝类、海星、乌贼等生物就会大量地掉下来。因此，每当碰见这样的巨藻，总有一些新鲜奇怪的生物被我发现。"[1]

"比格尔号"（The Beagle，意译为"小猎犬"）为30米长、排水量242吨的三桅帆船，载员74人。达尔文住的地方是船艉制图室一角，只能睡在一张吊床上。它于1831年12月启航，穿大西洋，沿南美东海岸南下勘测，从麦哲伦海峡入太平洋，沿智利、秘鲁海岸北上，由加拉帕戈斯群岛西折，经大溪地、新西兰、澳洲入印度洋，绕好望角回国，历时5年。22岁的剑桥大学毕业生达尔文晕船厉害，加之船艉颠簸剧烈，在航行中吃尽苦头。此次环球之旅与麦哲伦、库克的航行并无新奇之处，但达尔文的科学考察成果却无与伦比。他随身携带显微镜、望远镜、猎枪、地质锤、捕捞网套，不辞辛苦，沿途采集制作了数以万计的鸟类、鱼类、昆虫、植物、岩石标本。地质考古与博物学考察相结合，使他以思接万古的能力和全球意识审视一切。在巴塔哥尼亚高原挖掘出大懒兽、箭齿兽等9种灭绝生物化石，他联想到自

---

[1] 《比格尔号航海日记》第13章。

然史长河中的生命演化进程；在火地岛看到土著人原始生活状态，他想到人类也是由低级形态逐渐演化而来；在加拉帕戈斯群岛考察无叶灌木、地雀鸟、象龟等土著动植物群，他看到独特环境下的物种变异，产生了一个惊世骇俗的想法——物竞天择……他的《比格尔号航海日记》作为进化论的序曲，被洪堡誉为世界最优秀的游记之一。

达尔文天性温和羞怯，不愿与人争执，船员们从没见过他发脾气。他与容易激动的舰长菲茨罗伊结下深厚友谊，与善解人意的贤妻埃玛恩爱有加，这两人都是虔诚的基督教徒。他自己也修了神学课程，本来准备当牧师。但自然之谜在他心中激起的波澜不亚于合恩角巨浪。"我搭乘比格尔号航行时还是个正统的信徒……不过渐渐地我开始意识到《旧约》中描述的世界的历史明显是错误的……失去信仰的过程在我身上是非常缓慢的，不过最终还是完成了"[①]。1838年，他的理论基本形成。但他守口如瓶，继续向科学家发放调查问卷，不厌其烦地广泛搜集资料，直到1859年才发表《物种起源》。这一冲击《圣经》创世论的学说立刻引发轩然大波。升任海军中将的菲茨罗伊和地质学老师塞奇威克因此与他决裂，菲茨罗伊最终患抑郁症而自杀。妻子埃玛信仰不变，但对他的工作表示理解。达尔文不愿参加任何辩论活动，由好友胡克、赫胥黎代他解答各方的质疑。他是幸运的，进化论最终获得世界公认。

峡湾中有许多岛礁。一有礁盘，便有大量海豹和海鸟栖息。第一个岛礁海鸟很多，个头特别大，背黑，腹白，许多人以为看到了麦哲伦企鹅，导游纠正说是海鸬鹚。再一看，还真能飞起来，有少量燕鸥夹在其中。岛礁边缘，则是海豹的天下，一个个滚圆溜胖，密集地依偎在一起。其中活跃分子跑到水里钻进钻出，相互嬉戏。天越冷，它们似乎越有精神。游船懂得游客的心情，尽量靠近岛礁，让大家看个

[①] 《达尔文回忆录》四。

够。这时耳朵会灌满海豹的嚎叫声、海鸟的叽叽喳喳声。据达尔文航海日记,他来时,峡湾中还有"好些大鲸鱼在四处喷水。有一次,看到一雌一雄的两头庞然大物,一前一后不紧不慢地游着,离水边仅投石之遥"。现在鲸鱼看不到了。

第二个岛礁略大,更加荒凉。到处是夹着冰雪的乱石岗,表层是薄薄的苔藓类植被。一些海豹零星地躺在水边石堆上,惬意地享受着悠闲时光。在一片空旷荒坡,有一家三口火地岛人的野外雕像,父亲和孩子站在树枝搭建的棚屋前,母亲坐在前面石头上用草编织着什么。三人皆披头散发,赤身裸体,棕色皮肤因涂抹海豹油而发亮。如此寒冷的地方,这些一丝不挂的火地岛人却能生存,曾让欧洲人觉得不可思议。达尔文在《人类的由来》结语中说,他永远难忘在此看到火地岛人时的惊诧,原来这就是人类祖先的生活状态。可悲的是,给他们造成灭顶之灾的不是恶劣环境,而是欧洲文明。当欧洲的捕鲸船、海豹捕猎船纷至沓来,当地人的食物供给链便被卡断;与欧洲人的频繁接触,使他们纷纷染上疾病;传教士们坚持让他们穿上衣服,过定居生活,许多人很快就死了。达尔文登岛时,这里还有3000多土著人。至2014年,土著人基本灭绝。

乌斯怀亚国家公园就在比格尔海峡北岸,建在雪山冰峰深处。泛美公路最南端的3号公路在此变成土路,铺满了冰雪。汽车在山谷中蜿蜒穿行,颇有林海雪原的味道。在一个湖泊边停车游览,阳光明媚,通体透白的雪峰映在湖中,光芒刺眼。山毛榉树漫山遍野,树梢挂着冰雪。有一种名叫"酒瓶椰子"的球形寄生植物分布在树冠上,鲜黄耀眼。达尔文说,这种寄生的食用蕈具有蘑菇的清香,略带一点甜味,能直接生吃,并含有黏液,是火地岛人食物的重要来源。[①] 在公园行驶半小时,到达路尽头,看到标牌:此处距离阿拉斯加17848公里,这也是泛美公路的总长度。

---

① 《比格尔号航海日记》第11章。

莫雷诺冰川

安第斯山脉延伸至南美巴塔哥尼亚高原,地势逐渐下降,冰峰雪岭更为密集,发育出众多冰川。其中莫雷诺冰川是世界上少数还在发展的活冰川之一。

游完乌斯怀亚,本来有飞机直达冰川附近的卡拉法特小城,只需1小时。适逢冬天旅游淡季,航班取消,只能飞回3000公里外的布宜诺斯艾利斯,再折回2000多公里,额外花去大半天时间。不过,冬季看冰川,又是良辰美景。

从卡拉法特乘车去80公里外的冰川,沿途所见巴塔哥尼亚高原,和达尔文当年描述的一样:"宽阔的平原在两三百英尺高的巨大斑岩之上铺开","略白的泥土里混杂着圆润的砾石,零零落落地长着焦黄的硬草簇,偶尔还有低矮带刺的灌木丛……"下车踩了踩地,是冻土,难怪这里又被称为冰原。巴塔哥尼亚的动物跟植物一样稀少,达尔文只发现了原驼、食腐鹰、蜥蜴、黑甲虫,并在一只朱鹭肚子里找到了蚱蜢、蝉、蝎子。他通过考察得知,这片荒原因环境恶劣和桀骜不驯的印第安人袭击,欧洲入侵者或者冻死、饿死,或被杀死,几百年的殖民努力,都以悲剧收场[①]。

车行半小时左右,看见了冰川下游蓝光莹润的阿根廷湖。它海拔

[①] 《比格尔号航海日记》第8章。

不到200米，但形状和水质很像西藏的羊卓雍措湖，只是面积大了许多。周边荒山野岭和远处雪峰寂静无声，湖面沿宽阔河谷延伸过去，看不到尽头。打开谷歌地图，见东面湖口涌出一条直奔大西洋的河流——圣克鲁斯河，眼前一亮，这就是1834年4月达尔文乘比格尔号军舰考察的那条河！他们把船停在圣克鲁斯河口，菲茨罗伊船长、达尔文等25人分乘三条小船逆流而上。河流湍急，大部分人下船轮流拉纤行进。一众人风餐露宿，连续走了16天，达尔文边走边察看巴塔哥尼亚高原地质结构，他从多处看到夹有贝壳的巨大岩层，揣测着海底被什么样的力量抬升起来。在行进到200多公里的地方，所有人看到了安第斯山脉白雪皑皑的顶峰，估计离阿根廷湖已经不远了，他们却因道路难走而顺流返回。达尔文为此感到遗憾。

我们的车沿湖边驶向上游。湖面在宽阔峡谷中曲折延伸，冰寒之气扑面而来。转过数道雪岭，拐进一个湖汊，下车步行至观景栈道，只见一条浩浩荡荡的大冰河从天而降，两岸众多雪山紧紧簇拥，雪山壑谷之中又有许多冰河汇聚而来，所有冰河都看不到尽头，周边还有绵延不断的粒雪盆。河面堆银迭玉，冰丘起伏，沟壑纵横；巨大的冰舌至湖面交接处突然崩塌，形成一面宽达5公里多的冰墙。冰墙之上又有无数裂隙，将冰层分裂为若干锥锋、冰笋、冰塔……这就是闻名天下的莫雷诺冰川。我在四川贡嘎山、云南梅里雪山见过山岳冰川，那是冰雪与土石的混凝体，看上去黑乎乎的，融化后有些浑浊肮脏，冰川所过之处是支离破碎的地貌，如同被推土机碾压过的工地。这片弥天盖地的冰川却通体雪白，一尘不染，岩石和土层都被厚厚的冰雪覆盖了，眼前的世界变成了一个深度冻结的巨大冰窖。

冰舌上下分为两个世界，上面是气势汹汹的冰川，下面是平静如镜的湖泊；上面为冰封千里的不毛之地，下面忽然有了树林和人影，游览景点恰在两个世界的交界处。大气完全透明，阳光、雪光、水光交相辉映，将所有景物都变成了发光体。乘游船驶入静悄悄、明晃晃的湖中，没有一点阻力，如在空中飞行。这是刚刚融化的冰川水，寒光凛凛，看一会儿便觉得冷彻骨髓。巨大冰舌在前方变成浮在水中的巍峨长岭，水中的峰峦倒影却扭曲变形，被游船带来的波澜搅动，似哈哈镜里群魔乱舞。冰川内部不断传来破碎声、嘎吱声，偶尔还有低沉如闷雷的轰响，并在对岸山体引起巨大的回声。前沿冰壁每隔数十分钟便有一次崩解，巨大的冰块跌落水中，激起一团雪白浪花，慢慢地，又从漩涡里钻了出来，湖面复归平静。游船在靠近，洁白晶莹的冰壁仿佛触手可及，能看清横断面上冰层逐渐叠加的久远时光痕迹。在一些刚刚瓦解的断崖之间，露出鲜活生动、闪耀天蓝色的年轻冰体，阳光在冰缝、沟槽中欢快地跳跃。冰川脚下的水面，布满了陆续崩落的冰块，相互推搡、碰撞着，旋转着，向外缓缓漂流。大者如小冰山，只将山顶浮出，山体潜伏水下。有科学家认为，莫雷诺冰川这一动态景象与南极和格陵兰岛的冰川流入海洋而裂为冰山很相似，西蒙·兰勃的《地球故事》因而将其作为冰川前移、融解的案例。

冰川以阿根廷探险家弗朗西斯科·莫雷诺（Francisco Moreno）命名。冰舌南侧有一座1700米高的雪山，雪峰酷似鲨鱼鳍，也被命名为莫雷诺山。据当地导游介绍，每三至四年，有一次持续数日的大崩塌，冰崩的轰响震天动地，巨冰坠落激起的波浪十多米高，如同海啸。2000年以前的20年中，有32人在看冰崩时死于砸下来的冰块。地方政府于2003年修建了观光栈道，事故从此减少。我在国内的经验，在海拔3000米以下的五岳、黄山，冰川是见不到的，必须到横断山脉和西藏海拔更高的雪山才能看到。莫雷诺冰川颠覆了我的原有经验，它在海拔2000米以下，却照样保持了34公里长且不断增长的规模（帕米尔费德钦科冰川长77公里，昆仑山玉龙冰川长30.5公里，珠峰绒布冰川、乔戈里峰冰川均长22公里，贡嘎山海螺沟冰川长14

公里）。因气候变暖，世界上大多数冰川都在退缩，也许因为地处南纬52度，莫雷诺冰川仍然每天向湖里延伸30厘米，一年能生长110米。冰舌断面形成的冰墙水上高度70米，水下深度80米。得益于持续不断的大解冻、大崩塌，由莫雷诺、乌普萨拉等数十条冰川融水形成的阿根廷湖面积达1466平方公里，平均深度150米，最深处500米。

莫雷诺冰川及阿根廷湖与安第斯山脉密不可分。达尔文当年虽然没有来过，但他在湖的下游圣克鲁斯河考察时，望见远方的雪峰，又看到河谷中许多大型漂砾，便想到了冰川搬运砾石的强大力量。不仅如此，他通过两岸的玄武岩台地和夹杂大量第三纪贝壳的岩层，进一步联想到海底火山爆发的情景，推测出安第斯山脉的地质构造。冰川、火山的最新科学研究成果，在他随身携带的莱伊尔《地质学原理》都有专门章节阐述。达尔文结合地质考察深钻细研，有了切身体会。离开圣克鲁斯河后，他随船到达智利海岸，在瓦尔迪维亚一带果然看到了奥索尔诺火山喷发，遇到强烈地震，并得知770公里外的阿空拉瓜火山、4300公里外的科西查纳火山几乎同时爆发。他在瓦尔帕莱索上岸，骑骡子翻越了安第斯山脉，在近400米高的地方又发现大量贝壳化石。

人在熟悉的环境待久了，很容易形成习惯性思维定式。突然到了完全陌生的地方，遇到从未见过的景象，逼迫自己用全新方式观察世界，认知革命就此发生。欧洲最杰出的两位科学家——洪堡和达尔文攀登安第斯山脉的情景大概就是这样。这条山脉分布南美40多座活火山，因海拔较高，火山顶上终年积雪。1802年，洪堡带着气压计、温度计、六分仪，徒步登上海拔6310米的钦博拉索山巅，望着既是火山也是雪山的奇观，如同看到了整个自然，灵感如泉涌，画出了著名的《自然之图》，写出了科学巨著《宇宙》。32年后，达尔文带着洪堡的南美游记，追踪洪堡科学考察踪迹，在目睹了雪峰之上火山口爆发,体验了脚下"如同薄壳在液体上流动"的地震后,思想如被闪电击中,立刻领悟到安第斯山脉是从海底升起,"反反复复的地层断裂和熔岩注入"而形成的年轻山脉,他窥见了活生生的地球演化史,对山河大地的不断塑形和物种的灭绝、再生有了清醒认识。[①]

  站在冰川观景台,向南遥望安第斯山脉,千万年冻结的冰峰雪岭蜿蜒而去,隔德雷克海峡直接南极半岛。有地质学家认为,披冰戴雪的南极横断山脉实则为安第斯山脉的延伸。莫雷诺冰川会不会也是南极冰川的余脉?据科学家对冰川漂砾和地下沉积岩芯的分析,已证实地球曾经出现多次大冰期。那时,从极地到赤道的大部分地区都像这样被冰雪覆盖。是火山喷发的温室气体解冻大地,才有了生命繁荣。后来每一次冰期的盛衰都带来气候变化和生物大灭绝,同时又促进生物迁徙和进化。巧的是,人类也是冰河时代特定气候的产物,冰雪多了无法生存,冰雪少了也不行……自工业革命以来,人类活动正在加速气候变暖、冰川融化和海洋酸化,造成大批物种灭绝。如果冰川全部融化,后果不堪设想。人类会像伊丽莎白·科尔伯特所说,引发危及自身的第六次物种大灭绝吗?

写于 2019 年 7 月

[①] 《比格尔号航海日记》第 14 章。

伊瓜苏瀑布

由布宜诺斯艾利斯注入大西洋的拉普拉塔河是南美洲第二大河。当地的人都说它像海，只因它的河面太宽，一眼望不到边。它的上游巴拉那河有一条名叫伊瓜苏河的支流，在巴西与阿根廷交界处，陡然跌入一片巨大的马蹄形悬崖，形成宽约4公里、平均落差75米的伊瓜苏瀑布。伊瓜苏，瓜拉尼语，意为"大水"。

巴西与阿根廷都在此建了旅游城市和国家公园。阿根廷在上游，是从瀑布顶端往下看；巴西在下游，是从底下往上看。要了解瀑布全貌，必须两个国家公园一起看。

我们先从布宜诺斯艾利斯飞过去，在阿根廷伊瓜苏市这边观赏。乘坐瀑布公园小火车穿过7公里的热带雨林，踏上搭建在河面的步行栈道，立刻感觉到四面八方尽是泛滥的大水。数不清这里究竟汇聚了多少条河汊，只觉得从栈桥上跨过一条又一条大河，仿佛没有尽头。汹汹大水从远方雨林的多个方向冒出来，淹没了荒原和低矮的丛林，只剩下高大树冠在水面上支撑。来自台湾的导游L先生说，看伊瓜苏瀑布，水小了不行，水太大也不行。近日连续降雨，河水流量为平时流量的3倍，正是看瀑布的佳期。发大水时，流量是现在的10倍，栈道会被淹没，景点全部关闭。

栈道上来来回回的游客很多，各种肤色，衣服花花绿绿，人人脸上挂着惊奇、亢奋的表情。天很热,阳光如炽,许多人穿着短裤、拖鞋行走。人们既想拍下沿途每一处景色,又想抢先去看前面更好的风景,走得慌慌张张。我被人流裹着前进,不知不觉,到了号称伊瓜苏瀑布最险处——魔鬼咽喉。这时觉得所有的河水都向脚下汇聚,以更快的速度向前飞奔。地势开始向下倾斜,一种无形的力量推着地上万物向前冲,大地也开始流动,脚下似乎站不住了。抬头一看,奔腾咆哮的河面在前方数十米处一下子跌落不见了。却听到无数闷雷似的声音从下面蹿上来,响彻云霄。

一步一探头地走到悬崖边,觉得下面有一个深不见底的黑洞,一股神秘而又强大的引力将周围的一切猛往下拽。脚下的水怎样流下去无法看见,旁边弧形崖壁依次展开的大瀑布群令人目眩。阳光斜照,河水浑浊,瀑布群泛出棕红色亮彩,尤显雄浑、厚重。瀑布陡坠时,原本与大地平行的河流,以90度角折叠,突变为浪花翻腾的海潮,从上到下猛灌了下去,转眼不见踪影。良久,一阵阵低沉轰鸣和强大气流从谷底冲天而起,大团大团水雾弥漫空中,形成一片巨型水幕。奇妙的是,水幕中同时涌现一段残缺的彩虹。水幕持续蹿升,彩虹随之生长,不一会儿,水幕遮蔽了半边天空,一个从地上到天上的彩虹之弧完成了优雅造型。它鲜艳的七彩风情万种,又圣洁纯粹;是幻境,却真真切切。这时,人和景物都被罩在彩虹和水幕中,变成幻影。转瞬,水雾消散,彩虹隐去,山水人物现出原形。不一会儿,新一轮洪流暴跌,大团水雾如间歇式喷泉再次升起,在天上形成新的水幕,复活的彩虹与原来一模一样。如此循环往复,游客们在彩虹里进进出出,亦真亦幻,最后竟认不清自己身在何处。

站在瀑布前拍照很难,水雾弥漫空中,像下雨一样,会将全身连同手机一起打湿。人们只能利用水雾喷发的间歇期,趁机拍摄。即便如此,也难免满头雾水。不过那均匀、细微的水分子,落在脸上身上，清新凉爽，倒有一种与大自然相融的惬意。

巴西建的伊瓜苏市有30万人口，是阿根廷伊瓜苏市人口的6倍。两个城市只隔了一条河，但乘大巴绕过来需行驶17公里。入境很方便，游客无需下车，导游拿着所有人的护照到服务窗口，5分钟左右办好手续。在瀑布旁边的das Cataratas Hotel住下，夜里在房间能听到瀑布的咆哮。那是一种大潮涌动、具有强大渗透力的低音，混杂着千万匹战马的嘶鸣，时而有冰崩、雷鸣和战鼓声。据说这种轰鸣声25公里外都能听见。

巴西的观光栈道修在瀑布下面的峡谷崖岸，始终被云雾笼罩，像雨又像风，打不住伞，必须穿雨衣。我们一大早进入栈道，游人很少，彩虹一点也看不到了。但蒙蒙细雨中听水石相激的交响，又是另一种意境。隐约可见脚下是一条横向的峡谷，数百条瀑流在斜对面依次展开，陡坠之后，又被挤压在狭窄沟壑，汇成一条急剧奔涌的江河。河中布满黝黑的玄武岩，任凭巨浪怎样猛烈撞击，纹丝不动。有些像小山一样的大石，被水淹没得只剩一点峰尖，仍有绿色苔藓顽强地依附其上。

这条观光栈道又分三段，第一段，数十条银色瀑布分头于黑色丛林中窜出，遍地开花，被当地人称为"孔雀开屏"；第二段，瀑布相对集中，汇拢成数个高达80多米的巨幅水帘，遮住了大片山崖，被称为"新娘面纱"；再往前走，第三段，便是头一天在阿根廷边境看到的魔鬼咽喉。原来这是伊瓜苏瀑布的尽头，以U形河谷为特征，悬崖最陡，水势最急。巴西的栈道在此变成一座桥，于半空中伸进河谷中央。桥上风雨太大，即使穿着雨衣也被掀开淋湿，几乎站不住，更无法拍照。一般游客都避开这一段，我与一位旅伴不甘心，顶着风雨走到桥头，发现这是离魔鬼咽喉最近的地方，也是暴风雨的中心。正对面的大断崖，一半是垂直而下的绝壁，瀑布主流聚集于此，借地势一泻无余。厚厚的水帘将绝壁全部遮死，不透一点缝隙。另一半分两级：瀑布群先泻入一片巨大石台，形成滚滚河流，然后借第二级台阶侧身斜坠，与另一面绝壁的瀑布汇聚到逼仄的峡谷。此时桥上桥下，暴雨、浓雾、江河、瀑布、飞湍、涡流、涌浪、深潭……各种水形态皆发挥到极致，且相互转换、变化。深藏的能量在撞击中迸发，水弹水花在岩崖上纷纷炸开；定向冲击波与飞旋的乱流纠缠震荡，所到之处狂风大作。飞溅的浪花撕裂冰冷水墙，在自身粉碎的刹那又引爆新的浪花，形成浪打浪、花开花的连续裂变。瀑布之下的江河，像开了锅一样，全部沸腾而膨胀了。

从栈道返回，与三位同行的旅伴合乘一架直升机到空中游览，江河、瀑布都变小了，栈道、房屋看不见了，唯有热带雨林铺满大地。天上有很薄很薄的云絮，如一层纱，飘浮空中。半透明的纱下，显露出浓密的植被，其间有蛛网般的水系。巴拉那河与当地的伊瓜苏河时合时分，到处流窜，在雨林中画出奇异的图案。中心宽阔处像一个水势浩大的湖泊，湖泊中央骤然塌陷，将四方水系强势凝聚。塌陷在扩大，大地出现峡谷裂缝，裂缝中不断腾起云烟，那便是伊瓜苏瀑布。

库克与太平洋

一

读《库克船长日记》，被其中的海洋观测吸引。

1769年1月4日，南大西洋波涛滚滚，去太平洋的英国猫式三桅帆船"奋进号"正在航行，船员们看到了一块陆地。船长库克打开地图，那里正是海盗考利命名的"佩皮斯岛"所在。于是改变航向向它驶去，靠近一看，陆地没有了，原来是一片云雾。这便是老水手们常说的"雾堤"。

库克引起了警惕。后来在新西兰南岛东侧诡谲的海域，中尉戈尔又看到一片陆地，库克认定那是一片云，参加过环球航行的戈尔坚持己见。库克于是让船掉向，驶入那片海域，结果证明戈尔是错觉。

库克发现了海洋观测很容易犯的一个错误。葡萄牙的基罗斯自称在南太平洋发现"有巨大的悬挂着的云，地平线很厚"，英国地理学家达尔林普尔据此判断那里就是"南方大陆"，并画出了地图。荷兰航海家也多次声称在那一带看见了南方大陆。库克通过海上观测证明，云层不是识别大陆的迹象，"这次航行中有很多次经验证明这种猜测的错误"。这一带只有巨大的海洋空间，没有大陆。

他后来以连续三次环球航行、总航程25万多公里的巨量观测数据，彻底廓清了自托勒密以来在欧洲流传千年的错误认识——地球存在"南方大陆"。他长达9年的海上观测包括南极圈冰山迷雾、合恩角巨浪、恐怖的西风漂流带、太平洋火山地震带、珊瑚海险滩暗礁等恶劣条件下的观察。因他的精确观测，以往海图的诸多漏洞被弥补，太平洋的轮廓清晰显现，发现又失传了的海岛变得牢固。

库克出生于约克郡农场雇工家庭，只受了四年小学教育。他从惠特比运煤船学徒开始，干过水手、水手长、航海长、大副多个岗位，靠自学掌握了深湛的数学、天文观测和海洋测绘技术，一步步成长为英国皇家海军船长。七年战争期间，他在北美劳伦斯湾出色的领航和地图测绘引起皇家海军重视。天文学家约翰·贝维斯读了他关于日食观测的论文，赞扬他是优秀的数学家。皇家学会聘他为天文观测员，后来又吸收他为皇家学会会员。

库克的背后是朝气蓬勃的海洋帝国身影：新教的宽容；光荣革命后社会活力的迸发；实验科学和牛顿的理论对知识界的鼓舞；工业革命呼之欲出；贵族吃苦在先，政府和军队不拘一格地起用人才；科学家与探险家结合，一批批驶向海洋。库克的太平洋探险团队应运而生，它由海军组织，皇家学会支持。参加首航的有贵族出身的皇家学会会员、博物学家班克斯，著名生物学家林奈的学生索兰德，格林威治天文台专家格林，风景画家帕金森、巴肯，库克是航海和测绘专家。"奋进号"还携带了大量航海仪器、观测设备和图书。这些兼具冒险精神和科学精神的英国人，要在环球航行中发展天文、生物、地质、海洋多门学科，建立新的世界知识结构，控制整个海洋。

当时的英国知识界已形成共识：以观测和实验获取可靠知识，像数学那样简洁明了地表达，反对咬文嚼字和讲大话空话。《库克船长日记》深受此种风气影响，以最平实、简练的语言传递最丰富的海洋信息，更有一种激动人心的效果。据说许多人读了后，再也控制不住周游世界的欲望。我读了这些日记，便决意去太平洋腹地的海岛。

二

在新西兰游览十多天，从花园城市基督城、苏格兰风情小城达尼丁到烟雨朦胧的米尔福德峡湾，回望了当年库克环岛航行的部分海岸；住在白雪覆盖的库克峰下，体验了库克当年在海图上标明的南阿尔卑斯山风光；再从奥克兰乘阿联酋航班向西飞了6个多小时，穿过库克探索了数月的太平洋西南海域，到达已是法国属地的大溪地首都帕皮提，这是库克首次环球航行的第一个目的地。

尽管有飞机，从中国到大溪地仍然觉得太远。但比起250年前库克指挥32米长、368吨重的"奋进号"三桅平底帆船，以每小时最快七八节（约14公里）的速度，经10个多月的远洋航行到达此地，又不知方便了多少。

"奋进号"于1768年6月21日从北纬50度的伦敦启航，走之字形斜穿大西洋，过赤道，经里约热内卢，沿巴西海岸南下，半年后到达南纬60度的火地岛。由此去太平洋有三条航道：迷宫般的麦哲伦海峡，绕合恩角的勒美尔海峡和德雷克海峡。合恩角风浪最大，欧洲航船一般都走麦哲伦海峡。已有22年航海经验的库克选择走勒美尔海峡。这条航道难在始终逆着西来的风暴与洋流。那些日子，暴风雨和冰雹不断，白浪滔天，班克斯感觉五脏六腑都裂开了，库克却娴熟地缩帆、张帆，抢风掉向，像一位控制了风能的艺术家。他甚至玩了高难动作——不管风有多猛，从不把上桅帆三片缩帆全部收起，这是以往来过的船都不敢做的。经33天搏击，不仅安全驶出海峡，而且测量了洋流、潮汐、合恩角，上岸考察了火地岛。

"奋进号"驶入太平洋，如同置身茫茫沙漠。没有地图，也没有任何陆地标志，每天都是单调乏味的风景，船员情绪几近崩溃。当年麦哲伦船队就在此时暴发了坏血病，精疲力竭的船员们陆续死去。库克坚持让船员服用携带的大量泡菜和便携汤料，成功抑制了这一病魔。此时的远洋导航，纬度测量不成问题，难的是经度。以往航海家常因测不准经度而迷失方向，以致发生海难事故。库克与天文学家格林配合，以天空为时钟，凭借带望远镜的六分仪和航海历书，坚持夜间观测月亮和星星、白天观测月亮和太阳之间的角距，对比格林威治天文台观测数据，换算出帆船所处位置的经度、纬度。以他的经验，只要每天观测，太阳和月亮一出来就做观测，多测几次，就可使经度误差不超过半度。这使他的导航始终保持精确，"奋进号"航迹由此成为测量太平洋的尺度。

库克手工绘制的帕皮提地图依然管用，它很像一条头朝西北的大金鱼，"奋进号"当年停泊的马塔韦湾就在鱼头位置。现在的帕皮提港、城镇、法阿机场挨着它向西依次展开。我在港口乘法国"高更号"游轮，连续游览了茉莉雅、塔哈、呼哈希尼、波拉波拉诸岛，正是库克勘察时的航线。这是一个远离大陆的海上仙境。闪耀祖母绿的海水、妖艳的珊瑚礁、堤礁内外的潟湖与浪区、散发民族风情的水上屋、秀美峰峦中的热带雨林、硕果累累的野生面包树、爬满海滩的海参……到处都似幻境。高大、健美的大溪地人似曾相识，又完全陌生。他们是阳光的化身：性格是透明的，眼睛黑亮，牙齿洁白，裸露的棕红色皮肤富有弹性，怎么也晒不黑。他们喜欢花，房前屋后种的、脖子上套的、当作礼物送人的，都是花，那也是热带阳光的产物。在公交车上遇到的大溪地人，见到外地人就让座，无论对谁都打招呼"牙诺那"（"你好"），真诚又略带羞涩地一笑，让人心醉神迷。

陆地的人很难体会远航已久的海员们看到美丽岛屿猛然从海上冒出来的感觉，他们仿佛从地狱到了天堂。"奋进号"刚刚抛锚，慷慨的大溪地人就划着轻舟聚拢过来，带着椰子、猪肉、面包果送给船员们吃。"没有一个土著人对我们登陆作出丝毫的反抗,而是带着一种十足的友好和谦虚的表情朝我们走过来。"[①] "奋进号"在大溪地停留了3个多月,船员吃上了新鲜水果、猪肉和鱼类,得到了充分休整,船上补充了丰富食品。

大溪地的女人既漂亮又开放。按当地风俗,青年人到了青春期,被允许纵容性欲。这里的人喜欢铁制品,以便改铸成鱼钩。水手们用铁钉、小刀当礼品,便可以获得漂亮的性伙伴。库克很快发现有一半人感染了性病,这些性病显然是以往的英、法船员带来的。他想约束船员行为,却遭到所有人反对,只好从其他方面严明纪律。一名海员从船上偷走了仓库的长钉,他以九尾鞭加倍惩罚。海军陆战队员韦布和吉布森各自迷恋上一位大溪地美女,乘人不注意逃到山里去了。库克向当地人打听其下落,他们都为其保密,并求库克让两人留下。库克扣押了他们的酋长作人质,直到两名逃兵被送回才放人,逃兵随即被鞭笞重罚。

英国皇家帆船"海豚号"一年前刚来过大溪地,船长沃利斯被土著姑娘完全俘虏,与一位女酋长情意绵绵。相比之下,库克是一位坐怀不乱、忠于职守的苦行者。他协助格林完成了金星凌日观测,加紧绕着大溪地群岛航行,把大部分时间用于考察海湾、海港、海岸地貌、物产资源及风土人情等。这些考察都是英国皇家海军的要求,显然是扩大殖民地的需要。库克考察得极细,他乘小艇观测了珊瑚礁海域,与部落酋长、祭司进行了广泛交往,从人种学视角考察了波里尼西亚人的体貌特征、族群结构、宗教习俗和生活方式;仔细研究了当地的浮架独木舟、双体船结构、尺寸及工艺水平,发现波里尼西亚人善于利用星星导航、操纵轻舟完成远洋航行。

漫步库克勘察过的帕皮提海岸,花香四溢,色彩令人目眩,浪花

[①] 《库克船长日记》,1769年4月13日。

勾勒出项链似的珊瑚礁脉，大溪地人与欧洲人相遇的故事魔幻般闪进脑海。因英国人无暇顾及，大溪地群岛阴差阳错地落入浪漫的法国人手中。无论哪个国家的人来到此地，很快都被其原始魔力所征服。法国画家高更与这里的一位少女相恋，找到了梦幻般的诗意和强烈色彩，再不愿回到欧洲文明世界，进而创作了"我们从哪里来，我们是谁，我们到哪里去"的名画。英国作家毛姆追踪高更足迹，也来到大溪地，写出了反映艺术家与世俗生活冲突的小说《月亮和六便士》。这里也成为消磨船员意志、造成人心涣散、让远航船长头痛的地方。好莱坞电影《叛舰喋血记》的故事原型就发生在这里，船长布莱斯正是曾经随库克环球航行的水手。后来从船上叛逃到大溪地的作家麦尔维尔在《波里尼西亚三部曲》中透露，捕鲸船水手来到这里便逃匿屡见不鲜。对于外来人，大溪地永远有一种不可思议的魅力。

三

"奋进号"于1769年8月离开大溪地，按照英国海军密令，向南直下2000多公里，在南纬37—40度向西搜索"大陆"。巨大的长涌从西南方向不断涌来，库克感觉到远方洋流的强大力量。航行3000公里，遇见新西兰。库克发现，当地毛利人竟然能听懂随船同行的大溪地祭司图皮亚讲的话，他由此判断他们是同一个种族。但文身、好战的毛利人很不友善，他们伸长舌头，翻着白眼，跳着战舞，挥舞长矛棍棒向船员发起多次袭击，英国官兵开枪打死数人。库克尽量控制船员们的情绪，通过图皮亚的翻译反复表达善意，最终与毛利人取得了和解。为了准确勘察这片岛屿，库克用了6个月，绕岛沿3800公里海岸线测绘，首次绘制出新西兰的完整轮廓图，并多次登岛考察陆地和海洋资源，然后西行至澳大利亚。

我在澳大利亚游览，先乘船去悉尼湾。这里是南纬33度，中午的太阳在北面。微风轻拂，靛蓝色海面闪耀光斑，悉尼歌剧院具有动感的风帆型屋顶，让人想起"奋进号"繁复的三桅船帆。1770年5月，库克的船在悉尼城南的植物学湾登陆，那时这里一片荒凉。两名土著人手持长矛前来挑战，库克用枪把他们吓跑。后来他又多次发现浑身赤裸、身上涂有白色颜料的澳洲土著，他们不信任英国船员，拒绝接受任何礼物，焚烧船员登陆处的灌木丛。库克经冷静观察后认为："他们远比我们欧洲人快乐……他们生活在平静状态，没有受到不平等状况的烦扰……他们似乎看不上我们送给他们的东西。"[1] "奋进号"从植物湾继续北行，随即发现了一个安全锚地，库克命名为"杰克逊港"，即后来被澳大利亚总督菲利普改名的悉尼港。现在这里已是世界上最好的港口之一，可以停泊上千艘船。

澳大利亚天然资源最丰富的东海岸，是库克当年重点考察的地方。他喜欢用英国皇家海军将领的名字命名这里的海湾岛屿，这些地名大部分还在沿用，宛然一部名人录。现在这一带已是澳洲人口密集区，也是现代旅游景点集中地。我在悉尼邦迪海滩游泳，水凉，有离岸流，冲浪的人不少；去南山看了桉树林和睡在树上的考拉，被林中特有的气息熏得昏昏欲睡；去史蒂芬港乘游艇出海，欣赏了库克于1770年5月11日测量过水深的海湾，看到许多野生海豚在风口浪尖嬉闹；后来在黄金海岸住了两天，长浪滚滚，沙滩平整开阔，看到不一样的海上日出；然后乘廉价飞机到达凯恩斯，在库兰达雨林观看了原住民阿瑟顿人的投掷标枪表演，再坐玻璃底游船到绿岛附近看大堡礁。就是在这里，库克一行遇到生命危险。

大堡礁是南太平洋的奇迹。我在北太平洋的帕劳群岛、大西洋的加勒比海、印度洋的马尔代夫和塞舌尔都见过很好的珊瑚礁，但与大堡礁的规模无法比拟。它是世界上最大最长的生态结构，沿澳大利亚

---

[1]《库克船长日记》，1770年8月23日。

东北沿海,绵延2000多公里长,最宽处161公里,包含2900个大小珊瑚礁岛。澳大利亚人环保意识很强,这里的大部分珊瑚礁不给游客看,你只能从BBC有关纪录片看到大概。它的南端离海岸240多公里,北端离海岸仅有16公里。"奋进号"浑然不觉地驶入其中,很快进入了暗礁密布的险地。这是欧洲人首次与大堡礁相遇。

1770年6月11日晚上,"奋进号"在月光下缩帆减速,向东北东逆风行驶。晚11点,行至绿岛一带,测水深30米,仅仅几分钟后,船一下子触礁,再测水深,已不到5米。珊瑚的尖端戳进船底,船被卡住。库克立即指挥排险:下锚,用绞盘拉拽;将大炮、压舱物等50吨载重扔到海里,再拉动。折腾了一夜,船纹丝不动。船开始进水,所有人员昼夜奋战,轮班用抽水泵不停地排水,但抽水速度赶不上进水速度。在他们命悬一线的时刻,潮水猛然上涨,水手们借势用绳索和起锚机拉动帆船解脱,接着用粘了麻絮、羊毛的帆布堵住船底漏洞,奇迹般脱险。靠岸后,船上随行的铁匠、木匠将船修复。

危险并没有结束。"奋进号"再次起航时,发现周边有无数碎浪区。库克一看便知,这是巨量的暗礁险滩所致。他出人意料地看到测量机遇:"如果我没有经历这些磨难,我对这些岛屿、险滩的描述就会非常肤浅、笼统。"①他进入亢奋状态,亲自爬上38米高的桅顶,目测露出水面的礁盘;不停地测水深,随时掌握海底情况;派出小艇探路、测洋流;仔细搜寻避风港湾锚地,多次登岛勘察……食物不多了,他派人乘小艇出去捕鱼、打猎,猎得鲨鱼、刺鲀、袋鼠等,所有人平均分配。遇到险恶水域,他先乘小艇前行探测,确定航道后设置浮标,然后引导"奋进号"安全通过。

如此谨慎航行至约克角以南约200公里处,又遇到一片巨型堤礁。"欧洲人可能从来没见过,它就是一堵珊瑚礁墙,几乎是从探不到底

---

① 《库克船长日记》,1770年8月17日。

的深海里垂直升起来。"① 库克来不及反应，一股山一样的海浪推着"奋进号"向堤礁撞去，所有努力竟然毫无用处。就在危急关头，刮来一股风，如同上帝的手拉了一把，帆船借风势紧贴礁壁穿了过去，从一个狭窄口子进入平静海湾。不久，他们穿过托雷斯海峡，终于发现通往印度洋的水道。库克指挥帆船一口气行驶到雅加达，检修和休整两个月后，经好望角驶回伦敦。

帆船时代的远洋航行，死亡率很高。麦哲伦出发时的 266 名船员，活着返回的只有 18 人；1741 年，英国海军准将安森率六艘战舰到太平洋，1961 名船员中死亡 620 人。1788 年，法国探险家拉佩鲁兹率两艘帆船、114 名船员到达澳大利亚，追随库克踪迹往北行驶，因触礁全部遇难。据不完全统计，1782 年至 1914 年全球共发生 174 起海难，其中英国有 89 起，死亡人数至少为 24200 人。如此高风险的远航，库克多次逢凶化吉，且杜绝了坏血病，实属不易。但在雅加达停留时，适逢疫情暴发，"奋进号"大部分船员不幸感染疟疾并急速恶化，当即便死去 7 人。从印度洋返回大西洋途中，又有 24 人陆续死去。加上以前伤亡，共损失 36 人。

这次环球航行历时 2 年零 9 个半月，行程 70000 多公里。他穿越了大西洋、太平洋和印度洋，对南太平洋、社会群岛、新西兰、澳大利亚东海岸进行了科学考察和测量，填补了太平洋海图空白。回国后，他受到英王乔治三世召见，并晋升为海军中校。班克斯也发现和采集了 1300 多种新的植物标本。由于这次考察及建议，英国很快占领了澳大利亚并作为罪犯流放地，随后又吞并了新西兰。（未完待续）

写于 2020 年 4 月

---

① 《库克船长日记》，1770 年 8 月 16 日。

库克与太平洋（续）

一

库克在太平洋发现：由新西兰、夏威夷、复活节岛三点构成的大三角区域，绝大多数岛屿都有人居住，且讲着同一种语言。这些岛民——后来被称为波里尼西亚人，是人类最早的远洋航行者。

波里尼西亚人在大溪地及西太平洋群岛之间迁徙并不难。但从大溪地至遥远的夏威夷群岛、复活节岛，在没有海图和指南针的情况下，是一个航海奇迹。尤其是乘连体独木舟向东航行到4100公里外的复活节岛，因盛行的东南信风，似乎没有可能。有人怀疑，他们巧妙利用了厄尔尼诺的短暂西风。

我从智利圣地亚哥乘飞机去复活节岛，舷窗外太平洋的万顷波涛，浮现黑沉沉的诡异之光。在大洋上飞行5个小时，3689公里，只是它东南一角。此岛为荷兰航海家罗格文于1722年4月5日复活节登岛时命名，已在欧美流传数百年。但智利和当地人从来不认这个名字，仍然以波里尼西亚语称其为"拉帕·努伊"（Rapa Nui），意为石头的家乡。

它是世界上最荒僻的火山孤岛，面积160平方公里，周边数千公里内尽是茫茫大海。岛上东、北、西三座火山口至今还在，最近一次火山喷发在3000年以前。除了中央居民区有少量树林，大部分地区是丘陵草坡。四周火山岩基岸坚硬如铁，暗藏洞穴，只有一处沙滩浴场。游客下了飞机，先乘车去东部拉诺·拉拉库死火山，这里便是盛产凝灰岩的"摩艾"巨石雕像工场遗址。现场遗留的雕像七零八落，许多是未完成的作品，好像被一场意外事故中止。山脚下海边石台上，矗立着一字排开的15尊石像。它们一般高7—10米，重达30—90吨，均由暗红色凝灰岩雕凿而成。全部为半身像，奇怪的长耳，高鼻梁，额头狭长，嘴巴噘起，有的头上还有一顶2—10吨的石帽。所有石像都面向大海，表情冷漠，神态威严。据说岛上共有900多尊石像。看完这里，再去西部参观拉努科火山口和奥隆戈村祭祀中心遗址，附近的海湾便是库克抛锚的地点。

1774年3月11日，库克指挥"决心号"帆船来到复活节岛时，已经离开英国1年零8个月。这是他的第二次环球航行。除了462吨重、载员112人的指挥舰"决心号"，还有336吨、载员81人的"探险号"随行。他这一次在太平洋的航迹是大手笔：从好望角进，从合恩角出。潇洒地转了两个大圈，又从北到南、从热带到寒带来回穿插多次，将南太平洋的海域和岛屿彻底勘察了一遍。其间三次回大溪地和新西兰补给休整并深入考察。这一次他看到了塔纳岛正在喷发的火山、南极常年不化的冰原、无人居住的诺福克岛、一群群跃出海面的抹香鲸、众多的海豹和企鹅……

他近似疯狂的航迹来自皇家海军的充分信任——他在航行路线上有较大的自主权，航行时间也没有限制；来自他对导航定位的更大把握——约克郡木匠哈里森已发明了精确的航海钟，这次带了两部进行测验，他具备了利用月距法和精密计时器确定经度的两种手段。这次航行还得益于他对防治坏血病的继续努力，船上储藏了大量的酸泡菜、鲜麦芽汁，船员每天早上吃小麦或燕麦，晚上吃豌豆，定期分到少量肉汤。船上采用火熏的方法保持甲板干燥。这使船员们始终处于健康状态。

南半球高纬度地区，是一个没有任何陆地阻挡的水世界。地球上最强大的洋流——西风漂流，在此畅通无阻地横穿太平洋、大西洋和印度洋，加上极地和赤道的冷热空气在这一带相遇产生的温度差和气压差，进而形成举世罕见的狂风巨浪。以往的航海家在好望角遥望这片"咆哮西风带"，多因恐惧而退缩。库克此次的壮举便是在这一洋流来回穿插，从南纬40度、50度，直到71度。他体验到来自宇宙的旋转力量。帆船经常处于风暴中心，满天雨雪冰雹，大浪迭起，船舱不断进水。最后海况完全变了，船体时常被浮动的冰块猛烈撞击，海上到处漂浮着冰山，"我们数到97座大小冰山，其中有许多座非常之大……"[①] 库克边行驶边测量，到达南极洲冰原边缘。船上索具冻得像钢丝，结冰的船帆则像一块块硬板。浮动的冰山极易崩塌，海面上又常起大雾，帆船随时有可能与冰山相撞。同行的"探险号"在迷雾中失去联系。独自在危机四伏的海上继续探索，连续航行时间最长达117天。从南极圈再次向北返回时，硬汉库克病倒了，腹部疼痛异常，剧烈呕吐。就在这时，复活节岛出现在海平面上。

他太累了，身体极其虚弱。他也清楚罗格文52年前在这个岛上的发现。但他一如既往地坚持对这里的水文地貌进行精确观测。该岛与大溪地岛自然条件相差悬殊，一派荒凉萧条景象。库克发现，岛周围没有可以避风的安全港湾；岛上植被稀少，土地贫瘠，缺乏淡水资源。他将船勉强抛锚在西北角海域，乘小艇上岸，好几百名当地人围了过来，他们淳朴善良，动作敏捷，对陌生人热情友好，讲到数字时发音和大溪地人一模一样。库克立刻联想到，从新西兰到复活节岛如此漫长的距离，居住的竟然是同一个种族的人群，不由得对其远洋航

---

① 《库克船长日记》，1774年1月30日。

行能力感到好奇。船员们来到岛上的种植园地区，用钉子、镜子、布匹和当地人换取了甘薯、山药、大蕉和家禽。他们在岛屿东部发现众多巨大的石头雕像，有些成群结队地站立石头平台上，也有孤零零耸立在山坡上。随行的天文学家威尔士对雕像进行了测量。库克经考察认为，这些石像是人们为了纪念逝去的统治者而建立的。

离开复活节岛后，库克指挥"决心号"，在南太平洋进行了最后的冲刺：一路勘察了马克萨斯、纽埃、汤加、瓦努阿图等岛屿，然后又进入高纬度的西风漂流带，一路向东搜索。绕合恩角进入南大西洋，经好望角原路返回。他在南极半岛外侧发现并命名了"南乔治亚岛"。关于岛上存在大量海狮、海豹和企鹅的报告后来吸引了众多欧洲捕猎者，捕猎活动歪打正着地促进了南极考察。"决心号"这一次太平洋探险，共航行11万多公里，相当于绕地球两圈半多。哈里森航海钟全程测试成功，被他誉为"从不出错的向导"。长达3年零18天的环球航行，只损失4名船员，无一人死于坏血病，同样是航海史的奇迹。

库克之后，复活节岛石像引起了各国人士的好奇，先后有英、法、德、俄、美、智利、新西兰、比利时、挪威、保加利亚、西班牙等国的传教士、探险家、军人、科学家、作家登岛。瑞士学者厄里希·丰·丹尼肯在《众神之车》一书中认为，这个难以供养2000人以上的荒岛，不可能完成如此众多的雕像，很有可能是访问过地球的外星人所为。更多专家相信，石像就是岛上原住民——波里尼西亚人的作品。岛上曾有茂密的棕榈树林和繁盛的人口，后来因建造石像、做独木舟，加之欧洲人带来的缅甸小鼠啃食树种，致使森林消失。岛上居民因资源匮乏又相互残杀，人口数量骤降。1862年，秘鲁船队雪上加霜，又绑架了1000多名岛民，后来仅15人生还，且患有天花，致使岛上居民大部分感染死亡。第二年，法国传教士埃仁·埃依洛来岛定居，下令焚毁了刻有当地朗格朗格文字的木板。战争、掠夺、瘟疫、死亡，一度成为这个荒岛命运的主宰。1888年，智利宣布占领该岛。

二

寻找"南方大陆"的希望彻底破灭后，英国人转而探索从大西洋到太平洋的西北通道。此时库克已完成两次环球航行，被提拔为上校，拟授予格林威治伯爵称号。但他放弃爵位，申请第三次环球航行和太平洋探险。对他来说，太平洋东、南、西三个方向的海域已熟悉，唯有北太平洋还是空白。

这一次，他纵贯太平洋南北，首次发现了夏威夷群岛。

我两次到夏威夷，一次是从洛杉矶飞过来，一次是从上海飞过去，正好跨越了太平洋东西两岸。每次飞了八九个小时才到，倍感这片汪洋面积之大。

夏威夷和大溪地，一北一南占着太平洋最佳位置。两个群岛都美丽富饶，气候宜人。大溪地秀美，周边岛屿众多；夏威夷壮美，周围岛屿稀少。夏威夷最吸引人的自然景点，是大岛的火山国家公园，幸运的游人可以近距离看到正在流淌的岩浆。这一群岛实则是北太平洋海底喷发的一座山系，冒出水面的有8个主要岛屿、124个小岛。据说这座大火山，每年由东南向西北整体移动4英寸，其力量来自地下熔岩。西北方瓦胡岛四个死火山地壳相对稳定，方圆1000平方公里，人口已达百万多。东南边夏威夷大岛有两座活火山，常有地震、海啸，10000多平方公里的面积，人口只有17万。由于火山喷发，大岛面积每年以13公顷的速度增长。2018年火山连续喷发3个月，土地面积一下子增加3.5平方公里。可以想见整个群岛就是这样从海里一点点"长"出来的。

1776年7月，库克率领"决心号"和"发现号"两条帆船共192

人，于普利茅斯港起航，南下至好望角，向东经印度洋进入南太平洋。半年后，行至新西兰夏洛特皇后湾，见到曾经杀害"探险号"船员的酋长卡胡拉一众。卡胡拉神情窘迫，自感性命不保。库克问明双方都有过失的真相后，为避免扩大事态，饶了卡胡拉一命，卡胡拉感动至极。库克再次到大溪地进行了补给，会见了众多当地老朋友，赠送了牛、马、山羊和植物种子，妥善安置了随他返回的大溪地旅行爱好者欧迈。两条船由此扬帆起航，一直向北，航行六周4300多公里，夏威夷群岛从海上一个个冒了出来。库克在瓦胡岛抛锚登岸，惊奇地发现，当地土著人讲的也是大溪地语言。他们和大溪地人一样，慷慨大方，禀性温和，对铁器感兴趣。英国人用一枚钉子就能换几头小猪。因长期与世隔绝，他们对欧洲文明一无所知，登上大船后惊得目瞪口呆。

库克一行抓紧补充了食品和淡水，便向北驶去。他们到达美国俄勒冈州海岸，经温哥华岛，转过阿拉斯加半岛，进入白令海。刺骨的寒冷，浓浓的海雾，两条船只能依靠击鼓、鸣枪保持联系。天海之间观测不到任何东西，库克凭借海马群或海象群的喧闹声来辨别所应行驶的方向。大约5个月后，两条船穿过白令海峡，进入北纬70度41分的北冰洋，海面已经结成厚厚的冰层。他们猎杀了九头在冰面上行走的海象，以补充食物。由于冰原阻隔，无法找到西北通道，只得返回。

两条船于1778年11月到达夏威夷群岛中的茂宜岛，为了避免船员与岛上妇女发生性关系，库克指挥帆船绕夏威夷大岛航行测绘，沿途交换食品，禁止船员登陆。1779年1月17日，船开进岛西侧凯阿拉凯夸湾。这时海面上出现了上千艘独木舟前来迎接；当地人摩肩接踵，带着生猪和蔬菜献给上岸的船员；所有岸边挤满了又唱又跳的居民；还有数百人像鱼群一样在水中游来游去地嬉戏。夏威夷的酋长和祭司用敬拜神灵的礼仪隆重接待他们。晚上还安排了拳击比赛和摔跤表演。此时正值当地庆祝保护神罗诺返回人间的 Makahiki 季节，很显然，他们把库克当成了罗诺神。

2月初，两条船补给完毕，再次出发。船员们发现，库克的性情反常。长期远洋航行，使他患上胃溃疡、胆囊炎、风湿关节炎诸多海员职业病，难免影响心情。"决心号"这次出行前准备仓促，改建工程管理不善，材料以次充好，劣质的桅杆和填缝多次出现问题，导致他脾气暴躁。这次仅向北走了3天，一阵剧烈的狂风袭来，"决心号"前桅底座又被毁坏，船同时漏水。库克在失望中只能做出返回夏威夷的决定。

夏威夷气氛改变了。没有船来迎接他们，酋长对英国人回来的理由既不相信也不高兴。船员与土著居民充满了误解和猜疑。岛上的偷窃活动愈演愈烈，甚至把交通艇也偷走了。当库克带10名水手找酋长交涉，并想扣押酋长逼迫对方交还船只时，成千上万的人将他们包围起来。一贯善于克制自己的库克此时突然暴怒，亲手开枪打死一人，疯狂的人群立刻围拢过来，一名武士用短剑刺中他的后背，他倒地后被更多土著武士用石头猛击头部致死。

船员们悲痛欲绝。部分船员与岛民发生激烈冲突，他们炮击并焚毁了岸上的村庄。但事态得到了控制，通过交涉，他们向夏威夷人要回了库克的部分尸骨，装进棺材进行了海葬。在此之前，库克的尸体被夏威夷人按当地习俗肢解，像对待首领一样，将骨头分别藏在若干神圣地方。库克的部下指挥两条船返回了英国，人们得知噩耗，莫不悲痛惋惜……这位无数次化险为夷的航海家命丧于一场毫无意义的冲突，他的死令人想起麦哲伦的结局。

有学者考证，库克离开凯阿拉凯夸湾时，正好是 Makahiki 季节结束，这意味着罗诺神离去、当地王权复原。当库克再次返回时，他自然与当地拜神仪式脱节，令夏威夷人困惑和不解。此外，"决心号"损坏、水手沃特曼的死亡，使土著居民对库克及手下人的神性发生怀疑。加之岛民为满足两条船的大量需求和贪婪的船员已疲惫不堪，他们生怕英国人得寸进尺，长期占据夏威夷。

三

英国皇家海军从1765年到1793年，先后派出15艘舰船到太平洋探险，库克的航行最为成功。频繁的远洋探险有效地提升了船员素质。库克的部下有20多人成为船长，两人升为将军，许多人参加了与拿破仑一世的海战。科学家参与远航、大量采集标本，推动了天文、地理、生物、地质、航海多学科发展，后来催生了达尔文进化论。英国人的园艺爱好与众不同，他们注重培养有用植物，在印度种植罂粟，在锡兰种植茶叶，将巴西橡胶移植到马来西亚，为自己带来巨额收益，同时促进了生物大交换。英国强盛之道由此可见一斑。

库克是一个有争议的英雄。他在英国、澳大利亚、新西兰是家喻户晓的人物，其环球航行和海洋测绘成就惠及和鼓舞无数后来人，被誉为"太平洋之王"和航海家楷模。航海史为他留出重要章节，科学史提到他的地理学贡献。他对波里尼西亚民族的全面介绍，成为各种世界史至今广泛引用的依据。库克没有达·伽马、德雷克那样的海盗习气，尊重土著居民并与他们结下深厚友谊。但他的海洋考察服务于英国的殖民扩张，最终给太平洋岛国带来灭顶之灾。一些海岛的土著居民后裔认为他是侵略者。以夏威夷为例，在他之后，捕鲸船、商船、传教士纷至沓来，将天花、鼠疫、性病带进夏威夷，致使数十万土著居民骤减到不足一万。1898年，夏威夷被并入美国。有人指出，库克生前对于他的探险给当地居民带来的疾病、贪婪、淫乱和破坏已有悔悟。他曾在日记中写道，"是我们使毛利人堕落了……打乱了他们曾有的宁静和幸福的生活"[①]。

现在的夏威夷,除了保护区和艺术表演场所,很少能看到纯正血统的土著居民。自美国传教士在种植园引进日本和中国劳工以来,东西方移民一起拥入,相互融合悄然进行。在瓦胡岛檀香山市居民区和茂宜岛拉海纳小镇,可以看到各种肤色的人进进出出;许多混血儿走在街头,身材健美,五官俊俏,肤色中混合了不同种族元素。有资料显示,夏威夷作为东西方融合的前哨,亚裔美国人比例高于白人,混合血统人群的比例为 18.5%,为全美最高。台湾导游郭先生告诉我,夏威夷有些家庭种族混血达五六代以上,血统已分辨不清,有些语言也是杂交的。米切尔的畅销书《夏威夷史诗》在讲到这种趋势时说,这是一个奇妙的新人种,他们的血脉中混合了多个种族的血液。更有一代新人,主动融合东西方价值观,在心灵上开花结果,米切尔赞誉有加,并称之为黄金贵族。

写于 2020 年 7 月

---

① 托尼·霍维茨《蓝色航迹》第 4 章。

塞班岛喋血

若非亲临其境,你可能想象不到,塞班岛——西太平洋腹地最美的火山岛,被七彩珊瑚海簇拥的宛如仙境的岛,却有一些令人毛骨悚然的地名:幽灵湖、死亡谷、自杀崖、万岁崖、坦克海滩、军舰岛……它们像阴魂不散的幽灵,拖着时光倒流进太平洋战争的惨烈岁月。我循着这些既是地名又是地标的战争符号,漫游岛上花草掩映的战场遗址,感受到前美国海军陆战队员威廉·曼彻斯特在《光荣与梦想》中所说:"丛林看上去越美丽,战斗就越激烈。"

一

塞班岛地形,和马里亚纳群岛其他岛屿一样,为东北至西南方向不规则斜长条,像一个粗胖的海马。东面头部、腹部凹凸不平,海岸多悬崖绝壁,大浪滔天,形成天然屏障。西面背部则是大片珊瑚礁浅滩,海岸开阔舒缓,海面风平浪静,是理想的登陆地点。1944年6月,美军就是利用这一地形大举进攻的——从西北面佯攻,从西南面查兰卡诺海滩登陆。

由此影响了岛之西北侧一个漂亮小岛的命运。这个雪白沙滩和绿色海水围绕的珊瑚小岛,原名珍珠岛,因美军飞行员当年在空中侦察时误以为是一艘军舰,狂轰滥炸多日,仍不下沉,才知是一个小岛,于是改名为军舰岛。我乘船去小岛浮潜，看到水下最美的珊瑚礁和热带鱼，然而从碧绿清澈的海中上岸，触目皆是战争遗留的大炮、弹片和炸坏的防御工事，恍若进入满目疮痍的战场。

岛屿，在太平洋战争的参与者看来，就是可以平稳起降战机的最佳"航空母舰"。夺岛之战，实质上是争夺战争主动权——制空权的拼杀。自珍珠港事件后，美国一直想轰炸日本本土。1942年4月18日，美军空军中校杜立特率16架轰炸机从航母起飞，轰炸了东京，但因油料不够，返程时迫降在中国沿海，许多飞机坠毁。而建有三个军用机场的塞班岛，离东京只有2400公里，一旦被美军夺取，新型B29轰炸机从这里起飞轰炸东京再返回不用加油。因此，塞班岛争夺战的意义非其他岛屿战役能比，它对日本国土形成致命威胁。

据塞班岛美国纪念公园展馆历史资料所示，塞班之战，从登陆与抗登陆开始，便十分惨烈。美军投入13万人的地面作战兵力，还有包括15艘航母在内的600多艘舰艇和900多架舰载机，志在必得；日军守岛部队有4万多人，联合舰队拼凑家底，仍有包括9艘航母在内的70多艘舰艇和500多架舰载机，加上部分岸基航空兵飞机支援，作背水一战。塞班岛，注定成为一场血腥的陆海空立体化战争舞台。

从1944年6月11日至14日，美军的飞机和舰炮对这片土地实施了猛烈轰炸。但日军依托石灰岩构筑的岸基防御工事并没被完全摧毁。15日，美国海军陆战队第5军的官兵乘坐水陆两用车从查兰卡诺海滩登陆，遭到日军炮火和重机枪的猛烈袭击，当日在水际滩头便有2000美国士兵阵亡。天黑时，登陆部队达到2万。日军发挥夜战优势，于15日、16日晚，向滩头阵地的美军发动全面夜袭，16日晚还动用了坦克联队，一度突入美军阵地。美海军陆战队员用火箭筒和反坦克炮还击，海军舰炮和航空兵通过无线电定位对日方坦克群实施打击，粉碎了日军的夜袭。此后，在占领机场和向塔波乔峰推进的过程中，美军每前进一步，都遭到日军的顽强抵抗，战场上硝烟弥漫，枪声、炮声、厮杀声、呻吟声混成一片，残垣、断壁、焦土与血腥的残杀、死亡的尸体共同构成人间地狱画面。日军善于短兵相接的夜战、白刃战，给美军造成很大伤亡；但美军注重综合火力打击和陆海空协同作战，最终获得陆地作战胜利。

由吴宇森执导、尼古拉斯·凯奇主演的好莱坞大片《风语者》，讲述了塞班岛战役中美军特殊部队——纳瓦霍族通信兵用土著语编造的军用密码服务战场的故事。塞班岛博物馆披露的材料证实了这一点。美军早已破获了日军密码，日军却始终破获不了美军的纳瓦霍族密码。残酷的是，美军为了保护密码情报不泄露，指示海军陆战队员在关键时刻可以击毙自己的情报员，以免被日军俘虏。

我乘车从西南部海岸出发，沿着当年美军冲锋路线一直攀爬到塔波乔峰顶，沿途见到许多"二战"遗留的日本坦克和岸炮；岛上多峰峦、沟壑、岩洞，山上岩崖弹痕累累。当年，密集的炮火不仅给作战双方带来惨重伤亡，而且殃及百姓。据唐·法雷尔《塞班岛简史》所列档案材料，岛上最大的城镇加拉班被夷为废墟，包括查莫罗人、卡罗莱纳人在内的3万平民四处逃散，许多人藏于山洞和丛林，无奈炮火无情，2万多平民死于战乱。

二

站在塞班岛西北部海岸向外瞭望，太平洋在这里呈现出深邃莫测的蓝色。据说许多人来到这里看海，觉得那蓝色看着可怕。是的，像无数冤魂变成的蓝色妖精，跳跃、攒簇；一会儿将透明的心脏翻滚出来，一会儿又在蓝莓似的浓浆中缩了回去。海面波涛汹涌，大起大落，似有不尽的怨愤难以倾诉。这就是马里亚纳海战的战场吗？我好像看见纺锤形潜艇在水下穿梭，实施隐蔽攻击；遮天蔽日的机群在空中翻滚格斗，不断有飞机爆炸起火，年轻飞行员的尸体化成碎片随风飘逝；海面上舰艇密密麻麻，数万吨的航母冒着浓烟沉到海底，大火在海上燃烧，舰员的鲜血染红了海水；海边珊瑚礁浅水区，漂浮着无数死伤者。

为保住塞班岛，1944年6月18日至20日，小泽治三郎率领的日本联合舰队主力部队倾巢出动，与斯普鲁恩斯指挥的美国太平洋舰队特混编队在塞班岛西面海域进行了决战。这是空前规模的航母对决，是日本海军最后一次大的赌注，日本朝野和岛上官兵翘首以盼胜利战果。然而海战毫无悬念，驻扎在附近提尼安岛和关岛的日本第5岸基航空兵数百架飞机，还没有参加战斗，就被美军轰炸机炸成残骸。日本联合舰队在美军战斗机作战半径之外提前放出了200多架战斗机，但美军战机早已埋伏高空。在这次空中大屠杀中，只重进攻不重防御的日本零式战机中弹即炸，攻防兼备的美军"泼妇式"新型战机则像不死鸟一样难以击落，第一批日军战机很快被打得七零八落。第二批、第三批升空作战的日机遭到同样命运，前前后后400多架战机全部毁灭，以至于此次空战被美军飞行员戏谑为"猎火鸡之战"。

与此同时，美军潜艇发射鱼雷击沉了日军旗舰"大凤号"和"翔鹤号"两艘重量级航母。日本航母因为美军封锁海上交通线，燃料不足，加的是婆罗洲出产的未经加工的原油，挥发性极强，中弹后引发连续剧烈爆炸，船体竟被生生炸成两半。美战机后来又炸沉1艘、炸伤3艘航母，而美军只损失飞机20余架，4艘战舰受伤。尽管美军飞机夜间返航发生事故又损失了70多架飞机，但不影响战局。日本联合舰队大伤元气，再也无力支援塞班守军。

关于马里亚纳海战日本溃败的原因，许多史料归咎于日军老牌飞行员牺牲大半，新飞行员由于航空油料缺乏，训练时间少，没有作战经验。然而通过战后档案解密，人们逐渐得知美国动员了3万多名科学家参与国防科研，此时已研制出超视距新式雷达和提高舰炮防空性能的近炸引信，并装备了部队。当日军零式战斗机升空不久，美军舰船雷达就探测出飞机距离、方位和高度，指导战机升空伏击；注入了高技术的舰炮防空火力密集阵，又大大提升了对临空日机的命中率。诡谲的是，美军将暗藏的电子战技术像原子弹一样进行保密，日军直到战败都蒙在鼓里。

三

塞班岛东北端海岸，又名马皮角，山势险要。双层断崖递次展开，岸边悬崖像大浪一样向天倒卷，海浪从大起大落的海面猛烈竖起，水柱像猴子爬树一样沿着崖壁飞快攀援而上，直至崖顶，复又腾起一堆堆雪浪。陆上悬崖高耸入云，陡峭石灰岩山坡上遍布溶洞。这两处断崖，本是登临观海的胜地，只因一为日军跳崖自杀处，一为日本平民跳海自杀处，分别被命名为万岁崖、自杀崖。日军最后的司令部便设在万岁崖西边的洞穴之中。塞班岛争夺战中，已是强弩之末的日军在这里上演了困兽之斗。

从1944年6月15日美军登陆开始，连续交战20多日，日军凭借石灰岩洞穴顽强抵抗，美军依靠火焰喷射器和空中打击配合步步紧逼。日军在弹尽粮绝之后，嚼着草根树皮战斗，直至大部阵亡。日本守备军司令官、第43师团长斋藤伊次中将率残部退守北岸，负隅顽抗，最终寡不敌众。7月6日晚上，斋藤向天皇写完诀别信后，命令剩余官兵与美军作最后拼杀，自己则在山洞附近剖腹自杀。他先用刀引出自己的血，然后命令侍从枪击自己头部而亡。与斋藤一起自杀的还有中太平洋舰队司令、海军中将南云忠一，他就是那位偷袭珍珠港的航母编队指挥官，曾在中途岛之战因指挥错误致使4艘航母被击沉而悔恨终生，此时已经不被重用，他以凄凉的心情用手枪打碎了自己的脑袋。

7月7日凌晨，走投无路的3000日军残兵突然向美军发起自杀式冲锋。军官挥舞日本军刀，士兵携带棍棒、石头和手榴弹，还有许多头缠绷带、一瘸一拐的伤病员，全然不顾机枪的扫射，一度突破了美军105团的前沿阵地。经过数小时激战，在付出又一次伤亡之后，美军艰难粉碎了日军最后反扑。日军2000余尸体抛撒山野，剩下1000余名日军从最高一层山头上集体跳崖自杀。7月9日，美军在岛上升起国旗，宣布占领塞班岛。接着，他们看到了不可思议的现象：大批日本妇孺老弱执行军方命令，在海边跳崖自杀，有的妇女举起怀中婴儿，狠狠地向悬崖下扔去，同时奋力一跃，破烂的衣襟和凌乱的头发随速坠的身体飞舞空中，转瞬沉没于惊涛骇浪之中；也有的妇女直接抱着孩子或背着孩子，半跳半滚着坠落悬崖。此外，还有许多日本居民就地自杀。关于自杀的数目有多种说法，美国纪念公园展陈资料介绍，大概有8000居民自杀。整个塞班之战，美军阵亡5204人，伤13208人，失踪335人，代价十分高昂。日军则死亡41000人，被俘1000余人。

自杀式攻击，意在给对方心灵造成强烈震撼，已被当今恐怖主义分子所传承。而剖腹自杀，享受死亡的过程和痛苦，又是日本武士道的发明创造。太平洋战争后期，陷入绝境的日军将领较普遍地采取剖腹自杀方式了结生命，日军的自杀式袭击则以空中"神风"敢死队和陆军伤病员临死攻击而闻名于世，这与欧洲战场上看到大势已去便成批投降的德军形成鲜明对照。日军疯狂的自杀行动，无疑给美军心理造成严重影响。

从海拔474米的塔波乔峰朝东北方往下看，幽谷中藏着一片明镜般的水系，它是岛上唯一的淡水湖。残忍的日军在灭亡之前，将300名朝鲜慰安妇杀死在湖中，又向湖中投放了化学毒品。湖水被彻底污染，至今不能饮用，被当地人称为幽灵湖。幽灵湖旁边郁郁葱葱的峡谷便是死亡谷，那是当年埋藏成千上万日军尸体的地方，当地居民至今避之唯恐不及。

塞班失守使日本固守的"绝对国防圈"崩溃，日本全国引起巨大震动。7月19日，曾经夸下海口要把美军歼灭于塞班岛的东条英机黯然辞去日本首相职务。提尼安岛、关岛很快被美军攻占。续航能力达到6000公里的美国B-29远程轰炸机立刻从马里亚纳群岛起飞对日本本土肆意轰炸。日本的丧钟已经敲响。

我住在塞班岛中部加拉班西侧的Grandvrio Resort酒店，一遍遍翻阅威廉·曼彻斯特的太平洋战争回忆录《再见，黑暗》，夜不能寐，起身向窗外看去，天上的青天彩云、珊瑚海灵异的绿色以及白色的珊瑚沙都黯然失色，天海之间漆黑一团，什么也看不见。海滩游客的狂欢声早已随着风浪隐去，几盏稀落的街灯与夜幕下的茫茫大海相比，微不足道。在这个美丽的火山岛上，曾经有一群血肉之躯，用科技和钢铁武器，进行了残酷厮杀。战争，摧毁了生命、房屋和花草树木，也摧毁了爱情、家庭和社会。最可悲的是，战争撕裂、扭曲了人性。

70年过去，往事随着海上烟云散去。塞班岛的军用机场变为民用国际机场，班加拉又发展成为繁荣的小城市。山谷中，密不透风的热带雨林遮蔽了曾经的战场。两军厮杀的水岸滩头，成为游客享受日光浴、浮潜的胜地。沉没在海底的军舰，已经长满了脑珊瑚和灵芝珊瑚。自杀崖前，经美方允许，日本建立了阵亡者的纪念碑，一批批日本人来此拜访。市中心美国纪念公园的美军阵亡将士纪念碑前，也有一批批美国人前来献花和悼念。唯有那些带着战争烙印的地名依然存在，让人心惊肉跳地想起惨烈的战争岁月。

提尼安岛

游完塞班岛，我从岛上南部机场乘唯一的交通工具——6人座小滑翔机到了提尼安岛（又译天宁岛）。轻飘飘的小飞机像纸糊的风筝，在空中经风一吹，左摇右晃，颤颤悠悠。好在两岛相隔只有数海里，我在机上盘算着，飞机一旦被风刮落海中，我怎样游泳上岸。实际上，飞机从起飞到降落只用了20多分钟。

在岛上南部机场降落，感觉进入一片空荡荡的荒原。乘车在岛上转悠了大半天，没有人，甚至动物也少见。提尼安岛地处马里亚纳群岛中央，面积为101平方公里，比塞班岛稍小，但居住的人口不到塞班岛的十分之一。岛上地形更为平坦开阔，方便机场跑道施工和飞机起降，是西太平洋腹地天然的海军航空兵基地。太平洋战争时期，日军第5岸基航空队司令部就设在岛上，分辖塞班、关岛、罗塔、硫黄、雅浦、帕劳诸岛机场。美军占领该岛后，仍然作为最大的空军基地使用。"二战"结束后，美军陆续撤走，岛上遗留下两个备用军事机场。岛西侧有深水港口，可停泊大型舰船。废弃的军事基地本来就很空旷，置身于荒岛之上，又添了无尽的寂寞。

"二战"期间岛上的历史遗迹，都像自然地貌一样原封不动地保存了下来。穿过中部密不透风的丛林，能看到日军的弹药库、燃油库等旧址。它们是利用石灰岩溶洞修建的庞大地下工事，洞口被榕树林遮挡，极为隐蔽；丢在山洞外的炮弹，至今还有不少没有爆炸，须小心翼翼地绕过。北部丛林中，藏匿着被炸毁的日军岸基航空队司令部和通信兵部。"二战"的炮火，就像原野荒草一样杂乱无序，硕大的弹孔遍布残垣断壁，钢筋水泥结构摇摇欲坠。进入这些开膛破肚的军事设施中，仍觉阴暗封闭，与窗外鲜艳明亮的景色形成强烈反差。

1944年7月，塞班岛战役结束后，日本海军中将角田觉治率领的9000余名提尼安岛守备军，在美军的强大舰队和优势兵力面前，成了惊弓之鸟。身为航空兵专家的角田觉治，本是日军第5岸基航空队司令，因他所分管的航空兵及飞机，早已在战前损失殆尽，此刻只能参加地面战斗。实际指挥地面作战的是日军第29师团第50联队长绪方敬志大佐。第50联队原为驻扎中国黑龙江、最具战斗力的关东军，但面对优势装备的美国海军陆战2师、4师，无力回天。美军于7月24日在岛上西北岸登陆，只用了9天时间，在付出阵亡328人、伤1571人的代价后，于8月3日占领了全岛。战斗临近尾声时，角田觉治用手榴弹自杀，绪方敬志战死，剩余的残兵败将在岛南端断崖处跳海自杀。我租车到号称自杀崖的现场看了看，悬崖绝壁长达数公里，崖脚下靛蓝色海水跌宕起伏，海面上有大海龟随浪涛沉浮，证明海水很深。

提尼安岛被美军攻占后，立即成为战略要地。大批B-29轰炸机集结此地，投入战斗。从此以后，日本国土频繁遭受地毯式轰炸，被称为"来自天上的火海"四处蔓延，烧焦了日本大地上的一切。尤其以第21轰炸机联队司令柯蒂斯·李梅针对日本房屋木架结构发明的超低空飞行投放燃烧弹，一次性空袭就造成9万多人死亡。12个月后——1945年8月6日，美国空军上校保罗·蒂贝茨驾驶"艾诺拉·盖伊号"B-29轰炸机从这里起飞，将"小男孩"原子弹运至日本广岛上空投下。

临死之前的广岛人对灾难毫无察觉。BBC 纪录片重现了当时的场面：一团紫红色的火点突然膨胀为巨大的火球，似火山喷发；一道紫色的火柱从火球中升起，火箭般穿越云层，接着在顶端形成了巨大旋涡状蘑菇云，遮住了大半天空。随着刺眼的光芒一闪而过，天空像被撕裂。继而，强大的冲击波于无形中摧毁一切，建筑物倾倒崩塌粉碎，街上行走的人们瞬间被灼伤、辐射而不知不觉……死亡，凝固了世间万物。随后，含有核辐射尘的黑雨又降落下来，因口渴而喝了雨水的难民，大都在数日内死亡。

3 天后的 8 月 9 日，美国空军少校查尔斯·斯威尼驾驶 B-29 轰炸机再次从提尼安岛出发，将另一颗原子弹"胖子"运至日本上空，原计划炸小仓，由于天气原因，转投至长崎市，转瞬之间，又一座城市蒸发。两颗原子弹共造成 20 多万人伤亡。6 天后的 8 月 15 日，日本宣布投降，全世界进入狂欢，"二战"终于结束。

我租车驶向 B-29 携带原子弹起飞的北部机场，开阔荒凉的地面上仍然弥漫着浓郁的肃杀之气。机场有 5 条 2400 米的标准跑道，可以同时起飞五架大型飞机。"艾诺拉·盖伊号"轰炸机起飞的最北边一条跑道早已废弃不用，荒草丛生，但路面坚实，不影响飞行训练。再往北，是灌木丛围绕的飞行塔台和停机坪，也是当年装卸原子弹的地点。装卸大坑原址由玻璃罩防护，完整保留下来，内有当年装载原子弹的照片展示。远方的一片荒地上，安放着两颗原子弹的实弹模型。

它们都没有我想象的那么大，但威力惊人。据介绍，名为"小男孩"的原子弹长约 3 米，直径 0.7 米，重约 4 吨，释放的能量相当于 TNT 烈性炸药 1.4 万吨；名为"胖子"的原子弹长约 3.25 米，直径 1.52 米，重约 4.7 吨，TNT 当量为 2 万吨。

原子弹投放风险极大，美军进行了周密安排。1945 年 7 月，美军先用大型运输机将两颗原子弹从新墨西哥州的洛斯阿拉莫斯基地运至旧金山，再由重型巡洋舰装载，连续航行10天，从旧金山运至提尼安岛。8月5日下午，原子弹被运至停机坪弹坑中，B-29轰炸机被拖到它的上面；技术人员用液压装置将原子弹顶到飞机腹部挂弹箱固定。第二天凌晨，飞机滑行起飞。为准备这次行动，蒂贝茨上校率领第509混合编队早已在提尼安岛秘密训练了大半年。所有机组人员都配备了自杀所需的手枪和毒药。考虑到起飞的不安全因素，军械专家在飞机升空后才安装了引爆装置。原子弹投放后，蒂贝茨按照科学家的指示，操纵飞机作了60度俯冲和150度右转弯，迅速逃离，以避免被冲击波杀伤。

这两颗原子弹该不该扔？后来引发不少争议。但在"二战"时期，这一事件似乎是不可避免的战争升级结果。战争风暴，推动人类的奇思妙想、先进技术和综合国力皆用于杀人武器的研制。美国为赢得战争，尤为重视发展军火工业，研制各种先进武器。1942年，美国在获悉德国正在利用原子能研制武器的消息后，立即投资20亿美元（最终投入25亿美元），与英国合作，组织了包括世界一流科学家在内的10万人工作团队，秘密实施研制原子弹的"曼哈顿"计划。仅仅3年，便于1945年7月16日成功进行第一次核爆炸，并制造出两颗实用原子弹。美国研制原子弹本来是对付德国法西斯的，但此时，德国已经投降。

按常理，自塞班岛之战后，日本制空权、制海权尽失，国力濒临崩溃，败局已定。但日本死不投降。后来的贝里琉岛、硫黄岛、冲绳岛争夺战，一个比一个惨烈，战场成了名符其实的"绞肉机"。日军专门制造了载人"樱花炸弹"，数千名飞行员驾驶"神风"特攻战机，一批批蝗虫般扑向美军舰艇编队，掀起大规模自杀式袭击浪潮。连载有8门460毫米大炮、7万多吨的"大和号"巨舰，也在冲绳战役中进行了毫无希望的自杀式海上特攻。与此同时，日本于1945年又组建了 70 个师团和 198 个步兵联队，总兵力高达 547 万人，拟进行"全军特攻"和"全民玉碎"。为此，时任陆军参谋长的马歇尔告诉美国总统杜鲁门，攻击日本本土估计要牺牲 50 万美国军人。

原子弹的研制成功，使美国有了尽快促使日本投降的新手段。据杜鲁门回忆录载，美军将领都建议立即使用原子弹对付敌人。杜鲁门也认为原子弹是战争武器，毫无疑问可以应用。丘吉尔在"二战"回忆录《不需要的战争》中写道："为了避免大规模的无止境的屠杀……不惜付出几次爆炸的代价，来显示一种无比的威力……不失为一种拯救生灵的神奇事迹。"至于原子弹将对人类和环境带来何种破坏，人们无暇顾及。事实上，原子弹确实提前结束了战争，自日本裕仁天皇宣布投降后，尽管仍有 568 名日军将领和随从剖腹自杀①，但包括中国战场上的数百万日军放下了武器。

凝望黝黑、冰冷的原子弹实弹模型，感觉它真像藏满灾难的潘多拉魔盒。历史上规模最大、死亡人数最多的第二次世界大战，最后是通过两件大规模杀伤性武器惊天一爆而终结的，这不能不说是人类的悲剧。参加过太平洋战争的威廉·曼彻斯特在回忆录《再见，黑暗》中说："在提尼安岛我第一次感受到原子弹爆炸给人带来的阴影……我心目中的战争不应该是这样的。"而 20 世纪物理学创造的划时代成就被用于制造杀人武器，又使得科学家们备受精神痛苦。当年游说爱因斯坦给罗斯福写信、劝说加紧研制原子弹的物理学家利奥·西拉德，后来联络众多科学家给杜鲁门写信，劝说不要使用原子弹。曾经参与研制原子弹的科学领军人物奥本·海默感到悔恨和内疚。爱因斯坦在临终前与罗素联合发表放弃核武器的宣言，提出："我们要终结人类还是人类放弃战争？"

核武器，对于人类有双重威胁：它的大规模杀伤力极有可能带来

---

① 山冈庄八《太平洋战争》第 3 卷下篇。

人类毁灭和地球生态崩溃；它与恐怖袭击一样，挑战传统战争规则，伤及大量无辜，将有限战争推向无限战争。而核武器一旦与恐怖主义结合，后果不堪设想。

"二战"之后，无论人们怎样呼吁停止核试验，核武器这个潘多拉盒子放出的魔鬼却日益猖獗。1954年，美国在马绍尔群岛的比基尼环礁试验了TNT当量为1600万吨的氢弹，相当于广岛原子弹威力的1000多倍；1961年，苏联在北冰洋新地岛试验了当量为5000万吨的"沙皇"氢弹，相当于广岛原子弹威力的3000多倍。由于共同毁灭的威胁，超大规模杀伤力的核武器研制不得不停滞下来，转为小型化、智能化、分散化。结果出人意料，核武器又与卫星、火箭、计算机等技术结合，扩散为恐怖的多种杀人武器。俄罗斯"白杨–M"和美国的"民兵–3"洲际核导弹均可发射到10000多公里外的大洋彼岸，以数十倍于广岛原子弹的威力，摧毁一个大型目标。还有许多更为恐怖的武器在秘密研制。有人统计，全世界核武器的杀伤力可毁灭地球人类50多次。人类，已经到了最危险的时候。

离开原子弹装载旧址，沿西部海岸从北向南漫游，远方塞班岛的平缓山岭与近岸高高的椰子树剪影叠成一个平面，脚下雪白的沙滩、碧绿的海水和红褐色珊瑚礁相映成趣，五彩缤纷。行至东南角，有一神奇的喷水海岸，海边石灰岩礁石被海洋潮汐冲荡成奇形怪状的溶洞。当海浪拍击崖岸时，汹涌的海水急速灌入石洞，过一会儿，又从上面的洞口阵发性地喷射出来，形成气势恢宏的水柱。然而，就在喷水海岸附近草丛地下还残存着当年日军埋设的地雷，用铁丝网围起并挂有骷髅头标志警示，让人不寒而栗。

7月，正是提尼安岛凤凰木盛开的季节。这里的凤凰木树干粗壮，枝杈遒劲，树冠横展而下垂。与中国海南的凤凰木相比，花多叶少，花儿如满天火焰，气势和色彩皆似火山爆发。想起1944年7月美军攻打提尼安岛时，凤凰木也在盛开，当浓黑的硝烟弥漫了天空，纷飞的炸弹将这花园般的岛屿变成一片焦土时，多少美艳的花朵瞬间化为灰烬和梦影，就像水下那些被炮火摧残的珊瑚礁一样。

写于 2017 年 8 月

好望角风浪

下车时,南非导游告知,风浪太大,礁石太滑,尽量不要靠近海边。可我顾不得了,顶着大风向着惦念已久的好望角奋力前行。

没有沙滩,是无数被海浪打磨的大鹅卵石铺就的石滩;踩着滑溜溜的鹅卵石向前走,看到很多趴在石头缝里的海鸬鹚,个头很大,一身光亮的黑毛。再向前,便是一片片被海浪劈削出来的断崖绝壁,石色火红,像玛瑙一样坚硬而又光滑。从崖缝攀过去,只见无数条又长又粗的大西洋海竹盘缠一起,巨蛇般藏匿在石崖下,茎和叶子一直延伸到海里,随着浪头不断翻腾。躲开它们,拖着被风吹得呼啦啦响的衣服,使劲踩着崖石向前挪,终于站在好望角前端的红褐色断崖上——地球上最独特的海岬角。

一

它的形状像一个突出的碉堡,三面临海的悬崖绝壁形成一个半圆形,巧妙化解了急箭般冲来的风浪,同时又造成大量飞速盘旋的涡流。就在它的东面,是名为开普角的另一组突兀的石崖,形似刀锥,分解和切割了另外一个方向的风浪。两个岬角齐头并进,对大洋形成蟹钳之势,构成方圆相济的抗风浪结构。

狂风怒吼,海浪在流动中加速膨胀。海面倾斜如蓝色梯田,数十道骤然而起的水墙刚刚引爆灰白色浪阵，便被风迅速吹散，化成漫天水雾。迷雾中的排浪活像披头散发的深海怪兽，发疯似的寻找猎物。蜂拥而至的浪涌共同袭向好望角断崖，一道道巨大的水柱冲天而起，接着炸弹一样散开，轰鸣声震耳欲聋。

好望角身后，是连绵不断的开普半岛山岭。返身登上238米高的开普角老灯塔处往下看，原来这是开普半岛弯弯曲曲伸向西南的一个长条型岬角，岬角尽头伸出两个角——大名鼎鼎的好望角和默默无闻的开普角。

开普半岛主峰，是海拔1088米的桌山。山体为数十座山峰合成的小高原结构，顶平如砥且高悬于半空，恰似一个巨大的桌面。印度洋与大西洋从东西两侧日夜夹击，却对它无可奈何。桌山奇特的平面山顶和周边裸露的残崖断壁，皆是风的巨剑日夜劈削的结果。山上风云一年四季变幻莫测，常因暴风雨而关闭景区。从西侧仰望，此山是一片飞崖突兀的奇峰怪岭，号称十二圣徒峰。在东侧，它变成一道坡缓谷平的南北向长岭。

这桌山及好望角一带的岩层，好像专为抗风浪而设计。山上是棱角分明的砂岩、石灰岩，山下却是浑圆一体的花岗岩，形成又一种方圆结合的构造。乘车从好望角向东西两侧沿海滨路一直行驶，在坎普斯海湾、豪特湾、福尔斯湾、齐齐卡玛森林公园海边仔细观察，数百公里的海岸线，几乎都是千奇百怪的花岗岩基岸。

桌山周边的开普山脉与东部的德拉肯基山脉连在一起，护卫着南非平均海拔600米左右的高原，形成对海洋的天然屏障。再往北，整个非洲大陆千山万岭，以一个巨大的半岛，形成对印度洋和大西洋的天然分水岭。似乎还嫌不够坚固，非洲大陆与北半球横贯东西的欧亚大陆板块又形成互联结构。

好望角前方，南纬34度到65度方圆数千公里范围内，大海茫茫，波涛滚滚，看不见任何陆地和山脉的影子。从这个角度看地球，整个是一个水球。

这里是大陆的尽头，蓝色海洋的起点，也是大陆板块与海洋板块的交会点。

二

航海家们将好望角一带的风浪称之为"杀人浪"。传说这种海浪前部犹如悬崖峭壁，后部则像缓缓的山坡，波高一般有15—20米，在冬季频繁出现，还不时加上极地风引起的旋转浪，两种海浪叠加在一起，整个海面如同开锅似的翻滚，加之水下多暗礁险滩，这里成为世界上最危险的航海地段。

好望角东面400公里外的摩塞湾（Mossel Bay），葡萄牙探险家迪亚士当年停靠的地方，现在已经是迪亚士博物馆所在地，里面展示了一艘按1∶1比例复制的迪亚士当年驾驶的帆船，排水量只有100吨。据展陈史料介绍，1487年8月，借助于恩里克王子前期组织的航海探险经验，迪亚士率领两艘双桅帆船从里斯本沿大西洋海岸向南行驶，探寻从海上去东方的路线。他们在海上连续颠簸了半年多时间，行至圣赫勒拿海湾附近，海上突然刮起狂暴的西南风，海水似决堤的洪水奔腾咆哮，掀起滔天巨浪。两艘帆船如同两片抛入大海的落叶，在波峰浪谷中东倒西歪地漂荡。迪亚士和水手们胆战心惊地握紧舵轮和帆绳，足足在风暴中漂泊了两周，于1488年2月初方才发现了海岸上的桌状高山。这时，由北向南的非洲大陆架不见了，海岸线变成了东西走向。迪亚士这才明白，船队已到达非洲大陆最南端。

由于风浪太大无法停泊，船队向东一直行驶，直至风平浪静的摩塞湾，才得以停靠休整。迪亚士决定继续向北寻找印度时，他的所有船员因疲惫不堪，一致反对。迪亚士只好命令返航。

为了纪念在风浪中发现的这个海角，迪亚士将其命名为"风暴角"。但他带着绘制的航海地图返回葡萄牙向国王若昂二世汇报后，后者认为这个名字不吉利，将其改为好望角，意为绕过这个海角便会带来好运。岂料 12 年后，迪亚士的船跟随卡布拉尔远征队再次来到好望角，遇到同样诡谲的风暴，连船带货沉没海底，迪亚士与船员全部遇难。

据海洋学专家考察，好望角冬天的风暴吞没的船和人比南半球任何海岸都多。桌湾有记录可查的沉船事故就有 350 多起。仅在 1865 年 5 月 17 日，18 艘远洋航行的大船和 30 多只小船全部被海浪吞没。

好望角的风浪为何如此之大？

据海洋科学家考察，这里是盛行西风带。由于好望角至南极圈是一个围绕地球一周的大水圈，在地球自转产生的偏转力作用下，风暴席卷着海浪，形成世界上最强劲的西风漂流。再加上赤道海域的热空气南下，在此与极地方向袭来的冷空气相遇，形成强烈的温度差和气压差，进一步加大了风力，这一带因此被航海家称之为"咆哮西风带"。

好望角更有复杂的大海洋流。洋流，是陆地上任何大江大河都无法匹敌的海中洪流，它通过在赤道和极地之间的循环，对地球环境和物种发生深刻影响。一般来说，在某个海域，很难同时看到冷暖两种洋流。但是好望角却是例外，这里是源于南极的大西洋本格拉寒流和源于赤道的印度洋厄加勒斯暖流相互交汇之处。在大西洋一侧海岸，可以明显地感觉到气候的寒冷，戈壁荒漠乱石滩较多，植被以低矮灌木丛为主。而印度洋一侧海岸，受暖湿气流影响较大，雨水充沛，植物繁茂。两股冷暖差别较大洋流在此剧烈对冲和不断交替运动，造成强烈的气候反差，导致风暴频发，巨浪翻腾。

好望角一带水下，是自北向南呈 S 形的大西洋中脊与印度洋中脊的西南支相接处。而呈"人"字形的印度洋中脊东南支，最终又与东太平洋中脊相互连接。经美、法两国科学家于1973年考察，大西洋中脊有一条纵深2800米的裂谷，内有许多正在喷发岩浆的活火山和沸腾的热泉。这一伴随地震和火山活动的水下山脉体系，在促进滚滚洋流穿越赤道和南北两极的同时，必定增添了又一种推波助澜的强大力量。

三

迪亚士海上探险，不仅发现并体验了大西洋和印度洋的自然风暴，而且掀起了西方大航海和欧洲殖民的历史风暴。

距迪亚士发现好望角不到10年，航海家达·迦马率4艘三桅帆船沿迪亚士开辟的航线向南行驶，在顺利绕过好望角之后，沿非洲东海岸向北行驶，在阿拉伯舵手和学者马德内德的导引下，横穿印度洋，航行1.9万多公里，于1498年5月28日抵达印度的卡里卡特城。他以极小代价换回的一船香料、宝石、丝绸，相当于航行费用的60倍收益。

西班牙与葡萄牙在海洋探险上展开了激烈竞争。1492年8月3日，相信向西行驶也能到达印度的哥伦布在西班牙国王的支持下，率领三艘帆船西航，横穿大西洋，在马尾藻海侥幸挣脱长有吸盘的海藻围困，到达巴哈马群岛、古巴、海地。他让手下人和他一起发誓，这就是《马可·波罗游记》中所说的印度，但不久被证明是美洲新大陆。

得益于参加葡萄牙的南亚远征队，水手麦哲伦到达马鲁古群岛，看到东面是一片大海，坚信越过这片汪洋也能到达美洲。1519年9月20日，麦哲伦被西班牙国王任命为探险队首领，率领5艘帆船、265名船员横渡大西洋，沿巴西东海岸南下，穿过大浪大涌的麦哲伦海峡，驶入浩瀚的太平洋，历经饥饿、败血病和死亡减员的折磨，到达菲律宾群岛。麦哲伦不幸被当地土著居民杀死，只剩18名船员驾驶最后一艘船，经印度洋，绕好望角，于 1522 年 9 月 6 日返回西班牙，完成了首次环球航行。

欧洲沸腾了，地球被海上航行证实是圆的！人类首次了解了整个世界的范围。一片片从未见过的新大陆、新大洋展示在人们面前，有关新岛屿遍地是金矿的消息在社会各个角落飞快传播并发酵，渴望发财的欲望扰乱了成千上万人的神经，政府和民间组织的探险活动持久不衰，国王、大臣、军人、商人、水手、罪犯皆跃跃欲试。

航海大发现激发了争夺海上霸权和欧洲殖民的狂潮。葡萄牙控制并垄断了大西洋至印度洋的海上通道，占领了马六甲海峡；西班牙占领了菲律宾和美洲大部分地区；两个国家商谈了如何瓜分世界。荷兰奋起直追，于 1652 年控制了好望角，并移民南非，成为全球海上贸易霸主。英国干脆起用海盗，快速发展海军实力，打败了西班牙无敌舰队，夺取了荷兰人统治的南非，占领了印度、缅甸、澳大利亚、新西兰……建立了殖民地面积相当于本土 111 倍的"日不落帝国"。俄、德、法等国纷纷加入发展海军、攻城略地的队伍，东方的日本提出要脱亚入欧。

短短数百年间，殖民者像洪水泛滥一样侵入了亚洲、美洲、非洲和大洋洲。如罗伯茨《欧洲史》所记，1914 年，全世界超过五分之四的土地属于欧洲帝国或欧洲殖民者建立的新国家。世界地图重新改写，人类历史发生翻天覆地的变化。

欧洲探险家以非凡的意志和胆量、先进的航海技术，突破千难万险，取得史无前例的地理大发现，但他们同时又是入侵者和强盗，把弱肉强食看成大经地义。达·迦马于 1502 年率 20 艘军舰再次去印度，沿途烧杀掳掠，将一艘商船抢劫一空，屠杀了船上 300 多名非洲摩尔人。哥伦布一直主张向印第安人发动战争以获取奴隶，然后再出卖他们以获得资金。欲望使人疯狂，最有文化的欧洲殖民者变成了最凶残的野兽。据拉斯·卡萨斯的《西印度毁灭述略》，1500万印第安人在欧洲殖民狂潮中惨遭杀害；又据联合国教科文组织发布的专家报告，至少有1100万非洲黑人被贩卖到美洲做奴隶。

徜徉于桌山山顶，西北角可以清晰看到桌湾维多利亚港停泊的船只。耳畔传来500年前欧洲传教士的祈祷声、水手的吆喝声、船上马匹的嘶叫声和奴隶搬运货物的喘息声。我仿佛看见葡萄牙、西班牙的风帆战船从这里驶过，船舷的火炮露出凶猛神色。鸦片战争时的英国炮舰在此停泊补给，荷枪实弹的士兵在甲板上来来往往。库克、达尔文完成环球航行后心满意足地从这里返回，船上装满了从世界各地采集的动植物标本。那些从美洲、非洲、东南亚、澳大利亚满载而归的货船，不仅有黄金、宝石、珍珠、香料，而且有戴着镣铐以供展览和贩卖的人种。或许是好望角风浪看不惯人类的某些行径，许多返回的船队仍然难逃一劫。据开普敦有记录可查的档案，大概有2200万镑的金银珠宝因海难散落在桌湾海底。

海上探险—控制海洋—海上贸易—建立殖民地，成为大航海时代一些国家走向强盛的重要途径。谁控制了海权，谁就掌握了开启财富的钥匙和争霸世界的主动权。在海上利益争夺中，能否掌握远洋航线上的咽喉要道、岛屿、沿海重要港口，如直布罗陀海峡、佛得角、好望角、马六甲海峡、关岛、威克岛、古巴等，成为能否拥有海上交通和贸易优势的关键。而好望角，作为大西洋与印度洋的交通要道和欧洲人环球航行、南极圈航行的必经之地，战略地位突出，争夺尤为激烈，数百年几易其主。

历史有其两面性。探险与大航海，虽然伴随无数血案和灾难，但毫无疑问改变了世界各地区的封闭与隔离，促进了不同种族的交流与合作，推动了社会进步以及天文、地理、海洋、生物多种学科知识的发展。人类的文明，莫非如好望角冷热交替的洋流，虽有血腥风浪，但最终充满活力、走向全球性循环?

  斗转星移,时过境迁。昔日欺凌四方的海上霸主一个个退出历史舞台,欧亚非大陆和美洲大陆的许多殖民地国家已获得独立。种族之间的野蛮战争终于成为历史,欧洲人废除了奴隶制和奴隶贸易,推行种族隔离政策的南非白人政权被民族和解的新政权取代。1869年苏伊士运河通航后,欧亚之间的海上航行距离大大缩短,但每年仍有三四万艘远洋货轮通过好望角。开普敦更加繁荣,各种肤色的人群在城市街道擦肩而过,这个汇合不同种族的地方被称之为彩虹国度。好望角的风浪,最终见证了人类走出蒙昧、趋近文明的足迹。

南非动物

我们都没想到南非西北省冬天（正值北半球夏天）的早晨会这样冷。在酒店门口等车的时候，南半球的太阳还没有从山顶冒出来，我们冻得浑身打战，M女士开始心慌。但白人司机鲍勃驾车到达后，我们见他只穿一条薄薄的白色短裤和一件黑色休闲外套，不禁又怀疑自己对气温的感知是否正常。酒店外面的景色很荒谬：近处的棕榈、芭蕉绿意盎然，鲜红的三角梅正在盛开。远山上的草丛却已经枯黄，有的灌木林正在落叶。

鲍勃长得很像美国大兵。身材彪悍，一脸络腮胡子，目光如炬；头上套一个羊毛编织的帽子，戴上墨镜，又像绑匪；但他身上散发的豪气和力量，给人一种安全感。他开的敞篷车由日本丰田越野车改装，3排9座，擦洗得崭新光亮，看上去坚固牢靠。我们7人一起上了车，鲍勃给每人发了一条灰色毛毯。我用不太好的英语问鲍勃，冬天能看到的动物是不是很少。鲍勃说是的，但是运气好也会有出人意料的发现。我又问坐在车上哪个位置适合照相。鲍勃说哪个座位都非常好。

我们去的比邻斯堡野生动物保护区毗邻博茨瓦纳边界，与入住的太阳城酒店紧挨在一起。头一天逛了荷兰裔富翁科斯纳（Sol Kerzner）建造的太阳城，在辽阔的地毯式草坪和高尔夫球场里，看着点缀其间的花草树木、河流湖湾，恍若置身瑞士风光之中。再去酒店赌城，望着各种肤色的赌客和人间荣华富贵的花样，不一会儿便忘记了身在何处。现在驶入这野生动物保护区的荒山野岭，方觉返回原汁原味的非洲大自然风光。山不高，但树影森森。山坡平缓，河谷宽广，到处是深厚的草原和星罗棋布的灌木林，完全是海明威笔下非洲丛林的味道。

这次旅行，携带了海明威《非洲的青山》，重新翻看作者所记的1933年东非狩猎之旅，如同两年前在巴哈马游轮上重读《老人与海》《岛在湾流中》，里面的动物世界令人眼花缭乱。书中捕杀犀牛、捻角羚羊、斑马和鬣狗的场面，让我想起了《太阳照常升起》对于斗牛士罗梅罗刺杀公牛的精彩描写。书中也有射杀狮子，但不如《弗朗西斯·麦康伯短暂的幸福生活》写得生动。《一个非洲故事》中土著人捕杀大象那样的事例再也没有出现，作者似乎对猎杀大象持否定态度。我佩服他不露声色，只用动词、名词就展现了惊心动魄的场景。不过狮子、犀牛在人类的残忍猎杀下，越来越少了。海明威的捕猎，当时就受到环境保护者的批评。

车辆在丛林中的土路上快速穿行，整个山林、草原像一道背景似的晃动起来。鲍勃一手握方向盘，一手拿着对讲机与远方的司机同伴联系。我们在车上开始议论这次能碰到几只动物。走了很远，只看到一只狒狒爬在树顶上，于是我们越来越没有信心。

就在这时，我们发现左侧树林中有一只羚羊。待众人喊起来时，车已经开到了前面，鲍勃立即缓缓倒车返回。我看到了树丛中露出的羚羊臀部，根据视线告诉鲍勃，"back，back（倒车）"，鲍勃按我的指示一点一点地往后挪车，刹那间我觉得与他获得了一种默契。待看到整只羚羊的身形，我立即以"OK"让鲍勃停车，并顺利地拍照，但因距离在七八十米开外，手机拍的图像不太清晰。我有些失望。

车继续前行，灌木丛在敞篷车两侧飞速穿过。在远方数公里外的山坡上，我们又隐约看到长颈鹿的身影。但因距离太远，我们只能像长颈鹿一样，伸长脖子远远眺望。鲍勃驾车转进了一条山谷，在一片水湾附近停了下来，我们看到了一群很大的鸟栖息在湾里的枯树上，羽毛雪白，于是拍摄了很漂亮的照片。

车从山谷中爬上了一个很大的山坡，在路边一片稀疏的树丛中忽然出现三只正吃树叶的长颈鹿。鲍勃紧急刹车，回头轻轻嘘了一下，暗示我们不要出声。我们的心吊在了嗓子眼上，生怕这些大宝贝逃走。那几只长颈鹿却毫无察觉，嘴巴一张一合地慢吞细嚼了一会儿，一个个大摇大摆地走过。我仰起头，目光从其健壮的长腿移到庞大的身躯，直至起重机吊臂般的脖子和小小的鹿角，觉得它们不愧为地球上最高的动物；那昂首阔步的姿态、遍身的美丽花纹和高悬空中的闪亮眼睛，皆透露着温和善良与优雅高贵的气质。我想起看过的一条信息：据《明史·成祖本纪》，早在明永乐十二年（公元1414年），非洲长颈鹿就由榜葛剌（今孟加拉及印度孟加拉邦）作为礼物赠送给中国，当时国人皆认定这就是瑞兽麒麟，有台北故宫博物院收藏的《明人画麒麟沈度颂》画轴为证。又据马欢《瀛涯胜览》，郑和下西洋船队在阿丹国（今亚丁）、忽鲁谟斯国（今霍尔木兹岛）、天方国（今麦加）皆见到"麒麟"："前两足高九尺余，后两足高六尺，长颈""牛尾鹿身"，并于1415年携带回国，这显然也是长颈鹿。

车上的人兴奋起来，每个人的眼睛都瞪得很大，紧盯着两边的丛林。此刻觉得那林中的灌木都像动物，众人一会儿这边发一声尖叫，一会儿那边发一声呼喊。鲍勃好几次因喊声而停车，不断地问："What did you see（看到什么了）？"我们定睛一看不过是一片枯枝，尴尬得不行，不得不承认"We madea mistake（看错了）"。于是我们更加小心谨慎地观察，看不准再也不敢乱喊乱叫。

思绪与越野吉普一起在非洲丛林驰骋，当年的海明威形象不断晃入脑海。海明威的探险式人生，包括拳击运动、参与战争、在古巴捕鱼、到非洲打猎。他的童年偶像就是1909年率队到非洲打猎、捕获了上万种动物并制成标本的老罗斯福总统，他打猎的向导是24年前为老罗斯福服务的当地白人猎手珀西瓦尔。同时，他与非洲的土著猎人特别是淳朴善良、擅长奔跑的马萨伊人成为挚友。我好奇他和土著人一起穿越杳无人迹的山谷丛林，追逐和猎杀每小时奔跑90公里的捻角羚羊，累得筋疲力尽时，是否体验到人类祖先漫长狩猎时期的甘苦。海明威喜欢狮子，自称三次射杀狮子；《老人与海》里捕获大西洋旗鱼、奋战鲨鱼的桑提亚哥不梦见女人，而是多次梦见狮子。这大概是受了土著猎人影响，深信一个男人只有杀了狮子才算是真正的男子汉吧。

　　车行1小时左右，我们已辨别不清方向，唯有鲍勃轻车熟路，带着我们来到一片湖泊，我们看到了一群河马站在河边。鲍勃停下车，用浓重的语音告诉我们，这是非常危险的动物。据说河马一旦发怒，比狮子和大象的威力还大。我们只好远远地看着那些巨大而笨拙的身影，在河边缓缓移动，一直到它们一个个下到河里，沉没水中，只有头顶还露在水面。而它们的耳朵、眼睛和鼻孔都长在头顶上，以特有的方式保持对外界的警惕和联系。

　　车从湖边绕出来，进入一片密林。我们同时发现了藏在不远处树林中的一个庞然大物。鲍勃也发现了目标。他再次暗示大家肃静，并告知这是最危险最罕见的黑犀牛。他轻轻地将车开了过去，在离犀牛侧身只有十五六米的地方停了下来，并掏出单反相机和我们一起拍照。这时，犀牛发现了我们，转过身来，怒气冲冲地直视我们。它很像远古时代的动物，身材高大雄壮，皮肤粗糙，眼睛很小，独特的牛角从鼻子前往上翘着，威风凛凛。它的身上似乎凝聚了排山倒海的力量，它会冲过来吗？一旦冲过来，肯定会把我们的越野车撞翻。所有人不自觉地停止了拍照，屏住呼吸，一动不动地假装什么事也没发生，待犀牛转过头去，鲍勃立即开车离开，并用对讲机告知远方司机。

车上一片欢腾，人人都进入亢奋状态。我的脑海闪过海明威在肯尼亚丛林狩猎的场景：一头犀牛正在溪边斜坡上快速小跑，忽听子弹嗖的一声，犀牛中枪，喷了声响鼻，猛向溪水中冲去，溅起一片水花。藏在后边灌木丛中的海明威举起春田 1861 式步枪，又连射两发子弹，犀牛疯狂地冲向山林。海明威和当地猎人循着血迹追上了倒在地上的犀牛，又补了一枪。回到营地，却发现另一名猎人射杀了一头更大的犀牛，脑袋已被割下，眼角上滴着鲜血，像眼泪。海明威于是为自己的狩猎成绩不如人而感到沮丧。

鲍勃一面开车，一面像豹子一样注视路边丛林。来到一片较为开阔的地带，只听远处灌木丛中传来勾人魂魄的嚎叫。我问鲍勃：这是狼吗？鲍勃说不是，是狐狸。鲍勃的心并不在这些乱叫的狐狸身上，他分明在辨别更危险的动物。我早已从中国导游张屹那里得知，此地狮子和猎豹都不少。近年来有一名以色列人和一名美国人在游览这片丛林时，不慎被狮子吃掉。据说狮子一般不主动攻击人类，被吃的游客都是因为侵入其领地范围而惨遭伤害。狮子的天性是捕猎食草动物。张屹送我一张摄于南非与纳米比亚边境的爱托沙（Etosha）丛林现场的照片：一只母狮捕获了一只活的幼羚，将其搂在怀里，好像舍不得吃，看上去却更为残酷。

方圆 550 公里的野生动物保护区视野开阔而又杳无人迹，车辆越过了一座又一座山岭，始终走不到尽头。太阳挂上了树梢，气温骤然上升。枯黄的山草像麦田一样无边无际，在阳光下闪耀晶光。仔细看去，山草的种类很多，五颜六色；树林和灌木丛绵延不绝，但疏朗有致，正适合野生动物奔跑。我们沿途不断看到三五成群的长颈鹿、斑马，有些丛林里聚集着上百只黑斑羚和猴子，各种各样的鸟声响彻耳边……大自然以多样化的生命奇迹展示着它哺育万物的宽容胸怀。

在丛林中行驶约两个小时，鲍勃拉着我们到了一处野外营地，稍作休整。我们刚刚从卫生间出来，鲍勃又督促我们上车，说是远方有动物在等待我们，这是他从对讲机收到的消息。这次我们进入一片从未到过的山岭，路上出现了一摊摊很大的动物粪便，鲍勃立即加速行驶。

不一会儿，前方丛林闪出两片硕大的黑影，近前一瞧，原来是一大一小两头非洲象。我们的心又紧张起来，不等鲍勃挥手示意，自觉屏住呼吸。这次鲍勃把车开到离大象只有十几米的地方，我们过足了用手机近距离拍摄野生大象的瘾。它们的耳朵很大，张开时像风帆，一对雪白的象牙微微向前翘起，皮肤紧凑而有褶皱。那头大象像是妈妈，不停地用鼻子卷起带叶子的树枝并折断，再放在嘴里咀嚼。小象显然是个孩子，围着妈妈转来转去。两头象走路时，足下无声无息，据说其足底是布满神经并富有弹性的软组织，可根据地面硬度调节足底形状。

我们看着两头象从视野中远去，走向另一片丛林，很快又看到另外一头身躯庞大、长着雪白长牙的象迎头赶来，似乎是在寻找刚才那两头象。这次鲍勃把车倒了回去，让大象从我们面前穿过了马路。在继续前行中，我们追上一辆敞篷车。前车扬起的尘土弥漫空中，我们赶紧蒙上毛毯。鲍勃似乎不以为然，始终追随前车行驶。我们只好告诉他这样近的距离我们总是吃土。鲍勃笑着让车慢了下来，渐渐地与前车拉开距离。

这时，无线电对讲机中又传来远处有动物的信息，鲍勃转了一个方向，朝着一片幽深的山谷驶去。在一片林木茂密的山峦前面，他降下了速度，两眼圆睁，目光如猎人般在山上搜索，我们都随着他向山上望去。突然，鲍勃用中文大喊一声："猎豹！"车上众人快速朝着他指的方向望去。然而，那猎豹极为敏捷，转身钻入密林。只有后面一个人隐约看到豹的身影，其他人焦急地看了半天，什么也见不到。但鲍勃却因看得清楚而极度兴奋，不停地说着："Very lucky（非常幸运）！"接着把车前进又倒退，来回折腾了数遍，并和我们一起反复搜索观察，却再也没有发现猎豹的影子。

但我们已经心满意足。世界上有哪个地方像非洲这样，能看到如此众多的大型野生动物？这只是非洲一角，在南部及中部非洲还有更多超大规模的野生动物保护区。人们都说非洲落后，许多地方没有工业，甚至没有农业，但这里的原生态保护，哪里能够比得上呢？而那些所谓文明发达地区，生态环境早已毁坏殆尽。

此项目价格 100 美元，白人司机鲍勃驱车越野整整 3 个小时 20 分钟，行程 85 公里，以优质服务让我们尽可能多地看到了当地保护生态的成果和大自然的本来面目。

导游张屹告我，南非各界人士野生动物保护的意识越来越强。他们强调动物不能圈养，要在野化中训练和保护它们。目前世界各大城市的动物园模式实际上扼杀了动物的野生状态，当今环保界人士认为不可取。为此，南非正在与津巴布韦、莫桑比克协商，打破边界，在原有克鲁格国家公园基础上，联合建立跨地区的更大规模野生动物保护区。随着环境保护意识的普遍增强，不仅老罗斯福和海明威那样猎杀野生动物的行为被严格禁止，就连威勒德·普赖斯（Willard Price）《哈尔罗杰历险记》中捕捉珍奇动物进行豢养的做法也被批判了。

写于 2018 年 8 月

海椰子与象龟传奇

一

蓝玛瑙般的印度洋，闪耀着妖艳的光彩，其中有许多不为人知的神秘岛礁。

传说很久以前，欧洲殖民者还没有到来，在印度洋北部马尔代夫的某个海岛，一位渔民撒网捕鱼时，捞到一种从未见过的奇异果实，形状很像女人的骨盆，硕大无比而又坚不可摧，以为它们是生长在海底的巨大树木之果，便称其为海椰子。

这些巨型坚果引起了人们的各种想象。经过传播和炒作，海椰子被尊崇为神奇的果实。人们发现，它的椰肉具有壮阳的作用，椰子壳是一种特效解毒灵药。传说在马尔代夫岛上，仅王公贵族才有收藏这种椰子的权力，寻常百姓如果私藏了它们会被割断手臂，甚至处死。

后来，海椰子经过印度洋早期探险者之手传到欧洲，成为稀奇的贵重物品，常被用于做酒杯，并以金银镶嵌。传说哈布斯堡王朝的鲁道夫二世曾经开价4000金币买一个海椰子果而没有成功。当时那个海椰子在比利时，是荷兰一位海军上将后裔的财产。

这些神奇而又珍贵的果实究竟来自哪里？

1768年，法国勘测人员布拉耶尔·迪·巴雷受毛里求斯法国总督派遣，随探险队到达塞舌尔群岛，这是赤道以南离马尔代夫千里之外的地方。巴雷登上其中的普拉兰岛时，在海边看到了一个坚果，立即认出是海椰子，小心地把它埋在沙里藏起来。他继续走进岛中的山谷，意外发现了大片的海椰子树林，并采集了30颗同样的坚果。至此，离法国人首次探险塞舌尔已有25年，他们多年来在印度和整个亚洲到处寻找这种果实终于有了答案。

海底神话终结了，新的神话传说又出现了。人们发现，海椰子雌雄异株，不仅雌果酷似女性骨盆，而且雄果更像男性的私处。于是围绕海椰子的各种情色故事开始不翼而飞。1881年，查尔斯·乔治·戈登，就是那个指挥英法联军焚烧圆明园、最后在苏丹被暴动者砍头的英国将军访问塞舌尔群岛，见到海椰子后感觉神奇，认定这些岛屿就是《圣经》里的伊甸乐园，引起人们肉欲之想的海椰子就是引诱亚当夏娃失去乐园的智慧果，并写下《伊甸乐园和它的两株圣树》一书（手抄本），广为传播。

人们最终确认，野生海椰子是地球上最大的椰子和种子，只存在于塞舌尔群岛的五个花岗岩岛：普拉兰、库里欧斯、园岛、肖夫苏里、圣皮埃尔。而目前只有前两个岛生长海椰子，其他三岛已绝迹。

为何只有塞舌尔的花岗岩岛保留了海椰子这一独特而古老的植物？曾经在塞舌尔群岛生活了26年的英国学者居伊·利奥内认为，这可能是地质年代中古老大陆板块断裂和部分消失的结果，现今塞舌尔群岛的花岗岩岛群则是这个大陆板块的碎片。在这个时期很多植物消亡了，唯有海椰子被幽禁在这些礁岩上并顽强生存下来。

塞舌尔还有一个令人惊奇的物种——象龟。象龟是地球上最大的陆生龟，以腿粗像象脚而得名。分布于非洲、美洲、亚洲及大洋洲若干岛屿，以塞舌尔和东太平洋加拉帕戈斯岛的象龟最为有名，而塞舌尔的象龟又特别多。它和海椰子一起，成为塞舌尔的国宝，其形象图案印在了国徽上。

二

　　我一直喜欢椰子树，就像喜欢大海一样。海边椰子树如同山中竹子，秀逸洒脱，常青不败。它顽强地生长于海边，耐贫瘠，耐暴晒，不怕风暴，可吸收海水而生存。热带的海岛，一看到椰子随风摇曳的卓姿，便觉生机盎然。传说椰子能依靠洋流和风力，漂洋过海，到达远方海岛再发芽生长。那么，神秘的海椰子又是什么样呢？

　　到塞舌尔，第一件事，当然要看海椰子和象龟。我在国内筹划塞舌尔之行时，提前联系了当地一家华人旅行社，拟坐船去普拉兰岛。6月中旬，到了塞舌尔首都马埃岛住下，不巧正是风季，连续两天风雨，去普拉兰的船一律不开。第三天雨停了，仍然有风，原计划乘坐的20座小船还是无法航行，只好乘坐 Masons 旅游公司英语导游的客船出海。

　　早上5点半在酒店吃了简单早餐。6点25分准时坐上旅游公司来接送的面包车。7点到达维多利亚港，登上"椰子猫"号双体客船。一出港湾，便遇到了印度洋的风浪。说起来那浪也就是三五米高，但颠簸得厉害。此船上下两层，坐了100多游客，开得飞快。船体像纸糊的大风筝，被风吹得噼噼啪啪地响。浪花不断从船头卷到空中，再倾盆泼洒到船上。有好几次海浪把船拱起来，离开海面，再跌下来。船上欧洲乘客一阵阵尖叫，尖叫之后又是咯咯的笑声。船上很快有人呕吐，一位印度妇女怀里的孩子不停地大哭，船员们则若无其事地守卫在各自岗位。船行一个多小时，到达普拉兰岛。

　　眼前出现了一个仙境般的海岛。海水泛着晶莹的珊瑚绿，岛上是一尘不染的翠绿山峰，中间隔着雪白耀眼的沙滩，花岗岩礁石千奇百怪。山上白云缭绕，空气中弥漫着浓郁的椰香，到处是珍稀树木和奇花异草。

为了烘托气氛，导游 Debbie 先带游客乘船到旁边的拉迪格小岛看平常的椰子树——黄椰子和绿椰子。这个小岛实际是普拉兰岛向东延伸出的支脉，到处是椰子的倩影。绿椰子与中国海南常见的椰子相似，又细又高，半空中结一堆绿色椰果。黄椰子又粗又矮，椰果结得更多，金灿灿一片，正是丰收季节。Debbie 介绍说，绿椰子可以喝水，黄椰子可以榨油。她带我们参观了榨油的作坊：大茅草棚里，一位中年妇女正赶着黄牛转圈，中央是一个巨大的木制杵臼，通过牛的拉力带动杵臼上下机械运动，捣碎椰子，清亮的油便流了出来。

返回普拉兰岛，乘车沿当年大航海时代探险者走过的路，翻山越岭，到达神奇的海椰子家乡——五月谷。只见彩云飘飘，天地之间呈现祥瑞之气。漫山遍野的原始森林里，皆是高大的海椰子树。一棵棵光洁的柱状躯干直插云霄，在力与美延伸的极致中骤然展开硕大的树冠，成千上万的扇形棕榈叶从不同角度一齐斜指向天，势欲揽抱日月。一堆堆巨大的果实像是被人刻意聚拢一起，藏在高悬空中的树冠之间，须使劲仰头方能看清，但沉甸甸几乎马上坠落的感觉又让人担惊受怕。椰林中清凉阴暗，海风吹动掌状棕榈叶，沙沙作响，如清脆悦耳的水声在山谷中激荡。

Debbie 就是普拉兰岛上的克里奥尔人，我怀疑她黑红而富有弹性的皮肤、闪亮的大眼睛是从小喝椰汁长大的结果。她带领大家抄小路走进杳无人迹的密林，如数家珍地讲解海椰子的传奇。确如基督徒戈登所说，所有这些荒岛上的海椰子树，可以看成一雄一雌两棵树——忠贞无比的"爱情之树"。奇特的是，雄株与雌株紧挨一起生长，它们的叶子相互关联摩擦，树根盘结纠缠一起。如果雌雄中的一株被砍，另一株则会"殉情而死"。当地人传说，在宁静的夜晚，雄株会悄悄地和雌株合在一处，可以听到它们谈情说爱时的喃喃细语。人们相互告诫，千万别在这个时候靠近海椰子，一旦打扰了它们的爱恋，会给自己带来厄运。

海椰子密林似乎是母系社会的天下，到处是雌株粗壮的躯干、长长的枝条，碧绿闪亮的叶片和丰硕的果实。而雄株长得高，树冠被雌株枝叶挡住，难得一见。Debbie 领着游览时，请她指认雄株，她寻觅了好久才找到一棵。原来从下面往上看，雄株和雌株长得几乎一模一样，即使 Debbie 也只能凭借果实分辨，而雄株因果实较少又难以发现。

高悬树冠之下的一堆堆雌株海椰子果让人大饱眼福。它们的造型既像人的骨盆，又如一颗心脏，肥实丰满而又硕大无比，满满的能量和生命力喷薄欲出。无论是谁，只要瞥它一眼，便会怦然心动。Debbie 告知，此果一成熟便坠落，椰果掉地的低沉声音是山谷中动听的音乐。游客们听后心里又紧张起来，走路时尽量离椰子树远些，生怕被坠落的海椰子击倒。

巨大的海椰子树很像神物。它是哪一个地质年代遗留的植物？不得而知。只觉得它与周边的所有植物不在一个时空。Debbie 说它第一年发芽只生出一片叶子。随后每年生出一片叶子。到 15 岁时，才开始长出树干。25 岁才完全成熟并开花结果。而一个海椰子果要 7 年才能长成，即一个海椰子落地发芽后，至少要 33 年才会生出第一个后代。

海椰子虽然也是棕榈科植物，但它与常见的椰子树大不相同。椰子树一般只有十几米高，叶长 3—4 米，椰果重 1—2 公斤。海椰子高达 30 米以上，叶长 7 米，椰果重达 10 公斤左右，最重可达 30 多公斤。普通椰子树大都生长在海边开阔处，唯有这海椰子却藏在无人知晓的深山老林之中。普通椰果适应能力强，即使漂流到远方荒岛，也能扎根生长。唯有这海椰子，不仅忠于爱情，而且忠于生长它的土地。椰果一旦漂流至异地，便不会发芽生长。

据 Debbie 介绍，海椰果在 7—9 个月大的时候，内中果汁稠浓如胶状，味道香醇，可食亦可酿酒。超过 9 个月后，果肉就会逐渐变硬。成熟的海椰子果肉洁白而坚硬，有人以此冒充象牙，有以假乱真的效果。海椰子肉以清心安神、清肺止咳功效而闻名，据说可治久咳、失眠、中风等症，并有润肤养颜的功能。

海椰子树最长寿命可达 400 多年。全世界海椰子树只剩 8000 多棵，全部集中在普拉兰岛和库瑞岛，而绝大部分生存于普拉兰岛。

三

塞舌尔的另一特产是巨大的象龟。真正的龟岛位于马埃岛西南，即塞舌尔最大的珊瑚岛——阿尔达伯拉岛。其地势仅高出海面 1 至 2 米，四周水流湍急，人所难及。岛上栖息着许多野生大海龟。世界上保留这种原始龟的地方只有两处，另一处是达尔文去过的东太平洋加拉帕戈斯群岛。

塞舌尔的阿尔达伯拉象龟是目前世界上体格最大，也是最长寿的陆龟品种之一。它们最早受到国际保护，数量稀少，极为珍贵。其体重可达数百公斤，寿命可达 250 年。阿尔达伯拉象龟在塞舌尔象征着力量、健康与长寿。岛上至今有一风俗：经济条件允许的家庭，每当有一个婴儿降生，就会收养一个小象龟，让它和婴儿一同成长，以求长命百岁。

象龟以植物为食，很容易吃掉树苗。为对付象龟，岛上多数棕榈科的植物在茎的底部都进化出坚硬的刺。海椰子虽然没有刺，但即使是幼苗，其茎也坚硬无比，形成坚固的保护层，象龟对其无可奈何。

目前塞舌尔各岛都可以看到象龟，以普拉兰岛和拉迪格岛居多，但都是人工喂养的。我所住的酒店和岛上居民也养了许多。象龟很像史前动物。头大，颈长，背高隆，腿特别粗壮，皮肤粗糙。颜色很像晒黑了的花岗岩，龟缩不动时，会让人误以为是大石头。象龟待人友善。欧洲游客喜欢喂它们香蕉，它们很喜欢吃。抚摸其头部和颈部，它们伸长脖子任凭触碰，乖乖不动。

据当地史料，16世纪以前，塞舌尔群岛、留尼汪岛和毛里求斯岛都盛产象龟。后来由于葡萄牙、荷兰、法国和英国船队的到来，象龟遭遇空前的浩劫。

在大航海时代，风帆船的生活条件极差，远航的船员们因为长时间吃不上新鲜蔬菜和肉食而患上坏血症，纷纷死亡。16、17世纪，从欧洲绕好望角到印度尼西亚的远航，往返3万多公里，船员死亡率高达40%。当航海者发现，塞舌尔的象龟能不吃不喝而生存数周以上，可以为水手们不断提供新鲜肉食时，如获至宝，立即开始在毛里求斯、塞舌尔一带疯狂搜捕。1796年7月23日，法国"海神号"船长于勒声称，该船在塞舌尔捕获了100只巨龟。从1773年到1800年，欧洲船队从塞舌尔群岛捕猎的象龟至少有10000到12000只。正是由于欧洲殖民者的大规模捕杀，除阿尔达伯拉岛外，周边其他岛上的象龟群均已灭绝。

比黄金还贵的海椰子被欧洲殖民者发现后，命运与象龟一样，也难逃一劫。来往印度洋的船队经常劫取普拉兰等花岗岩岛上的海椰子。据居伊·利奥内考证，1769年9月，法国"玛丽幸福"号船到达普拉兰岛，装满海椰子后运到印度市场上倾销。1771年，英国东印度公司派出"德雷克""伊格尔"两条船到塞舌尔群岛进行勘查，"伊格尔"号在船上装满了从库里欧斯岛上劫取的海椰子后，又放火烧毁海椰子树林，致使岛上发生火灾。

经过印度洋数百年不平静的岁月，形形色色的海盗已烟消云散，普拉兰岛的野生海椰子林和阿尔达伯拉岛的象龟最终顽强地生存下来。现在这两个岛屿都已被塞舌尔政府划为原始生物保护区，严禁采摘和捕获。游客可以到普拉兰岛现场参观，但不能带走任何东西。我去逛了塞舌尔首都马埃岛的贸易市场，那里有卖新鲜金枪鱼、章鱼、螃蟹、生蚝和各种热带水果的，各种肤色的人进进出出，很热闹，但严禁买卖海椰子，只能买到仿制的海椰子果模型。

写于 2018 年 9 月

西沙之行

下午4点半,"南海之梦"号游轮挣脱三亚湾的围拢,驶向西沙群岛。天色阴沉,海面暂且平静,游轮在海上拖出一条青白色河流,与东南方天空的橙色横云遥相呼应。游轮前方,大海茫茫,前途未卜。游轮身后的山峦、城市逐渐变成斑斑点点。

一

我多年前对南海的大浪就有所闻,但对冬季的海况仍然抱有幻想。经询问船员才知,从11月至4月,南海为大风大浪季节;5月至10月为台风季节。唯有在台风间隙,海面反而平静。天气预报未来一周南海始终是东北风6—7级。查询"南海之梦"游轮数据,得知它是由货轮改装,共十层,排水量虽然为2.5万吨,但因没有装载货物,吃水只有5.9米,抗风能力一般。想到这里,风浪的阴影悄然袭上心头。

进入公海,不出所料,波涛骤然涌起,甲板上的游客不知不觉开始摇摆。海风带着浓重的湿气扑哧扑哧击打船舷,人们的衣服、头发横向飘了起来。不久,像小城镇一样的巨轮升起来,又沉下去;倾斜过去,又摇摆过来。海面出现了大片塌陷的大坑、涡流、黑洞。船上的音乐、人声被风吹成碎片,散向四面八方。

露天电影院设在十层甲板上，正在放映 60 多年前拍摄的西沙群岛黑白纪录片，观众寥寥无几。影片中，一支水利资源调查队正在东岛、浪花礁、东琴岛、罗岛一带海域捕捞。我好奇西沙的鱼长什么样，坚持在船体剧烈摇摆中看电影。只见那些船员捕捞上来的鳐鱼、石斑鱼、苏眉鱼、海龟，都比现在所见的大得多。有一条 1000 多斤的鲨鱼被抓到船上，占满了整个船舱；还有一条捕捞的梅花参肉乎乎一大团，足有 10 多斤重。然而，大风吹得船舷玻璃、吊挂救生艇噼噼啪啪响，船上音响嘶哑变形，银幕一会儿黑一会儿亮，电影最终因画面抖动厉害而关闭。

天空黑了下来，东北风越刮越凶，甲板上几乎站不住人，游客大多躲进舱内。我把紧栏杆，静静体验这古代海上丝绸之路的颠簸。郑和七下西洋，从马六甲海峡进入印度洋，这一带海域是必经之路，他带领的船队最大排水量不过 2000 吨，如何承受大风大浪？船底的浪，起了声音。海中似有无数大山小山，游轮在急升陡降中摇摆前进。时而觉得船在空中飞，在气流中颠簸。

天海之间漆黑一团，如进了无底洞。空中下起了雨，无声无息。借游轮甲板灯光迎着风雨望去，却不是雨，是被风卷上空中的浪花，粉碎成雾，漫天飞舞。巨浪摔打船舷，似有许多面旗子哗啦啦响起来。甲板被浪花溅得又湿又滑。探身瞥一眼昏暗的海面，见无数黑影魔鬼般从涡流中涌出，猛拽着游轮往海底拖。

晚饭，许多游客因晕船没有吃。大多数人脸色发黄发白，许多人控制不住，跟跟跄跄跑到公共卫生间呕吐。夜里 12 点至凌晨 3 点，游轮摇晃最为剧烈，通向甲板的门窗全部关闭，禁止游客外出。实际上，90% 的游客晕船卧倒，房间、走廊、卫生间、大厅到处传来恶心呕吐的声音。有人大声呼喊着呕吐，恨不得把五脏六腑吐出来。没有吐的人躺在床上也难以入睡，脸色蜡黄，极度衰弱。晕船，将所有的游客折腾了一夜。

　　晨起，南面海上出现了一片灵异的绿光，那是典型的珊瑚海。绿光之后是一片模糊的黑影，细看是一群低矮的珊瑚礁盘。此刻，人们在茫茫大海中见到陆地，如同见到救星。风还在猛刮，甲板上仍然站不住人，但游轮不晃了。海中汹涌的波浪已被纵横交错的珊瑚礁切割化解。随着一阵叮叮咚咚的铁链声，游轮在西沙永乐群岛北端抛锚。

二

　　这片辽阔的海域是年轻的珊瑚礁王国。它的水和巴厘岛、马尔代夫一样碧绿清澈，珊瑚沙雪白耀眼，礁盘却大部分隐藏在水下，正在发育之中。西沙群岛有岛屿、沙洲、暗礁、暗滩近40个，海岸线长518公里。目前只开放永乐群岛的鸭公岛、全富岛、银屿岛。三座岛屿皆无淡水，其中全富岛无人居住。由于各岛周边满布暗礁，大型船只无法停靠，只能乘橡皮艇登岛。

　　风力始终不减，海面上到处是绽开的浪花。临时码头站着多位水手，手拉手协助游客登艇，浪头时而从两侧翻卷上来，将艇上刚坐下的人浇成落汤鸡。我拿出提前买的专用防水袋，装好手机，摇晃着上了艇。驾驶员顾不得躲避波浪，开足马力便飞驰起来，橡皮艇在波峰浪谷中蹦跳着前进。借着橡皮艇与海涛的亲密接触，我看清了它是骑在两个波峰之上时，发生了强烈颠簸，浪花从峰尖上飘扬起来，像暴风雨，散落游客身上。400多名游客，每条艇载15人，分期分批上岛、下岛，每天两次往返，不少人被浪花浇湿全身。

　　鸭公岛，原始、荒凉、而又彰显生命的顽强。这个海拔只有3米的小岛，全由棱角分明、尖锐锋利的珊瑚遗骸组成，那是风浪日夜不停地摧残珊瑚的痕迹，也是迎着风浪生长的珊瑚发达昌盛的标志。岛上植物很难生存，仅有十余株银毛树和零星的马鞍藤，皆为耐盐、抗风的海岸植物。岛中心有一片木板、铁皮搭建的简易房。房子连在一起，盖得很矮，风刮得房顶呜呜地响，整排房子都在摇晃。但里面住着20多户不怕风浪的渔民，皆来自海南琼海市潭门镇，因世世代代在南海打鱼而名扬四海。

那些潭门渔民，穿着极其随便，一律的短裤、T恤、拖鞋，似乎随时准备下海。个个晒得黝黑，肩头和胳膊肌肉麇集，身体像珊瑚礁一样结实，风吹浪打的痕迹顽固地残留在粗糙的脸上。随便和谁坐下来聊一聊，都是一本南海活地图，对海中岛屿、礁盘、暗沙、风浪状况如数家珍。再看其门前水池中养的活鱼，尽是苏眉、青衣、花斑、东星斑、老虎鱼等珍贵鱼种，在舟山群岛、青岛、大连根本见不到；海南偶尔能见到，也很少。这个荒岛其实是中国吃海鲜最奢侈的地方。

我走进渔村水池里养鱼最多的一家，见到两位憨厚的壮汉，一问是父子俩，来自潭门镇林同村。父亲许明时，52岁；儿子许治任，31岁，皆去过西沙、南沙诸岛和黄岩岛。坐下一聊，竟有一见如故的感觉。干脆要了一条青衣，小伙许治任下厨，一会儿便清蒸好端了上来，尝一口，鲜极。于是边吃边聊。

海风劲吹，远方的海面由深青、孔雀绿到宝石蓝，闪耀着珊瑚海不同的色彩。许氏父子口述的南海故事，与海边清脆的涛声一起沁人肺腑。在潭门人眼里，南海是一片散发永久魅力的祖宗海。这里有巴士海峡涌进的黑潮分支，有台风和季风交替引起的海洋涡漩，涌浪大，洋流复杂，但珊瑚发达，鱼类众多。每一座白沙、绿树环绕的岛屿、礁盘，每一片洋流和海鱼进出的潟湖和水道，都有潭门人祖祖辈辈辛勤劳作的踪影。更有许多人，和许氏父子一样，把家安在西沙群岛。

据了解，海南潭门码头外面海底有一片礁石，与南海礁盘环境非常相似，潭门人从小就作为训练场，人人都有潜水捕捞本领。他们的潜水不带氧气，全凭肺部憋气，可潜到10米至20米深，一次待上四五分钟。许氏父子也会自由潜。不过现在配备了潜水装备，像潜水员一样下水捕捞。许治任告知，大鱼夜里都爬在珊瑚礁洞穴中，用手电筒一照，便似中了魔法，动弹不得，很容易捕捉。我看他们家捕捞的青衣鱼特别多，体色鲜绿，以为就是鹦嘴鱼，许治任摇头说，青衣与鹦嘴的颜色看上去差不多，但嘴形不一样，青衣的牙是尖的，鹦嘴鱼的牙是板状。

与风浪打交道，总是充满风险。据说中国南海与地中海、加勒比海并称世界"三大沉船坟墓"。有人估算，宋元以来，有10万艘古船在此沉没。耕海牧鱼的潭门镇渔民不仅因风浪遭遇海难，而且常常受到有关国家的刁难和暴力袭击而牺牲。因而潭门有"出海三分命"之说。但无论环境怎样恶劣，潭门人前赴后继，始终保持出远海打鱼的传统。

游完鸭公岛，去全富岛，只见一座海拔1米左右的椭圆形沙洲，好像一股龙卷风在海里旋起的白色沙丘，珊瑚沙洁净细软，少有珊瑚遗骸。沙洲北面有长长的堤礁，堤礁与岸边之间的海域很大，珊瑚礁黑压压一片，但形不成潟湖，堤外堤内皆波涛汹涌。

海拔2米的银屿岛半是沙洲半是礁盘，基岸相对稳定。礁盘是乌黑的玄武岩，周身带着烤焦的味道。银屿岛也有10多户常年居住的潭门渔民，岛上由三沙市政府投资盖了钢筋混凝土结构高脚屋，抗风能力强。据许氏父子说，台风季节，鸭公岛上的简易房都会被刮倒，岛上渔民全到银屿岛避风。

三

从西沙返三亚，风依然大，但船晃得轻了。航速也快了许多，去时用了14小时，返程只用12小时。有船员说，南海洋流由南向北而来，去时逆流而上，返回顺流而下，船行速度受洋流影响很大。

在鸭公岛听许氏父子说潭门镇有一世世代代祖传的草根航海日志——更路簿，记载了西沙、南沙、中沙群岛的海况、航线和岛礁地貌，成为中国航海的珍贵史料。返回三亚，接着乘车去了琼海潭门老码头，挨家挨户打听更路簿。

这是一个毗邻万泉河口的千年深水良港。在海水由东向西倒灌的长长河道里，密密麻麻排列着大大小小的舟楫；岸边鳞次栉比的海鲜餐馆和贝雕工艺馆，充满了从南海捕捞回来的物产。我随便瞥一眼路边小摊，惊奇地发现，宽厚坚硬的大唐冠螺、花纹如孔雀开屏的凤尾螺、红玛瑙般的万宝螺、号称活化石的鹦鹉螺，这里都可以买到，且价格便宜。它们的螺纹像风的轨迹——倒卷风、螺旋风、漏斗状的风。

潭门镇渔民热情好客而又见多识广，然而问起更路簿，都吞吞吐吐。打听了一个下午，综合各种信息得知，更路簿为渔家祖传，秘不示人，目前只有少数人家流传下来。根据多家店铺介绍和再次用微信询问鸭公岛许氏父子得到的线索，在潭门镇5公里外的草塘村，有一位名叫苏承芬的老船长，家中有更路簿，只是不知是否已献给国家。

看看天色已晚，当天作罢。第二天一早，路上拦了一辆三轮摩托车，直奔草塘村，找到了苏承芬老船长。

老船长今年82周岁，身材高大，精力旺盛，对我这位远方来客热情接待。他穿一件橘红色衬衫，外套一件老灰色制服。家中摆设极为简陋，但有一条自制的两桅三帆渔船模型却豪华精致。看着那升降自如、巧妙利用海风的船帆，顿觉港湾中停靠的机动船味同嚼蜡。他坐在那里，讲远海捕捞，讲更路簿，讲西沙和南沙的岛礁，就是中国版《老人与海》的故事，新鲜生动而又惊险刺激。

他亲自使用更路簿，先后驾驶帆船、机动船在南海捕捞数十年，自身就是一部航海史。我更爱听他讲帆船航行。那时没有卫星导航和马达驱动，他驾驶自制的不足十吨的木帆船，凭借对日月星辰和风向的观察，依靠对每一个岛礁方位、洋流、水道的熟悉，在波涛汹涌的海域搏击风浪，一次次远航西沙和南沙。他站起来用手比划着，强调驾驶帆船迎着风要走之字形、侧着风要走直线，用帆船吸收风、利用风、抗击风，好像是讲流体力学和帆船原理，又好像演示炉火纯青的航海技术。

我边听边记，趁他讲到高兴处，婉转询问，家中祖传的更路簿在不在，我能否一睹为快？他沉思了一下说，更路簿在家，但政府有交代，不是县里派人介绍来的，不给看。考虑到你从远方来，给你看一下，但不能照相。我郑重应诺。他于是走进里屋，神情严肃地打开一个木箱，小心翼翼地从里面拿出几本包了好几层的材料，一一向我展示。我肃然起敬站起来，双手接住那潭门渔民用性命换来的南海诸岛更路簿。

我看到的"更路簿"共有三本。一为苏承芬祖辈代代传下来的西沙、南沙帆船更路簿，16开灰白草纸，抄写工整，有30多页。这是苏承芬青壮年时亲自用过的更路簿。据当地旅游资料宣示的卢宏锦、王诗桃收藏的更路簿有关内容，可以判断，各家祖传的这一部分更路簿大同小异。二为苏承芬自己撰写的西沙、南沙机动船更路簿。32开纸，约50页。与上一本更路簿相比，除了记载航线、航向、岛礁方位、航程所需时间等，还有许多关于洋流的记载，从中可以看出，南海洋流流向与风向不同，同一条洋流，在不同时间有不同流向。此更路簿还记载苏承芬在曾母暗沙南面新发现的一个岛礁方位。苏承芬说，曾母暗沙在北纬3度40分，此岛礁在北纬2度附近。三为苏承芬撰写的中沙群岛更路簿。此更路簿记载的洋流、岛礁及航行指南等内容，为苏承芬首创，写在一种比32开更小幅的笔记本上。经本人同意，我拍摄其中一张留存。

更路簿所用时间，以"更"为单位。"更"既是时间单位，也是空间概念。帆船航行利用燃香计时，燃完一炷香被称为一"更"。正常风力情况下，海上航行一天，约烧完十炷香，每炷香为一"更"，相当于 2.4 小时。一炷香的路程，也被称为一"更"。按正常速度折算，约合十海里。更路簿所用地名，皆为渔家自创，像密电码。如"大潭"指潭门港，"东海"指西沙群岛，"三脚"为西沙琛航岛，"三塘"是西沙浪花礁，"北海"是南沙，"双峙"指南沙的南子岛和北子岛。更路簿用"乾巽""巳亥"表示罗盘上的方位。

据老船长讲，目前潭门一带保存较好的更路簿为 9 家，其中有多家的后人不再是船长。有专家认为，更路簿源于郑和下西洋之前福建外海船员水手的水路簿影响，在明中叶普遍流传、推广，盛行于明末、清代和民国。

看完更路簿，如饮醇醪，恋恋不舍地告别老船长，约定下次再来。

写于 2017 年 12 月

虚云与祝圣寺

老同学 Z 君年轻时患强直性脊柱炎，练习佛教跏趺坐数十年，能双盘，症状奇迹般减轻。今年 66 岁，睡眠好，满头黑发，有惊人记忆力。家中挂有虚云和尚像，一位具有深厚禅定功夫、活了 120 岁的高僧大德：双目低垂，形容枯槁，道貌清癯，周身散发穿透一切的力量。Z 君对虚云生平如数家珍，听说我来鸡足山，告诫到祝圣寺要多花些时间，那是虚云修建并主持的禅宗道场。

现代交通有时方便得令人难以置信，大理下关客运汽车站每 20 分钟有一趟车去鸡足山，一个半小时直接到山上石钟寺停车场，下车走 200 米便到祝圣寺。它位于鸡足山钵盂峰下，原名钵盂庵。山形丰隆圆起，两侧峡谷泉流潺潺，古木参天，远看如钵盂置放胸前。该寺是去金顶寺的必经之路，也是来鸡足山必去景点。周边有碧云寺、五华庵、虚云寺、玉龙瀑布诸多景点，旅游服务除石钟寺停车场，还有观光车总站、香会街民宿客栈等。我在香会街住了三天白族民宿，换乘索道登绝顶或徒步游览其他景点都很方便。早晚去祝圣寺院里漫游，看到来来往往烧香祈福的游客，听着晨钟暮鼓和善男信女诵经声，恍然有远离尘世之感。

这是目前山中规模最大、佛事最盛的寺院，也是典型的汉传佛教禅宗道场。四进阔大庭院，安静地坐落着 50 多座建筑：石牌坊、钟鼓楼、天王殿、大雄宝殿、藏经楼沿中轴线有序布局；祖师、药王、地藏、伽蓝四殿及禅、斋、客、云水四堂应有尽有；茶花盆景、参天古柏、白石桥、放生池、重檐攒尖顶阁楼……自成园林，又与远方翠峦瀑布合成大山水画卷；重檐庑殿、飞檐翘角、木柱木梁框架、重重叠叠斗拱、彩绘装饰的游廊，流淌着中国古建筑艺术的特有韵律。尤其是大雄宝殿佛像四周栩栩如生的五百罗汉塑像，在众多寺庙里独此一家，彩色汉装，千姿百态，与虚云后来在昆明西山募资修建的华亭寺五百罗汉规模相同，展示了从人性走向佛性的无限可能。据宾川县《鸡足山志》、岑学吕《虚云和尚年谱》，祝圣寺前身钵盂庵为明嘉靖年间陈姓僧人所建，当时规模不大，远比不上后来丽江木府捐资在附近兴建的悉檀寺。自清嘉庆以后，逐渐倾圮。清光绪三十一年，一代禅宗泰斗虚云来到鸡足山，发愿并募集资金，扩建此院为现在规模。寺内大雄宝殿檐口高悬孙中山题"饮光俨然"，梁启超题"灵岳重辉"，为虚云法师1913年在上海为保护佛教奔走呼吁并得到孙、梁支持所题。

大雄宝殿屋檐外墙有虚云生平事迹组画和虚云照片，屋后西侧有虚云舍利塔。绕塔三周，再次细细打量虚云的画像，仍然深受触动。虚云生于1840年，他1889年7月来鸡足山之前有一系列行脚参学壮举：从终南山出发，由川入藏，经日喀则翻越喜马拉雅山，入不丹、尼泊尔，朝拜佛陀诞生地。再游学印度、孟加拉，乘船入锡兰、缅甸，然后由云南回国，登鸡足山。这条路线恰好把汉传佛教、藏传佛教、南传佛教所在地域走了一遍，鸡足山又恰恰处于这三大佛教流派的汇合点，虚云此后的弘法便神差鬼使般推进了三大教派的融合。他初来时，大多僧徒信奉藏传密宗演化的地方性佛教——阿叱力教，山上僧规堕落，风气败坏，不准他挂单住宿。后来在大理、宾川官员干涉下，他住到钵盂庵荒屋。虚云以大智慧和深厚功力感动了大觉寺住持、阿叱力师道成。道成拜虚云为师，并请虚云住进大觉寺，创建滇西宏誓佛学院。虚云志在重修扩建钵盂庵等破旧寺院，因资金缺口较大，鸡足山又地处边远贫穷山区，他先去北京游说王公大臣，请朝廷颁发了《龙藏》（乾隆版大藏经），光绪帝赐封钵盂庵为护国祝圣寺。接着远游南传佛教所在地——南洋各国募化。某日在泰国龙泉寺说法，休息时禅坐，不经意入定，一定九天，轰动全国。泰国本就是举国上下笃信佛教，闻此消息，自大臣显贵到普通百姓纷纷前来礼拜，慷慨赠送钱物。国王亲率王室成员恭敬迎请虚云到宫中诵经，除送金银，还赠300公顷平原土地，给虚云永远收租。虚云获得巨款，雇300多匹马，将全部财物打包驮运回国。募集的钱物不仅扩建了钵盂庵，还修建了山中其他7座寺院和40多处院落。虚云从此驻锡祝圣寺，重整律仪，广纳佛子，传授戒律，广化度众，全山道风为之一新，祝圣寺作为山中第一十方丛林名扬四海。

虚云一生严守戒律，奉行苦修，穿的是破旧百衲衣，吃的是瓜果蔬菜。他倡导田间劳作，自己动手，自给自足。传闻修建祝圣寺时，他不仅操劳建筑设计、施工规划，而且参加搬石运木劳动。他筹了巨款修建山上众多寺庙，对庙堂形制、用料十分考究，绝不含糊，对自己生活却简而又简。后来（1918年），云南省长唐继尧迎请他去昆明华亭寺，宾川县长拟用乘舆并派兵护送，他坚辞不受，只带一名徒弟，携一笠、一蒲、一铲、一藤架步行至昆。在弘法路上，他经常风餐露宿，挨饿受冻，受尽磨难，就是这样，却活了120岁。对比之下，秦皇（寿49岁）汉武（寿69岁）费尽心机，劳民伤财，追求长生不老，结果水中捞月，何等荒唐。

我佩服信佛的人两件事，一是转冈仁波齐峰，海拔5000米以上，徒步绕山一周56公里，除了藏民，能转的人不多。我的大学同学70多人中只有一位转过此山。此事还要运气，我去那年到了山下便下雪，不让转了。二是没日没夜地跏趺坐。乔达摩·悉达多在菩提树下一坐 49 天，由此体验到大光明极乐世界。我与 Z 君讨论此事，他引南怀瑾的话（道家也强调）：要想不死人，除非死个人——必须把七情六欲的自己弄死，才能达到入定时停止呼吸，突破生死界限。以世间求生的心去打坐，是南辕北辙。据我观察，普通人别说入定，能双盘打坐的也少，我就筋膜僵硬，只能散盘。禅宗从初祖迦叶入定、二祖达摩面壁十年，到后来祖师及无数高僧皆以坐禅为基本修炼方式。我认为这种不尚空谈，重在体验，开发身体潜能极限的做法，起码对健身养生是有益的。

　　虚云的坐禅功夫在佛教界有目共睹，有一位戒尘法师就是在终南山当面领教了他的禅定功夫后，决心和他一起到鸡足山来。虚云从年轻时便练习绝食，每到缺水断粮之际，便以静坐修行泰然处之。那是最经典、最具特殊美感的老衲入定，看上去轻松自在，没有功夫，实则炉火纯青，功夫到家。时间在此似乎凝固了：在他是不大一会儿工夫，在别人却是好多天乃至十几天过去了。后人研究这种打坐禅定对健康的作用，发现佛徒跏趺坐（瑜伽士称莲花坐）静中有动，通过腹式呼吸带动横膈肌上下运动，有助于打通任督二脉，促进周身气血运行。2016 年，日本科学家大隅良典因为发现人体饥饿后会启动细胞自噬功能而获诺贝尔医学奖，证明佛家禅定、道家辟谷、伊斯兰教斋月皆有利于人体细胞新陈代谢，延缓衰老。人生很奇特，吃苦和享福总有一种平衡。享福如同欠债，必须用吃苦来还；欠得越多，还得也越多。现代人吃得太好，营养过剩，患心脑血管疾病的便多，逼着大家借鉴佛家、道家经验，以轻断食和素食方法改善体质。不过虚云和弟子们不是为长寿而苦修，而是真诚地以苦为乐、以苦为荣。听闻华首门脚下的放光寺是男性出家人苦修道场，文笔峰佛塔寺是女性出家人苦修道场，我专门去了两座寺庙拜访，两寺近百名僧人（男约 20 人，女70人）果然追随虚云的苦修方式，身穿满是补丁的百衲衣，每天下地劳作，一年到头坚持过午不食。他们苦修的信念十分坚定，脸上充满喜悦、自信，待人热情礼貌，喜欢交谈。

原大觉寺就在祝圣寺西边，李贽、徐霞客、虚云都曾在此居住。十年动乱期间被毁，唯有殿前一株古梅尚存。虚云弟子佛源派弟子惟升由粤入滇，于荒址结棚居住，募捐重修，历时十年，恢复原貌，并改名虚云寺。内设虚云纪念堂，但展陈不如昆明西山华亭寺虚云纪念堂丰富。刷堂内二维码，可免费获赠惟升著《虚云老和尚的足迹》一书。

写于2023年10月

霞客与佛徒

据说十年动乱时期，鸡足山所有寺庙尽毁，唯有静闻墓和悉檀寺前空心树保存完好。

静闻墓不像旅游线路景点那样好找。我在山中寄宿的房东及景点服务人员，连静闻是谁都不知。早上在鸡足山宾馆门前溪水边漫步，无意中看到那棵元代空心树，学名高山栲，树龄700年，树干中空成穴，可容十多人，据传明朝高僧如正在此苦修40年得道。树下碰到一位久住山上的旅行达人，告知静闻墓就在东面佛塔寺附近，离祝圣寺2公里多。搭房东摩托车过去，发现寺里出家人尽是女性，都熟悉静闻墓："出大门左拐，沿大路直走，见路旁大石，左转沿小路下行数百米，便可见右侧墓地。我们位于文笔峰，墓地在此峰西侧山腰下。"不一会儿找到，是1988年整修一新的静闻墓，已列为大理州重点文物保护单位。

静闻是徐霞客家乡江阴县迎福寺和尚，听闻霞客要去鸡足山，主动要求同行，并刺血书写《法华经》，发愿供奉鸡足山。两人自愿结伴，一路上互相照应，配合默契。不幸于湘江船上遇匪抢劫，众人皆逃命，唯有静闻冒死保护经书和霞客行李，被匪徒刺成重伤，行至广西南宁病危，临死前委托霞客将遗骨和经书送至鸡足山。霞客感佩静闻义行，不负嘱托，负骨数千里，到鸡足山完成了静闻遗愿。静闻墓位置即悉檀寺僧人墓地，是经悉檀寺长老协助、霞客到现场考察确定的。墓旁刻有他"哭静闻禅侣"六首，伤感凄美，令人泪下。他一路讲述静闻的故事，感动了许多士子和僧人。静闻血书的《法华经》被供奉在悉檀寺经堂，诗画名僧唐泰作《瘗静闻骨记》。

找到静闻墓后，惦记的便是悉檀寺旧址了。徐霞客于明崇祯十一年（1638年）十二月二十二日到达鸡足山，次年正月二十二日离开；半年后的八月二十二日再次登山，直至崇祯十三年（1640年）正月离开，山上居留时间前后达178天，绝大部分时间住在悉檀寺厢房北楼。这是由丽江木府捐资兴建的一座藏传佛教寺庙，当时在山中规模最大、佛事最盛。建寺后300多年，没有遭到大的破坏。1952年、1963年还两次修缮，可惜在十年动乱中被毁。在祝圣寺墙外见到"悉檀寺旧址"标志，在周围找了半天竟没找到。最后向祝圣寺外小卖部老板询问，他向东指着一条隔着溪上石桥的山林小路，大致方向为鸡足山宾馆西边。

待我走进那片荒山野岭，只见古树遮天蔽日，藤蔓缠绕着苍老树干直蹿天空，地上布满齐腰深的野草、蕨类和荆棘丛。翻过一个小山冈，路被厚厚杂草和枯树叶覆盖，几乎看不见了。偶尔在树干上发现"七彩霞客路——丛林穿越挑战赛"布条标志，原来这就是当年霞客走的古道。此时一个人也见不到，密不透风的草丛藏了多少蛇不知道，找了一根枯树干，不停地边打草边往前走。同时又担心树顶上藏着猕猴，想起日前猴子从树上跳下来抢夺行人食物的乱象，耳朵不禁高高竖起。走到一片山洼，树梢上叶子哗啦啦响，果然有猴子窜动。急忙小步快跑，顾不得荆棘划破衣裤，由此体会到霞客当年徒步跋涉的艰难……终于看到一片荒草地上"悉檀寺旧址"标志，中央处立有徐霞客半身雕像，下刻"徐霞客驻足掷笔处"字样，旁边一棵被命名为"徐霞客杉"的古树，这就是霞客居住了大半年且病倒的地方，也是霞客游记绝笔之处。

　　站在这片废墟遗址，想象当年这座寺庙盛极一时的景象，是一种心理折磨。据云南大学杨福泉教授考证，明万历丁巳年（1617年），丽江土司木增为母亲求寿，奏准朝廷，捐银数万两，在这里建起寺庙，天启皇帝御赐《大藏经》一部，供寺内法云阁，并题寺名"祝国悉檀寺"，"悉檀"为梵语，意为"遍施众生"。汉族学者李霖灿于1939年，西南联大教授潘光旦、费孝通、罗常培、曾昭抢于1943年都访问过这座寺庙，目睹寺内从西藏运来的大佛和身佩骷髅带脚踏厉鬼皮的密宗金刚，并见到寺中珍藏的由杨慎作序的《木氏宦谱》。据木氏土司后裔木光回忆儿时随父亲来这座寺庙朝拜实况印象，悉檀寺内的法云阁，阁顶高耸入云，八角飞檐，无论从哪个方向看，都像五只彩凤展翅飞翔。这一建筑风格与木增1601年在芝山解脱林建造的法云阁完全一样。此楼于1975年被整建制移到丽江黑龙潭公园，藏传噶玛噶举派东宝仲巴活佛、格里金刚上师于2007年至2015年又率众在原址重建了一模一样的楼阁。法云阁为三重檐攒尖顶楼阁式木构建筑，大殿高约20米，上中下共有24个啄天飞檐，气势恢宏，又名"五凤楼"，是中国古代建筑的精品。徐霞客分别在鸡足山和芝山两个法云阁厢房住过，曾叹曰"层台高拱，上建法云阁，八角层薨，极其宏丽"[①]。据木光、李霖灿所见，悉檀寺后院法堂厢房挂有霞客亲笔撰写的匾额"佛光普照"，落款：江阴弘祖顿首敬题。

　　霞客游记60余万字，写云南25万字；云南漫游一年，鸡足山占了半年多，这是为何？显然，除了山水之恋，还有他与僧徒们的情谊。陈垣曾指出，"大理为佛国，昔人恒言之，滇黔之开辟，有赖于僧侣，前此所未闻，吾读《徐霞客游记》始有此感觉……盖探险一事，惟僧有此精神；行脚一事，惟僧有此习惯，兼以滇黔新辟，交通

---

① 《滇游日记》七。

梗阻，人迹罕至，舍僧固无引路之人，舍寺更无栖托之地"[1]。在曲靖翠峰山护国寺，淡斋法师慷慨招待霞客，自己省着不吃；在晋宁，后来成为担当和尚的唐泰待霞客为贵宾，给予慷慨资助；在丽江，既是土司又是虔诚佛教徒的木增以"大肴八十品"高规格接待霞客，并以弟子般的谦逊请霞客为他修改文章并为其诗集《山中逸趣》作序。在木增的关照下，霞客住在鸡足山悉檀寺，饮食起居皆由弘辨、安仁等长老保障，他与僧人的交游也到了高潮。

此时鸡足山大大小小寺庵静室，遍布危崖、险峰、幽谷、瀑流之间，香火极盛。喜欢隐居深山、品味高雅的佛徒们早就慕霞客之名，各自备好瓜果茶点，等待其随时到来。霞客此时游山，已不再是单纯的旁观者，他变成僧徒中的一分子，和僧人一样在山林生活，吃斋读经，陶冶心灵。如游记中所写：正月初一（1639年），在狮子林莘野静室，"余平明起，礼佛而饭，乃上隐空、兰宗二静室"。在狮林最高处石龛，白云禅师用茶点接待，告诉他西边还有两处静室……结果发现玄明禅师精致的雨花阁小屋，忍不住初二又去拜访，煮茶畅谈……初六，"悉檀四长老饭后约赴沈君斋"，沈君年满60岁，霞客便抄了除夕日住在他那里的诗作为祝寿礼。接着在莘野静室与白云、翠月、玄明诸位静侣相聚进餐后，同长老们探遍林中各静室，"茶花鲜娇，云关翠隙，无所不到"。十二日，与悉檀四长老互相拉拽着到了九重崖一衲轩探访，崖中静室主人大定、拙明一帮人，络绎不绝提供饭菜，到天黑还不停……交往中，悉檀寺弘辨、安仁，把师父撰写的《禅宗赞颂》《老子元览》等书捧给他看。体极则拿出收藏的诗卷、画稿、图章，与他一起欣赏。寂光寺僧人野和，拿出自己写的诗向他请教[2]……这种世外桃源般的生活让霞客乐而忘返，而他记载的以诗为

---

[1] 《明季滇黔佛教考》第十三。
[2] 《滇游日记》六、十三。

禅、以禅为诗之风从侧面反映了当时山上汉传佛教的特点。

世人常说霞客游记擅写山水，兼有科学与文学之美。唯有陈垣在《明季滇黔佛教考》中盛赞霞客善写僧徒生活："今欲考滇黔静室及僧徒生活，《霞客游记》为最佳史料……计其所与游之僧，有名可籍者凡五六十人，莳花艺菊，煮茗谈诗，别有天地非人间矣。"高僧名士一相聚，胜却人间无数。看霞客游记，无论山水人文，别人写过的不写。所记鸡足山及云南僧徒生活，皆为现场考察目睹，这源于他对山中僧人生活的熟悉，是最真实、鲜活的史料，《明季滇黔佛教考》多处大量引用，佐证了这一中华文化经典的价值。

首刊于 2023 年 10 月 30 日《北京晚报》，略有改动

天柱峰佛事

鸡足山最高的天柱峰有两处人流密集地方——金顶寺与华首门。金顶寺在峰顶，华首门在山腰，两处既是登高览胜佳地，又是著名的佛教道场。

金顶寺由明弘治年间来秀禅师创建，后经数次扩建成为大寺。该寺于天柱峰绝顶之上再建密檐十三级、高42米的楞严塔，在山下观瀑亭、索道下站都能远远望见，尖塔与险峰浑然一体，向天延长，有无穷尽之意。此塔为民国时期云南省政府投巨款历时三年建成。塔之南，即为黔国公沐天波于崇祯年间从昆明鹦鹉山太和宫迁来的金殿，金顶寺因此得名。金殿整体用黄铜铸成，瓦、檐、柱、壁结构坚固，壁上铸有花鸟树木野兽浮雕，从里到外金碧辉煌，与楞严塔相互辉映，成为金顶上一道亮丽风景。自山中有了索道，男女老少都能登顶，游客从早到晚络绎不绝。据说以前这里能看到"佛光"（物理上的"日晕"）："外晕七重，每重五色，环中虚明如镜，观者于镜中各显其身。"[1] "适凑其巧，五色霞光将现，佛在其中，亦将余等四人摄入光内，同见一人，余动伊亦动，奇哉怪哉。"[2] 不知为何，现在游客看不到这一景象了。

---

[1] 李元阳《游鸡足山记》。
[2] 高鹤年《成都礼峨眉经火焰山朝鸡足山略记》。

这里是 3248 米高的巅峰，徐霞客于明崇祯年间来此山居住时多次登临。这座山，既是霞客酝酿数十年而成行的万里遐征终点，又是青藏高原向云贵高原过渡的转折点。我曾询问多位旅行达人：中国山水，最精彩的地方在哪里？大家有一共识：在一二级阶梯之间的横断山脉，如亚丁稻城、梅里雪山、贡嘎山、泸沽湖、普达措等。这一带因地处滇、川、藏交界，海拔高，交通不便，成为世外桃源般秘境，即传说的香巴拉王国、香格里拉仙境。这片大美山水，放在全球范围也是一流景点。鸡足山恰好处在这片地域边缘，站在金顶，可见北面玉龙雪山、西面高原湖泊洱海，南面陡峭山体及滚滚云涛，东面日出和莽莽森林，已经是横断山脉气象，也是从青藏高原奔流而下的山水气场，佛家弟子还会感觉到与佛祖诞生地的亲近。霞客曾在玉龙雪山听闻北面还有更美雪山（因木增阻拦没有去成），在高黎贡山认定其为昆仑山余脉；考察金沙江又接触到高山峡谷的大起大落。他似乎由此看到大自然的整体面貌，不禁产生形而上感慨："芙蓉万仞削中天，抟捖乾坤面面悬。势压东溟日半夜，天连北极雪千年。晴光西洱摇金镜，瑞色南云列彩筵。奇观尽收今古胜，帝庭呼吸独为偏。"一首诗概括了"东日、南云、西海、北雪"的绝顶四观，意犹未尽，接着每一奇观又撰一首。他认为，日、云、海、雪，得一已奇绝，而鸡足山一顶萃天下之四观，"此不特首鸡山，实首海内矣"。正是指鸡足山所含雪域高原和横断山脉气韵。

霞客来鸡足山之日，正值朝政腐败，明朝大厦摇摇欲坠。中国士子们奉行"达则兼济天下，穷则独善其身"传统，或与邪恶势力抗争，或逃禅避世。尤其是南明永历帝驻跸昆明，云南一时成为政治中心，聚集大批文化精英。明亡，士子们为保全志节，纷纷削发为僧，又促进了鸡足山佛事和文化活动。霞客虽自称"痴人"，特立独行，却喜欢结交义士与高僧。所交朋友中，"缪昌期、高攀龙均死于魏阉之难；林钎、黄克瓒、姜逢元、曾楚卿，均以忤魏罢官；陈仁锡、文震孟、孙慎行、何乔远立朝居乡，皆有政声；郑鄤为温体仁诬害；黄道周、曹学佺、陈函辉、文安之，均死于国变；何楷、唐泰，均不肯仕清"①。霞客与这些义士情投意合，相互牵挂。其中，晋宁士子唐泰便是与鸡足山大错和尚齐名的担当和尚，是逃禅避世的代表人物。他38岁受戒，但没出家。陈继儒写信介绍他与霞客相识，两人一见如故，与当地士子欢聚20日，以诗文唱和，成为至交。唐泰关心政事，寄希望于永历帝，明亡后悲愤无所寄，到鸡足山宝莲庵养静参禅，成为诗画名僧。明朝以来驻足鸡足山的名士与高僧还有李贽、杨慎、李元阳、苍雪、释禅、宗本、大错、王铎、王世贞、木增等，皆留下诗篇佳作，表达了向往山林、洁身自好的高远情志。这些人，霞客有的见过，大部分因生卒年月不同而不能相见，但并不影响他们之间的精神交流。此时的鸡足山如同武汉黄鹤楼、赣州郁孤台，可以看成文人雅士超越时空、进行精神聚会的场所。平生很少写诗的霞客，在鸡足山诗兴大发，一连写了28首，正是以诗会友，参与了鸡足山名士高僧跨越时空的文化盛会。

去了金顶寺，大部分游客乘缆车原路返回了。僧人和虔诚信佛者则从小路徒步下山，经观音殿、铜瓦殿到华首门。这是天柱峰西南侧一面巨型绝壁，十足的横断山脉气韵。从铜瓦殿后门石栈道走过去，往上看，直摩天穹，摇摇欲坠；往下望，深不见底，令人胆战心惊。崖壁镶嵌一道大石门，宽20米，高40米，中有直裂石痕，分门为两扇，俨然一道紧闭石门。霞客又有诗赞："巍崖高巩白云端，翠壁苍屏路几盘。重阙春藏天地老，双扉昼扃日星寒。"从石栈道穿过来的绝壁半腰，是一片难得的平台，有僧人于明万历年间建饮光双塔，清末建太子阁。传说迦叶入定即在此处（宾川县新编《鸡足山志》指出

---

① 丁文江《徐霞客先生年谱》。

佛典所载迦叶入定处为摩揭陀国即古印度的鸡足山而非此山，但广大僧人在此朝拜迦叶已持续数百年，形成宗教传统）。这里与寺庙不同，寺庙里汉传、藏传及南传佛教所建殿堂名称、所供佛像形状不一样，在这片天然绝壁面前，没有人造佛像和圣殿，你不用区分何方神圣。我来华首门三次，每次都看到红衣喇嘛和内地僧人在此面壁盘坐，用各种方言虔诚诵经。还有数十人的居士团体，分别从宁波、辽宁远道而来，在此集体打坐诵经。两位从四川色达五明学院来的青年喇嘛，则从山下三步一叩拜到华首门，在山中居住一周，每天来此地打坐诵经。太子阁里垛着一堆瑜伽垫，以供来访者打坐方便。我拿了一个，面壁静坐了一会儿，感觉周边有一种强大气场，让人特别舒服。静坐的难点不是身体姿势，而是静心。眼前这古老巍峨的绝壁超越了一切变幻而复归自然本质，确有清除杂念、远离颠倒梦想的力量，不禁又想起霞客诗句："何必拈花问迦叶，岩岩直作破颜看。"

鸡足山从北往南迎面看上去，从华首门、罗汉壁、天池山、九重崖到文笔山，整个是一片长达5公里、高500米的断崖式陡坡，与苍山马龙峰断崖、昆明碧鸡山龙门石窟断崖很相似，仍然是横断山余脉地貌，而华首门周边尤其猢狲梯、束身峡一带最为险峻。在这片断崖陡壁之间，霞客表现了非凡胆量和攀岩技巧：登临礼佛台附近山崖，"循岩傍壁，盘其壑顶，仰视矗崖，忽忽欲坠，而孰知即向所振衣蹑履于其上者耶。"在袈裟石右侧上猢狲梯，"梯乃自然石级，有叠蹬痕可以衔趾，而痕间石芒齿齿，著足甚难"。登舍身崖，"余攀蹑从之，顾仆不能至。时罡风横厉，欲卷人掷向空中，余手粘足踞，幸不为舍身者，几希矣"。"过八功德水，于是崖路愈逼仄，线底缘嵌绝壁上……如悬一幅万仞苍崖图，而缀身其间，不辨身在何际也"[1]。与史君一起爬九重崖，"凡数悬其级，始及木端，而石级亦如之，皆危甚。

---

[1] 《滇游日记》五。

所谓凭虚御风，而实凭无所凭，御无所御也"[1]。现代心理实验证明，敢于应对危险的人，在面对巨大压力时，可以启动身体的挑战反应，动员比平时更多的潜能，超水平应对面临的风险和困难。霞客恰是一位不断超越自我的探险家，他在克服无数艰险中获得最开阔视野和最大精神享受。

华首门南面山麓有李元阳嘉靖年间资助兴建的放光寺，需要乘观光车下山，绕道走过去，是从下往上拍摄华首门绝壁的最佳位置。若去华首门东面脚上的迦叶殿，需要放弃坐索道缆车，步行下山。沿途石阶路极为陡峭，但迦叶殿建筑保存较好，有藏传风格的佛像，游客较少，环境静谧。

写于 2023 年 12 月

---

[1] 《滇游日记》六。

飞越欧亚大陆腹地

2018年9月,我乘阿联酋航空公司的飞机去迪拜,大部分航线恰好与古代丝绸之路相合,并穿越了欧亚大陆腹地——青藏高原和帕米尔高原。因为夜航,只能望着座椅屏幕上的卫星地图,想象外面的风景,任凭思绪漫天飞舞。

飞机起飞时,卫星地图中的北京紧靠渤海湾西侧。往东看,渤海湾形似一个大飞机,从浩瀚太平洋呼啸而来,赶起了人造小飞机。飞机在上升,大地在下沉,地表物像被精简,所有细节一一隐去,地球的整体轮廓显示出来。

地平线呈弧形,上面是蓝色的天空,下面是黄褐色的地表。接着出现了欧亚大陆板块:北方是白雪镶边,中间是泥沙和岩石凝结而成的大块,青藏高原隐约显露错杂的雪线。塔克拉玛干沙漠一片荒凉。大江大河都变成了弯弯的细线,零零散散的湖泊成了雨点、水珠。这样的山河大地板块,在茫茫太空中日夜不停地运转,靠什么才能抵住宇宙风暴的扫荡而不溃散?从地面上根本看不出,但从卫星地图一看便知,靠死死抱在一起的凝结、团结!

外面一片漆黑,屏幕上的地图却更加清晰。放眼望去,整个欧亚大陆板块就是一座大山,山的形状像章鱼,山顶是章鱼头,盘结了青藏高原和帕米尔高原众多最高雪峰;章鱼爪便是向四面延伸的天山、昆仑、冈底斯、喜马拉雅、兴都库什、厄尔布尔士、高加索及阿尔卑斯等众多山系。这一座山，凝聚起整个欧亚大陆的地势，所有的山，不过是它分出的支脉。长长的山岭，汇集了众多海拔8000米以上的雪山。被雍仲苯教、印度教、藏传佛教、古耆那教都认定为世界中心的冈仁波齐峰便位于其腹心，佛教创立者释迦牟尼的出生地也距此不远。

从东亚到中亚，地名没有中文，只有阿拉伯文和英文。同样的地方，一旦标志了他国的文字系统，便产生了疏离感。密密麻麻的地名标在卫星地图上，自成一体，你不得不按照这套地名所传递的思维方式去认识世界。飞机在一点点蚕食地图上的距离，很快产生疲劳感……不知何时，进入梦乡，眼前出现许多雪山，有皎洁的明月挂在山头……醒来一看，已飞至迪拜上空，地表出现大面积沙漠，一片混沌。不久，沙漠与蓝色海湾交替出现。飞机安全降落在波斯湾边的迪拜机场。

从迪拜回北京是早上起飞，白天航行，万里无云，空气纯净，阿联酋崭新的大飞机舷窗玻璃擦得干干净净，从45度至60度角俯看，绵延千里的地球表层一目了然。早已在网上选好靠窗位置，飞机允许乘客使用手机（处于飞行模式）拍照，此时抓住难得机会，目不转睛地察看大地山河。

从阿拉伯沙漠中的迪拜向东北直飞，穿越的正是亚历山大远征军返程时走过的卢特沙漠，地上没有水，空中没有云，天地之间没有任何生命迹象。我在迪拜旅游时，先后乘车去了西面的阿布扎比和东面的阿曼，方圆数百公里的沙漠中，看不到任何江河湖泊，虽然离波斯湾不远，但是仍觉干燥无比，真正体验到阿拉伯沙漠的炎热如火。现在从飞机上远望，这卢特沙漠、阿拉伯沙漠，与北非的撒哈拉沙漠看似隔着海湾，实则连为一体，形成排山倒海之势，向欧亚大陆的东部席卷而来。

　　飞机在茫茫黄色中穿行了很久，地面才出现了光秃秃的山峦，星星点点的绿色映入眼帘。天空出现了稀有的云朵，但很薄很轻，像烤干了的棉絮。接着，地面上显出像羊肠小路一样的河流。云层逐渐增多，越来越厚。眨眼间，一座又一座雪峰从空中冒了出来。一片片洁白的云朵萦绕其上，白云呈峰峦状，雪峰呈白云状，皆银光闪闪，难以分辨。

　　此刻虽然在万米高空，但下面海拔七八千米高的雪山大系却清晰可见。净空缩短了视觉距离，飞机好像紧贴着雪山冰峰，在云层中穿行。一座座角峰从长长的刀脊中凸显出来，形成锯齿状山岭。峰峦之间皆是陡峭的冰壁和庞大的粒雪盆，大大小小的冰川从山顶上四处流泻，无尽的冰寒之气弥漫天地，将先前沙漠的干旱影子一扫而光。

　　极目远望，数不尽的雪山冰峰浮在空中，在云海之间若隐若现；轻盈而又润滑的白云紧紧围绕着雪山，随时为其补充雨雪。雪山冰峰依靠高度而冻结，恰似储存在天上的巨大固体水库，形成江河湖泊取之不尽的源泉。雪山之下，皆为高大的石峰支撑。此时方才明白，这欧亚大陆腹心雪域高原的意义在于，它粉碎了北非和中东大沙漠与塔克拉玛干沙漠连为一体的企图，保护了地球生命的源泉。

　　那是兴都库什雪山吗？是的。我比照电子屏上的卫星地图，凝望舷窗外连绵的雪峰，确认自己乘坐的飞机正在阿富汗和巴基斯坦边境的上空。卫星地图上一左一右显示两个城市名字：阿富汗首都喀布尔和巴基斯坦首都伊斯兰堡，飞机所处的位置恰在它们中间，这便是兴都库什山脉。我想起平时在地图上多次寻找的那个点——巴基斯坦白沙瓦，它是古代佛教圣地犍陀罗国所在地，曾经的贵霜帝国首都，也是我多次想去拜访而难以成行的地方。此刻在飞机上看不见它，但我感觉到了它，甚至感觉到自己停在了这个点上。

世界屋脊挡住了沙漠，也阻隔了人类在同一块大地上的交通。帕米尔高原及兴都库什山两侧的人们，号称欧洲和亚洲两大洲，在很长的时间内，操着不同的语言，过着不同的生活，互相封闭，互不来往。要打破这一僵局，必须翻越人迹罕至的雪域禁地，突破万水千山的阻碍。这无疑是常人难以企及的事业，历史因此呼唤人类中的杰出人物。

公元前336年，亚里士多德的弟子、20岁的亚历山大继承了马其顿王位。他率领大军击败了波斯王大流士的军队，从埃及到中亚，一路远征，最终翻过兴都库什雪山，到达印度河上游的白沙瓦地区。此后因部队厌战哗变不得不返回。32岁的亚历山大刚刚回到巴比伦，来不及享受胜利成果，便患疟疾去世。但他的远征军，以血腥的战争，促进了希腊文化与东方文化的融合。

此刻从高空俯瞰，亚历山大军队翻越的兴都库什山并非世界屋脊的中心，在其东面的喀喇昆仑山和昆仑山系，地势更加凶险，几乎无法逾越。实际上，亚历山大征服白沙瓦地区以后，由希腊雕刻艺术和佛教艺术相结合的犍陀罗艺术是通过有志之士的接力棒，经帕米尔高原东传到中国的。出生在附近乌苌国的莲花生大师便是杰出代表，他后来到达西藏，弘扬佛教密宗，犍陀罗艺术随之在藏区传播开来。

公元399年，65岁的中国高僧法显从长安出发，经河西走廊，穿越塔克拉玛干沙漠，从新疆于阗、叶城一带向西行走，翻越葱岭（帕米尔高原）和大雪山（兴都库什山），约3年后到达白沙瓦。他自称在沙漠"多有恶鬼、热风，遇则皆死"，葱岭"有毒龙，若失其意，则吐毒风、雨雪"，显然是出现了幻觉。法显以顽强意志继续南下，共花了15年时间，游历古印度和狮子国（斯里兰卡）等30多个国家，获得大批梵本佛经。最后由狮子国乘船走海路，过马六甲海峡，在大风大浪中航行数月，侥幸逃生，漂流到青岛崂山而回国。

以法显所行路线可见，丝绸之路，以大流沙（塔克拉玛干沙漠）和大雪山最为难走。其中，大流沙可以从南北两个方向绕道而行；大雪山横亘千里，人迹罕至，古往今来，没有别的捷径。公元627年至631年，唐玄奘从塔克拉玛干沙漠北边穿行，翻越葱岭和大雪山，由北向南，经撒马尔罕、喀布尔等地，到达印度河上游的白沙瓦。玄奘和法显一样，在路上多次出现幻觉，他以惊人毅力降服心魔，从印度带回并翻译了大批佛经，再次推动了世界屋脊东西两侧文化的交流。

1926年，英国考古学家和探险家斯坦因追寻亚历山大和唐玄奘的足迹，来到白沙瓦，这里已是穆斯林统治多年的地方。但斯坦因对照阿里安的《亚历山大远征记》、法显的《佛国记》和唐玄奘的《大唐西域记》，凭借语言学、历史学、地理学的广博知识，考证了古战场遗址和希腊式佛教艺术的遗迹。

白沙瓦，印度、中亚、西亚和地中海的交通枢纽，东西方文化和世界各大宗教的碰撞、交汇点。这里既有人间惨烈的战争，又有人类和平的交往。不论战争与和平，人类总是在寻求更大范围的融合，尽管这种融合充满了暴力和冲突。

在兴都库什山北部，飞机缓缓右转，向西飞行。卫星地图上显示，这里正是兴都库什山脉、帕米尔高原、喀喇昆仑山脉凝结在一起的地方。我小心翼翼地通过飞机舷窗向两边望，只见这一带雪山特别险恶，冰壁高耸万丈，冰川从天而降。雪域峰岭在万米高空的舷窗下，像一条条恐龙的脊梁，从中分布出密密麻麻的支岭。

一座气质非凡的金字塔形雪峰矗立在眼前，峰尖又尖又细，在云层中半遮半掩。另有三座小型金字塔雪峰在右侧紧紧依偎着它，一团团云烟从其中冒出来，像雾化的冰雪。它的左边则是一道犬牙交错的雪白刀脊，脊背两侧冰川四溢。此刻纯净的阳光斜照在雪白的山峰和云层上，阳面晶光闪闪，阴面黑影幢幢。往下看，空间皆被雪山、冰川堵死了，不透一丝缝隙。一阵惊喜涌上心头，这是乔戈里峰吗？我拼命搜索着脑海里的记忆，并不敢确定。

记得在兴都库什山脉与帕米尔高原之间，有一条瓦罕走廊，为玄奘返回大唐时所走道路，也是历代兵家必争之地。瓦罕走廊北面不远就是海拔 7546 米、号称冰川之父的慕士塔格峰，斯文·赫定于 1893 年攀登至此山的 6145 米处，出现了耳鸣、失聪、脉搏加速、体温偏低等症状，不得不原路返回。瓦罕走廊的南面便是被称为"凶残暴峰"——8611 米高的乔戈里峰，自 1954 年至 1999 年，共有 164 人登顶此山，57 人遇难。攀登者死亡比例高于珠峰。

《中国登山圣经》载，乔戈里峰顶呈金字塔形。西南侧积雪多，气候变化无常。东南侧垂直高差悬殊，名为"房顶烟囱"和"瓶颈"的路段以险恶著称。北侧冰川表面破碎，明暗冰裂缝纵横交错。西侧山谷为陡峭岩壁，滚石、冰崩频繁。此刻从空中眺望，面前这座高耸的雪山极像登山界对乔戈里峰的描述，但又不尽相同。它好像是一组藏在云霄之上、从未被人发现的雪山冰川，浑身上下洁白无瑕，神圣不可侵犯。周边簇拥着一群群同样皎洁的雪峰，空灵而又飘逸，似乎随时可以像雁群一样飞行。

在空中可以看清，雪域高原和茫茫沙漠一样，绝大部分不适合人类居住。到目前为止，人类能够涉足的地方，仍然微不足道。对于人，这无疑是一个残酷现实。然而从环境保护的角度看，大片的无人区也许正是保证大自然生态不被开发和破坏的必要条件。

飞临塔克拉玛干沙漠，雪山、青山都不见了，整个一片黄色世界，印着海浪一样的波纹。卫星地图上出现和田、于田的名字，飞机舷窗外大漠茫茫，什么也看不见。据说这片"大流沙"由于飞沙走石猖獗，经常改变模样。怪不得自古至今很少有人能够穿越这片沙漠，也怪不得斯文·赫定只穿越其中一部分，竟差点死在沙漠之中，数名同伴则不幸遇难。

待飞了近两个小时，才渐渐看到阿尔金山、敦煌。再往东，终于看到酒泉、张掖。但在张掖的北面和东北，仍然是巴丹吉林沙漠、腾格里沙漠、乌兰布和沙漠。这时方才看清，塔克拉玛干沙漠，虽然被青藏高原和帕米尔高原阻隔，不能向西与中东、北非的沙漠会合，但它继承西方沙漠的流脉，一路向东肆虐，余脉延伸到了内蒙古。这片大流沙及卷起的沙尘暴靠着强劲西风绵延数千里，它对中国西北乃至整个北方的地貌影响，无论怎么估计都不为过。而古都北京直对着大西北沙尘暴的持续冲击，处境十分凶险，之所以没有被沙漠化，全靠一座孤军奋战的太行山系遮挡。

在包头上空，遇气流颠簸。不久，平稳降落北京机场。

第二辑

山海同流

我常常盯着地球仪上的欧亚大陆板块好奇地看山水走向，见那地势最高的青藏高原由西向东延伸出昆仑、冈底斯、喜马拉雅三大山系，至中国四川猛然向南扭了90度，横断为落差悬殊的南北向高山峡谷，顺势甩出了云贵高原，向南直接东南亚。山脉水脉至此并没有结束，继续向着南太平洋奔腾而下，跨过赤道，翻越海峡、岛链，又向东一扭，扭出了澳大利亚、新西兰，隐隐约约与一群岛礁相接。

我想，从北半球到南半球，山，带着水，大旋大转，大起大落。那些山山水水在时空转换中是怎样保持了亲缘关系？于是我去了青藏高原、云贵高原、印度洋和南太平洋，看到了雪山、溶洞和珊瑚礁。

雪　山

我喜欢横断山脉的雪山。这不仅因为它们是世界上最年轻最漂亮的山系，而且因为它们以多种地貌，教科书般地展现了欧亚大陆板块乃至地球的内在肌理。

横断山脉是雪山大系，冰川之家。无论是梅里雪山、贡嘎山、四姑娘山，还是稻城亚丁的仙乃日、央迈勇、夏诺多吉雪山，周边皆有众多雪峰簇拥。虽然由于印度洋暖湿气流沿南北向峡谷侵入，冰雪融化较快，但因山脉与青藏高原的雪山连在一起，又得到数不尽的山岳冰川支持，始终保持了超常的冰雪存量。

这里有垒起世界屋脊的基岩，有滔滔不绝的江河源泉。雪山冰川的威力，在于石与水混合一起，生死不离，冰冻百万年而无怨无悔。越是天寒地冻的季节，它们的凝结越是牢不可破。

山即是水，水即是山。高原于海拔6000米、7000米处轰然崩塌断裂，绵延数百公里的山之大系变成"水之洪流"，从天上垂直而降。横断山，峰谷落差状如瀑布的山。邛崃山主峰四姑娘山的南坡山崖急剧下降，一泻5000多米；蜀山之王贡嘎山的主峰向着东侧29公里处的大渡河，以6000多米的落差陡然坠下。山形山势，恰似太平洋的大涌大浪，骤起骤降。

锥子般的角峰，薄如蝉翼的刀脊，锯齿状的山岭，陡峭而光滑的冰壁，深不见底的冰裂缝。那是怎样的鬼斧神工？处处是惊悚的悬念，死亡的刺激。利与钝，柔与刚，直与曲，简与繁，细腻与抽象，在刀光剑影中巧妙地融为一体。雪山冰峰，可望而不可及。以通体透白的梅里雪山为例，它至今无人能够攀登，不仅因为海拔太高、气候太冷，而且因为冰与石互相摩擦、刨蚀，山形险峻且变化莫测。

山性就是水性，山脉就是水脉。山像水一样流淌，像水一样居无定所。雪峰之巅，暴风雪说来就来，漫天飞舞的冰雪不断地将雪山加高加固；与此同时，冰崩、雪崩频繁发生，无数雪岭冰壁顷刻塌陷，引起大地震颤，山谷轰鸣。高山峡谷之中，陡峭的山坡原本是一种掺了冰雪的冻土，土石依赖冰雪固定；一旦冰雪融化，土石便难以单独支撑。到了暖季雨季，脆弱的山坡植被先是浸透了水，如沼泽一般；继而被水流不停冲刷、揭露；最终，脱缰野马般一片片剥落。泥石流像浪花一样跳跃、旋转。飞沙走石如江河咆哮一泻千里。

这里有时光交错的山水奇观。最多的雨季在这里，最好的阳光也在这里。强烈的地势差、温差、气压差造就特有的植物多样性。在高山苔原，矮小灌木、野花野草和地衣苔藓蛰伏一起，其间藏有珍贵药材雪莲花、川贝母、藏红花、冬虫夏草；在雪线以下，高大的冷杉、雪松，遒劲的沙棘，岩石般坚硬的高山栎，长成树状的大叶杜鹃，与挂在它们身上随风飘舞的松萝，共同组成古老的原始森林；雪山脚下，常有江北的银杏、江南的翠竹、岭南的木棉和洋紫荆；在深切的干热河谷，甚至能看到沙漠中的仙人掌、海南常见的槟榔树、鱼尾葵、三角梅。曾与恐龙同时称霸地球的植物活化石苏铁，在金沙江中游出现，它与银杏、椰子树、木棉为伍，那是古与今、冷与热的交汇。

一山有四季，十里不同天。同一座山，从山脚到山顶，好几种气候，好几种地貌，如同穿越时光隧道。因此，这里更容易出现生命的奇迹。藏东地区有世上最帅、最结实的康巴汉子，天生喜欢在高原流浪，剽悍好斗，却又柔情似水。高原仙境泸沽湖边有最原始的摩梭人，至今完整保存着母系社会和走婚制度，他们对格姆女神和男女情感的信念亘古不变。在雪域高原的草坡，身披蓑衣般长毛的野牦牛，四肢强壮，凶猛善战，总是在人迹罕至处悠闲地吃着名贵药材和奇花异草。喜欢藏在深谷竹林里的大熊猫，养成了适应横断山脉的垂直迁移习性，将熊的笨拙和猫的灵活结合一体，暖季上高山，冷季下洼地；既食肉，又食竹。同时代很多动物都已灭绝，它却存活了800多万年。

石在冰中，如钢筋在水泥中，发挥了固化作用。由此可以解释，四姑娘山为何险峻陡峭的南坡终年积雪、稍微平缓的北坡反而雪少，正如青藏高原的冈仁波齐峰南坡终年白雪皑皑、北坡反而藏不住雪。那是上百万年冻结的水石混合的冰体，不是几天几月或几年飘落累积的雪花。水与石超越生死的结合造就了冰山雪岭奇观，它们在冰封中的矢志不渝带来了高原大山的相对稳定。

不可想象，那巍峨屹立的千百座巨峰皆是冰石混合冻结的物体，即相当大的一部分是水做成。许多人在稻城亚丁观望仙乃日、央迈勇雪峰，看到大片大片土石堆起的峰峦，误以为雪山已化；当地藏民告知，那土石之中尽是冰雪。在贡嘎山海螺沟冰川，有很长一段泥沙河床，到处是土丘、石堆和泥坑，走近一看，泥沙之下，是阴森雪亮的冰层；乱石岗里，藏着积淀已久的冰崖冰窟。在横断山脉，你看着像雪山冰川的东西，里面有岩石；你看着像石峰岩峡的东西，里面有冰雪。究竟其中有多少冰雪、多少岩石，不得而知。只知它们稍微融化，长江流域便洪水成灾，民不聊生。如果它们全部融化，屏障般的巨山就变成了猛兽般的江河。山没有了，洪水泛滥，我们怎能承受？

我们的寿命太短，眼光太浅，难以与地球变迁史中的雪山冰峰对话。我们只能根据科学家的考察和想象，了解地质纪元下水与石冻结在一起的冰川运动。冰川底部的压力融水，流进石缝，再冻结膨胀，以巨大的力量，在岩石内部冲击挤压，像炸药一样将岩石崩裂；寒冻风化作用不断制造的岩块碎屑，被冰川裹挟着，以肉眼无法看见的慢速度流动。冰川在运动中融化、又结冰，再融化、复又结冰，塑成冰杯、冰井、冰柱、冰洞、冰桥等壮丽的消融景观。地上地下的山体岩石无时无刻不被冰川冲刷、切割、塑形，众多的角峰、刀脊、断崖、深谷，无一不是冰川运动的作品。冰川，和它携带的砾石一起，大规模雕凿了崇山峻岭，改变了地球面貌。

冰从水中来，又区别于水。它硬如岩石，又能在高温和压力下瞬间融化。冰得石气；雪山之水，又得冰气。石与水在长期冰冻中相互渗透，相互交融，早已你中有我，我中有你。冰川融化的水，挟着从岩石间融解的矿物质，从岩穴石缝中喷涌而出，这便是世上最清洌甘甜、最好喝的水。因此，越是接近雪山冰川的贵州、四川，越能酿出最好的酒。奇妙的是，这酒又像烈火，可以将生命燃烧得热血沸腾。

有谁的爱能比得上石与水的感情？青藏高原山有多高水有多高，

太平洋里水有多深山有多深。江河湖海没有石头，水质便不洁净。大海之滨，海浪滚滚，石与水借日月引力日夜不停地相互激荡，高潮迭起。在横断山脉的冰山雪岭中，这些千百万年冻在一起的石与水，以生命之绝唱支撑欧亚大陆板块之峰巅。雪水融化而成的大江大河，始终与高山峡谷难分难解，于是在横断山脉腹地，形成高黎贡山、怒山、云岭夹着怒江、澜沧江、金沙江平行并流而不交汇的奇异景象。从高原到平原，从冰川到江河，从寒带、温带到亚热带，时空不断穿越，但石与水相依为命的忠诚永远不变。

是什么力量能使昆仑、冈底斯、喜马拉雅三大山系横断为南北向密集的雪山峡谷？是地壳下熔岩流动造成的大陆板块撞击，还是雪域高原冰冻太久的山脉水脉突然崩塌，抑或是冥冥之中另有看不见的手？不得而知。

但我猜想，横断山脉雪山冰峰一定有欧亚大陆板块和太平洋之间生态平衡的奥妙。它是方圆数千公里山河大地赖以支撑的机关。

溶　洞

这是一个神秘的地下山水王国。迄今为止，它是人类远远没有探明的未知世界。

它被称为喀斯特（Karst），那是亚得里亚海东北部的伊斯特拉半岛石灰岩高原的地名，被原南斯拉夫学者斯威奇（Jovan Cvijić）用来代指岩溶地貌，后来得到学术界广泛认同。

岩溶，水对可溶性岩石进行化学溶蚀和物理冲蚀而形成的地貌。地下岩层被暗河溶解，形成塌落，石与水一起流向远方，遗留的空间便是溶洞。

在云贵高原，无山不洞，无洞不奇。地下洞穴网络之复杂，体系之广大，令人难以想象。洞中有峰峦、峡谷、怪石，也有泉流、深潭、瀑布。庞大的洞穴连着深深的竖井，竖井之下又有洞穴，洞穴之下又有竖井……这一切，都发生在寂寞无边的黑暗之中。

看似铁板一块的巨型岩层，却日夜不停地发生着坍塌。岩石裂开，流水冲蚀，洞孔不断扩大，岩层突然崩塌；裂缝增多，流水再溶蚀，直至形成更大洞窟。暗河造成了塌陷，塌陷又开辟了暗河流行的渠道。坍塌，是建造高原喀斯特洞系的持久动力，是大自然造就多样化山水形态的行为艺术。

洞窟、隧道、竖井、漏斗、天坑、地缝，纵横交错，互联互通。高原腹地2000多米厚、数十万平方公里的石灰岩层，整个被掏得空空洞洞，如蚁穴、鸟巢。这个成千上万洞穴支持的网络体系，又是一个在高原内部精心设计和建造的稳定结构。

种种迹象表明，地下与地上是完全不同的世界。我们以地上形成的思维和视觉习惯，无法理解地下溶洞里的山脉水脉。许多好奇者进入迷宫般的洞群，越走越远，迷失了方向，再也没有走出洞口。探险队员在洞窟中行进，不慎跌入陷阱似的暗河，消失得无影无踪。

地下的山水与地上的山水一样，无论地形如何变化，始终形影不离。但是地下暗河，怎样做到像蛇一样上下游走灵活自如？在地表，人们可以凭借水向低处流的规律，上溯寻找到水源。然而在溶洞世界，规则彻底改变：上下多层互联的洞穴管道，如同自来水管道系统，形成了强大的水压。水，借助洞穴管网水压，毫不费力地由低向高、由下向上流泻。于是，人们像迷失方向一样，再也找不到地下水的源头和走向。

地下洞穴是一个亘古以来便与世隔绝的世界，也是一个奇迹不断发生的幻境。时空和流水一样，盘旋、扭曲、逆转。石头变成水，水又变成石头。滴水溶石变成滴水生石。带着丰富矿物质的水，经过石缝间的滴淋，碳酸钙积淀，日积月累，无中生有般长出了漂亮的钟乳石。石头，能发芽、开花、结果，变成人物、禽兽、亭台楼阁。岩溶，就像魔术师，变幻出一座座藏满珍宝的地下宫殿。

走进一个个庞大的地下溶洞，借助人造灯光，可以看到千奇百怪的钟乳石雕塑艺术品：石管、石柱、石幔、石盾、石旗；盔状、丘状、塔状、菌状、蘑菇状……所有石雕形状，都来自千变万化的水形态。笔直的岩溶石管、石挂是激流、瀑布、水帘的化身；石笋、石树、石花、石葡萄是飞溅水、卷曲水、凝结水的变形。钟乳石珍品——织金洞"霸王盔"、银子岩"混元珍珠伞"，是各种线状水、卷曲水、凝结水、薄膜水、毛细水综合作用的结果。洞穴里交织一起的石挂群、石瀑群、石树林、石塔阵、石笋阵，史诗般记录了地下泉流、瀑布、江河、湖泊相互交汇和激荡的壮阔景象。

那是水吗？显然不是原来的水，而是溶进石头的水。那是石头吗？显然也不是原来的石头，而是融进了水、因水而生的石头。在这里，水与石没有了界限。两者在化学反应中彻底向对方打开了自己，消融了自己，又凤凰涅槃般获得了新生。

钟乳石，以水为源、与水相依为命的岩石。它皎洁的美容依赖于特别纯净的水源，它润滑的肌肤靠的是水乳一刻不停的喂养。它的品相是地下水充足与否的标志：水质好，它如青春少年，雪白透亮；水源不足，它如衰朽老者，暗淡无光；一旦断了水，它便迅速枯萎。

从某些钟乳石的断面可以发现，其内部构造是密密麻麻的针孔和毛细管，形成微缩的洞穴网络结构。互联互通的洞孔，是为了储存足够的地下水；细密水流循环往复地冲刷切割，又使洞孔的网络管道保持畅通无阻。钟乳石，无疑是一个奥妙无穷的储水器。

云贵高原内部正是同样构造的管网式储水体系。地上水与地下水由此形成的频繁交流和良性循环，不仅使大江大河获得了穿山越岭的势能，而且有效地保护了喀斯特地区的水资源。

在贵州、广西和重庆的诸多溶洞漫游，即便打着伞，也总是被淋湿衣服。洞中的石头会"下雨"：洞口，常常被水帘遮住；洞顶滴水昼夜不停；岩石罅缝到处渗水，时有水柱从大裂隙中喷泻而出。走进幽深曲折的洞穴深处，常见地下河在峡谷乱石中奔腾咆哮，水声震耳欲聋。飞湍、涡流在逼仄的狭洞里乱剜乱刳，如狂奔乱蹦的困兽。

那些溶岩组成的层峦叠嶂究竟藏了多少水？谁也不知。只听说这些地方不时发现新的地下河流和湖泊。许多地下河涨落无序，源流不明，来无影去无踪；有一些地段只听见岩层中传出的流水声，看不见河流在哪里。

我在贵州绥阳县双河洞游览了6公里长的地下河，望着洞中四面八方的漫漫水系，听着滔滔不绝的地下河流瀑布声，常常怀疑这云贵高原的腹中是否藏有比地上更多的江河湖泊，甚至觉得那喀斯特峰丛峰林之下，也许整个就是一片深不见底的海洋。

海量的地下水从溶洞中蒸发，变成云雾雨雪，降落、渗入地下，滋润花草树木，又被植被和溶洞保存下来。然后再蒸发，再降落……烟雨晕染着峰峦，半遮半掩；山与水地下地上，情意缠绵。那些溶了岩石粉末的水，好像发酵的酒，在清洌透明中自有一份浓浓的暖意，在荔波小七孔和桂林漓江形成梦幻般的景色。那是一种艳丽的绿加蓝，携带高山峡谷和深邃溶洞的气韵，向着远方大海的色调跃跃欲试。

中国云贵高原及其东部辐射地区，从贵州的"天无三日晴"，"雾重庆"，湖南、湖北沿江地区的多雨季节，到"雨桂林"，江南梅雨……似乎是一脉相承的水墨画世界。究其原因，除了空中暖湿气流运动和青藏高原冰雪融水，会不会与藏有巨量地下水系的喀斯特溶洞群有关？

珊瑚礁

　　一堆小小的腔肠动物，一个沧海桑田的梦，再加上阳光、潮汐，便造就了海洋奇观珊瑚礁。它是水中生出的石，活着的山，是世上独一无二的山海同体生命结构。

　　据说科学界曾经对珊瑚虫的分类很长时间无法确定。它有点像青藏高原上的冬虫夏草，后者藏身于空气稀薄的世界之巅，以蝠蛾幼虫与菌座嫁接的诡谲方式打破世人所设的植物与动物界限，成为冬天是虫、夏日却是草的珍贵药材。珊瑚虫则以绚丽的色彩、礁石般的骨骼展现了妖艳的植物之身。

　　实际上，它既不是植物也不是矿物，而是海洋中一种古老而又有持久生命力的腔肠动物。单个的珊瑚虫只有米粒那样大小，是它们庞大的族群聚合体让人类的肉眼误以为是水下森林或岩礁。

　　珊瑚，在自身携带的共生藻的协助下，能吸收海水中的钙和二氧化碳，然后分泌出石灰石，形成骨骼与外壳。当珊瑚虫死亡之后，其庞大族群的骨骼遗骸积聚起来，就变成石灰岩层的礁盘。

　　浩瀚的南太平洋，远离大陆，波浪滔天，隐约可见星星点点的海岛。我在大溪地波拉波拉岛、茉莉雅岛、胡阿希尼岛、塔哈岛一带海域漫游，寻找珊瑚造礁的踪迹。

　　椰子树的剪影在蓝天白云下摇曳，峰峦秀美的海岛被雪白的珊瑚沙项链缠绕，一团团绿色海水焕发出生命体的灵异光彩。山与海犬牙交错，海湾被珊瑚礁切割成不同流向的水域。堤礁，挡住了大涌大浪；环礁，将大海围成了平静的潟湖；台礁，如攒簇的花朵，招惹着蜂蝶般的群浪。带上浮潜工具，游进任何一片海域往水下看，五颜六色的珊瑚礁如滚滚波涛，无边无际。

　　凝视彩色珊瑚形成的眩晕，仿佛仰望满天云霞产生的幻觉。这一切,不过是太阳在水下的影子。

珊瑚是太阳的忠实追随者。它只在地球南北纬 30 度以内大洋中生长——太阳强,它便强;太阳弱,它便弱。在赤道附近,太阳的烈火熊熊燃烧,沙滩滚烫,海水温热;珊瑚如鱼得水,蓬勃生长。它以晶莹的触须和骨骼反射太阳的光明;以绚烂的色彩和图案显现太阳七色光谱的魔幻。就像大溪地的鲜花,它将太阳的热能转化为生命的奇迹。

珊瑚造礁,在水下造成令人屏息的山峦景观。那些巨型礁盘,像云贵高原,表面上舒缓平淡,腹内却暗藏数不尽的机关和陷阱。其间飞崖、巉岩、怪石盘根错节,如暗藏的城堞、堡垒;洞窟穴窍上下勾连,形成结构复杂的网络体系。

似乎是对珊瑚造礁的回报,大洋中众多海洋生物汇聚到珊瑚海域。举世闻名的大堡礁海域生活着大约 1500 种热带海洋鱼类和 4000 种软体动物,是全球最大的海洋生态系统,也是座头鲸、儒艮和大绿龟诸多濒临灭绝动物最后的栖息地。在珊瑚生态保持良好的马尔代夫和大溪地,皆能看到成群的鲨鱼在海湾游弋,大型鳐鱼游进浅礁区,肥胖的海参和蓝色海星布满海滩,礁石的罅缝中藏匿着披戴了各种甲胄的大型贝类。乘船出海,可以观赏海豚的倩影在风口浪尖上飞舞腾跃。珊瑚礁海域是海洋生物多样性最重要的保护区。珊瑚发达,海洋生态就好,海洋生物的繁衍生息就旺盛;珊瑚被破坏,海洋生态就失去平衡,海洋生物就会加快灭绝进程。

这里是汪洋大海的腹地,大风大浪的中心。天地日月的引力,海底火山喷发的岩浆,极地冰川融化的寒流,强热带气旋风暴,都汇聚在汹涌的波涛之中。珊瑚虫是最优秀的冲浪者和弄潮儿,它生于风浪,长于风浪,喜欢迎着风浪,吸取被卷起的泥沙中的营养,同时被风浪摧残;然后,再恢复,再被摧残;再恢复……如此反复循环,逐渐成长壮大。说来也奇,无论哪个海岛,要寻找发育好的珊瑚,就要追踪大风大浪。

寻觅珊瑚礁的踪迹，不知不觉到达大洋中的火山地震带。世界上最美丽的岛屿，往往是火山喷发和珊瑚造礁共同作用的结果。越是火山地震频发的海域，珊瑚礁越是发达；越是朝不保夕的危险地带，生命越是焕发出奇异的光彩。

火山爆发，天崩、地裂、海啸。岩石化为浆液，大地烧成焦土，海水烧成云烟，空气被火焰蒸发，一切污泥浊水和毒蛇猛兽都在这里化为灰烬。同时，火山又喷发出了新的岛屿、湖泊、江河、岩石和土壤，天地万物由此获得新生。喜欢在边缘地带生存繁殖的珊瑚虫，不惜赴汤蹈火，就在火山口的周边海域安营扎寨，形成裙礁。至此，珊瑚虫与太阳、火山完成了最完美的结合，将生命之火与天地之火融为一体，获得了源源不断的能量和热量。

在风浪里，在天旋地转的动荡中，珊瑚造礁生生不息，神不知鬼不觉地改变了海洋面貌。它引起海水倒灌，洋流改道，海底变浅。靛蓝的海水变成碧绿透明的玉液，幽冥深邃的水下出现了大片浅滩和礁盘，汹涌的波涛被围成风平浪静的潟湖。

从中国海南岛到澳大利亚，从美国夏威夷到大溪地，从巴哈马群岛到加勒比海，从印度洋、太平洋到大西洋，赤道以外、南北纬23度以内的所有海域，岛屿岛链层出不穷，明礁暗礁星罗棋布，皆是珊瑚造礁的身影。太平洋两万多个岛屿，绝大多数分布于南北纬30度以内的海域，大部分与珊瑚造礁活动有关。

最小的变成最大的，最软的变成最硬的；死者成为生者的支柱，过去成为未来的要素。珊瑚虫在繁衍成为庞大生物族群的同时，用自己的联体遗骸结构打造了水下最大的生态系统。或许有一天，它在浩瀚的大洋中建起一条条堤坝，将一座座孤岛缀成岛链；在茫茫的波涛中架起一座座桥梁，将远隔重洋的大陆联为一片。最终，它会在无垠的大海中变幻出一个包含山峦、土壤、河流和众多物种的崭新世界。

雪山冰川、喀斯特溶洞、大洋珊瑚礁，都是改变地球面貌的强劲力量。它们之间看似风马牛不相及，实则是山脉水脉从青藏高原到云贵高原，再到印度洋和太平洋的三个里程碑。在连续剧般的地貌变迁史中，贯穿着石与水生死相依的传奇故事。

山与水同流。天上、地上、水下、地下，一路呼风唤雨，电闪雷鸣。高原、雪山、冰峰、峰林、峰丛、丘陵、天坑、溶洞、云雾、雨雪、泉流、飞湍、瀑布、江流、暗河、湖泊，天与地之间大循环、大交流，每一种山水形态都耐人寻味。

江河，携冰雪之气，挟石灰岩之质，穿过千山万岭，流入大海。我猜它在海中变成洋流，继续远征，最终到达温暖的赤道附近，被无穷无尽的珊瑚虫当作营养，吸收、消化、再生，以骨骼遗骸形式，又还原成石灰岩。

轮回没有结束。火山熔岩洪流在地下奔流起伏，地壳板块如波浪般迁移运动。天旋地转，沧海变成桑田，水下珊瑚礁又变成水上喀斯特。

原来，有机物和无机物之间，没有不可逾越的鸿沟。化石中的生命不会完全死亡，只是基因的沉睡和储存。不知何时何地，它会苏醒和复活。随着斗转星移，山会变成海，海会变成山，但不论在峰巅还是在海底，沉积的岩层——海洋生物化石中的山水故事和生命信息不会消失，总有一天会重见天日。

山是凝固的海，海是流动的山。溶洞是流动与凝固的组合变奏。

山海同流。

原载 2018 年 11 期《北京文学》，略有改动

万里长江山水情

一段时间，我被长江流域山与水飞舞的旋律和节奏迷住。

我认为，长江，不仅汇合了成百上千条河流的水系，而且凝聚了千山万壑的气质。

以长江流行路线看大陆地形，山与水的配合妙不可言：青藏高原，经云贵高原，降落至几乎零海拔的长江中下游平原，恰好是一个有利于大江大河从高向低流动的三级阶梯。这是一个山脉与水脉共同流泻的地势结构。

2018年夏季至冬季，我再游长江，追寻高山与流水的踪迹。

一

夏日，四川攀枝花的干热河谷骄阳似火，焚风浩荡，金沙江的水至此已经流行了2000多公里，却仍然像冰一样，寒冷彻骨。当地人告知，从未有人敢到江中游泳。

金沙江，发源于青藏高原唐古拉山主峰的冰川运动。那里有流星雨般的雪崩冰崩，冻结上百万年的冰雪融水。

总长3000多公里的金沙江，天然落差5000多米，它的上游名字叫通天河。我猜想这样的高度，唯有地下火山岩浆能够拱得起，这样的江源必是冰与火碰撞释放的古老生命。

长期以来，人们弄不清金沙江与长江的关系。只因它发源于无人居住的冰天雪地，沿途形成密如蛛网的水系和曲折复杂的河道。直到明朝徐霞客写出了《江源考》，人们才知金沙江是长江正源。通过地质考察弄清其源头沱沱河，距今还不到百年。

金沙江发源地青藏高原，是一种兼具高山和平原优势的屋脊地形，它不是单打独斗的一座高峰，而是千山万岭浑然一体的超稳定结构。它像奇妙的空中摇篮，让生于斯长于斯的金沙江稳稳积蓄了能量。但仅凭这个摇篮，尚满足不了金沙江的远大志向，它很快就对东方横断山脉的深切峡谷跃跃欲试。

20世纪20年代，美国探险家约瑟夫·洛克多次穿越荒无人烟的金沙江大峡谷，被奇险壮丽的江山景色深深吸引住了。他发现："有关长江流域的描写大部分是在宜昌附近完成的，旅行者们对此都很熟悉。但是那更为雄伟的丽江北部峡谷却很少被提及。"

冬季，我由丽江出发，经香格里拉到德钦，沿途观察金沙江峡谷，感觉它与洛克游记所描写的地貌奇观基本没有变化。

融入天际的雪峰，望不见底的深壑，冰川运送的巨大砾石，寒气逼人的冰雪融水，金沙江与雪山的不解之缘在大起大落中更显情深意长。

在德钦奔子栏的月亮湾远望，横断山脉的崇山峻岭，看上去反而比青藏高原的峰峦还要险峻。金沙江如同被唤醒的精灵，突然振作起来，身手敏捷。山旋水转，山坠水落，山高水长。有一金字塔般的日锥峰从天而降，横亘峡中要道，金沙江顺势变成一个"Ω"形大弯刀，将两岸崖岩劈削成夹缝式曲峡。

至香格里拉的虎跳峡，金沙江劈开了5396米高的哈巴雪山和4680米高的玉龙雪山，在万丈峭壁夹峙中，猛兽般横冲直撞。激流在悬崖溅起汹涌浪花，落到巨石上复又迸裂；江水，得了悬崖峭壁急坠猛泻之力，几乎倒立起来。各种瀑布、乱流如风驰电掣，令人目不暇接。

从青藏高原到横断山脉，由于大地多方位崩塌跌落，众多大江大河突然涌现。

依我的经验，看金沙江，不能光看它自身，而是要去云南的三江并流，再走川藏线去泸定、雅江，将怒江、澜沧江、金沙江、雅砻江、大渡河五条从北向南的大江大河一起看，方能比较出金沙江的味道。

五条大江，五条跨越千里的线条，连着云霄之上数不尽的雪山冰峰，像神经、血管，清晰可见；悬崖、砾石、泥石流、高原松杉、山寨，恰似疏疏密密的点，飘洒江岸。线是一往情深的长，苦苦地在断裂的雪域高原上下求索；点是洋洋洒洒的短，藏不尽雪山深峡中的珍稀动物和奇花异草。

大江东去，谈何容易。怒江、澜沧江和金沙江共同发源于青藏高原唐古拉山脉，本应汇聚一起向东流。不料横断山脉骤起，以高大险峻的分水岭将它们分别锁在深谷，逼迫它们改道。怒江、澜沧江皆按山的意志向南奔流而去；唯有金沙江，在玉龙雪山的西侧、东侧，两下两上，完成三个几乎180度的转弯，劈开大山大岭，也像玉龙一样，从横断山脉的重重封锁中钻了出来，不改初衷地向东奔流。

它的这一转向彻底改变命运：原来相隔甚远、一直与它平行南流的雅砻江，被它截住并顺势吸纳。

二

我原以为，在密集的高山峡谷，通过漂亮转身，穿越由东向西的时空，是金沙江自己完成的高难动作。待我看到了云贵高原的塌陷，才知还有一种力量在推波助澜。

青藏高原，像汪洋中的巨大洪流，经过横断山脉的大崩大裂，又恢复到云贵高原的稳定结构。这是平均海拔2000多米的巨型山体，成千上万座大山又连成一片基座，其上仅为数百米高的峰丛。江流至此又趋于平缓，好像一个长途跋涉的行者，到了一个驿站，略作休整。

云贵高原的奇特在于它是一整片喀斯特地貌。地下有超大规模的石灰岩层和无穷无尽的洞穴，其间遍布地下河流。这些地下河不仅借助管网式洞穴四通八达，而且通过携带二氧化碳，将石灰岩溶解于水，使山也变成河。如果说它的物理冲蚀力是刀斧利刃，能劈削开地下岩层；那么它的化学溶蚀力就是黑洞，能神不知鬼不觉地吞噬大片岩石。

我在贵州紫云县格凸河燕子洞见到乱石中奔腾咆哮的暗河，不亚于虎跳峡金沙江的疯狂。又在安顺龙宫景区海拔1000米以上的山腰溶洞中，乘船游览地下湖泊，水势之大出乎意料。

云贵高原北侧，长江以南，分布着众多奇特的喀斯特地貌和暗河、伏流。长江与乌江汇合处的武陵山大裂谷，有一深达820米的万丈坑和长约10公里的裂谷，坑底和谷底皆有汹涌的暗河直通乌江。

再向东，是深达666米的奉节小寨天坑，四围绝壁直插深渊，一条大型暗河从坑底大洞奔腾而出，转而进入旁边另一洞穴后无影无踪。据探测，此暗河与南面37公里长的天井峡暗河相通，最终流入长江。

小寨天坑的东南面，为108公里长的恩施大峡谷，谷底溶洞的云龙暗河，已探明有50多公里长，与清江支流木坝河相通。此峡谷是400多公里清江大峡谷的一段，清江沿岸山峦之中暗河溶洞层出不穷，上游的利川腾龙洞暗河水势最猛，最终也泻入长江。

造化在云贵高原北部边缘，安排了如此众多的天坑、竖井、裂谷、暗河，深有用意。这里正当高原向丘陵过渡的要冲，地下河暗中借助地势，与地表水频繁交流，造成山体大规模崩塌陷落；而不断扩大的洞窟穴窍，又为更多的地下水进入长江提供了方便。

从小在长江边长大的屈原，在《天问》中提出："东流不溢，孰知其故？"此问也可倒过来：长江日夜不停地逝去，只出不进，为何永不干涸？现在，如果考虑到云贵高原地下庞大的溶洞和暗河体系与长江互联互通，就有了一种可能：长江，会不会有一个强大的地下循环系统作支撑呢？

站在小寨天坑的边缘，望着壁立千仞的陡峭，总是一阵阵眩晕。那是怎样的一种崩溃？天昏地暗，大地剧烈震颤、抖动。山，势如破竹地撕裂；岩崖，万劫不复地崩落。撕裂，是向外向下之力与向内向上之力奋力拉拽的结果，是子体拼命挣脱母体的印痕。若没有这样的塌陷，便没有中国阶梯式地形。这一切，都是地下暗河冲蚀所致。

四川盆地，高原和大山之间陡然下陷的巨坑。像小寨天坑一样，坑底水势汹涌，四围山峦形成封闭的环状壁垒。但封闭是虚假现象，它上连青天，下连喀斯特溶洞，有一个看不见的贯通体系。它的设计超越了凡人的想象力，其形成必是一种天崩地裂的塌陷所致。

大江东去的锯齿，要想切割开重重山岭，必须加快速度和汇聚水量，四川盆地恰好同时满足了这两个条件。它以陡坠促进了水的流速，以塌陷洼地吸引了众多江河。它奋不顾身的崩塌，为金沙江、大渡河、岷江、赤水河、嘉陵江、乌江的流泻和汇合创造了有利地势；它周边密集的天坑、地缝、竖井、洞穴，为众多潜龙般地下暗河提供了多种渗透渠道。众流在此齐聚一堂，水量一涨再涨，终于变成天上、地上、地下立体交响奔流的长江。

三

汇合在四川盆地的众多江河而形成的大水，若非三峡将其泄了出去，必将形成一片湖泊，将四川一带悉数淹没。

长江三峡与四川盆地，如同地缝和天坑，是大自然的绝配。

三峡的急流险滩，自三峡大坝将上游水面蓄满175米高，便荡然无存。西陵峡中段恰为三峡大坝所在地，影响最大。白帝城变成了被水包围的孤岛，巫山和秭归两座县城也被淹没于百米水下。不过，三峡两岸1500米至2000米左右的大山不受影响，神女峰美貌依旧。冬天，我乘"新高湖号"江轮再游三峡，天气虽冷，但江水碧绿澄清，倒有些漓江的意思了。

有人以为美国科罗拉多大峡谷和中国长江三峡是世界上最有特点的两个大峡谷，我颇有同感。两个峡谷都是一个庞大的峡谷群组织，恰巧分布太平洋东西两岸，遥相呼应。科罗拉多峡谷是在凯巴布高原直接向下崩塌断裂，深渊般惊悚；长江三峡是连绵不绝的高山峻岭与深陷峡谷搭配，属山水奇观。科罗拉多峡谷类似火星地貌，荒凉险峻；长江三峡植被繁茂，多奇花异草。我曾乘船在科罗拉多河游览，河水混浊，气候干燥，石谷岩穴复杂多变；长江三峡气候湿润，虽然崩崖裂石也多，但皆为青山绿水掩映。

从重庆奉节码头出发。绿水，闪着灵光，拥着江轮，推着青山，向东流去。随着视角的频繁转换，岸边景色出现了非同寻常的变幻。曾经占据了整个视野的高山峻岭，渐行渐远，像屏风一样一片片折叠起来。另一些原本看去是小小的山头，随着距离拉近，慢慢延伸扩展，变成了高山峻岭。站在船头，飘飘然如乘风飞翔，两岸峰峦、树木和房舍像走马灯一样不断闪了过去，思绪在恍惚中进入了历史隧道，屈原、杜甫、李白、元稹、苏东坡的踪迹何在？巫山云雨、三国人物、魏晋风度、唐宋元明清的折戟沉沙何在？

我惊奇长江如何能劈开南北向巫山而东流，待观察了三峡山势走向方才明白，山脉，以巧妙的方式助推着水脉。

三峡两岸，虽高山对峙，崖壁陡峭，但无论南岸北岸，山脉走向，始终以由西向东为主，由北向南为辅。大娄山、武陵山、大巴山看似从两侧围堵、包抄，实则虚张声势，暗中留了缺口，任凭江水奔腾而去。山脉水脉，同心协力，纠缠一起，汇聚千山万水气势向东流去。

瞿塘峡夔门，江左赤甲山形似巨桃，又如独角兽，迎面伸出高高岬角，与江右白盐山南北夹峙，几乎要阻断江流。但白盐山的南北向峰岭局促逼仄，东西向岭脊才是层层的长波巨浪，前后数十个峰壑此起彼伏，中央两三座大山陡然立起，直插云端，于半空中再借地势向前向下猛冲，直将夔门冲开，江水破峡而出。

46公里长的巫峡奇峰怪岭最多：大斜大坠金字塔状，四面断崖的石屋状，大斜坡加垂直断崖，双层弯弓式断崖，三层弯弓式断崖叠加……神女峰山形尤奇：斜拉和垂直石崖交替的陡峭山坡上，耸起一群叠嶂秀峰，森列如城堞，其中一根石笋突兀于众峰之中，宛若一个亭亭玉立的少女。但不管山形如何变化，那由西向东的山脉走向与长江水脉走向自觉保持一致，始终不变。凡是违背此潮流者，都被大刀阔斧地劈削，毫不留情。

至宜昌，高山终于变为丘陵，水势逐渐开阔平缓。此后，长江如脱缰野马，四处奔腾，顺势吸收汉江、湘江、赣江，冲荡出洞庭湖、鄱阳湖、太湖等大片水系。宜昌以东，从岳阳、武汉、南京到上海，江连着湖、湖连着江，河流四通八达，形成汪洋大海般的江河湖泊网络系统。山，仍然有，如庐山、九华山、黄山，但再也不是分水岭，只是发挥美学观赏作用。

长江汇聚的千岩万壑泥沙没有白费，在大海的协助下，全部冲积成了长江三角洲平原。奇特的是，这个平原的面积在不断增大。以崇明岛为例，1949年面积为600平方公里，仅仅60年之后，便扩大为1200平方公里。连同以前的积淀，长江的山水同流，在入海口造就了千里沃野。

长江，你流入太平洋之后，去了哪里？是汇入了墨西哥暖流，还是钻进了马里亚纳海沟？或是流到赤道附近，为珊瑚造礁提供源源不断的营养链？或是，蒸发成空中的雨雪云雾，又返回青藏高原，降落在唐古拉山的冰川？

写于 2018 年 12 月

刀山火海

冬日的滇西北，寒风鼓荡着杀气，河流结了冰碴，凋零的草木冻得瑟瑟发抖，唯有高原冷杉、雪松昂然挺立。我穿了最厚实的防寒服，乘一辆长途大巴穿行在高山峡谷，赶往德钦的梅里雪山。

从丽江出发，经香格里拉一路西行，始终逆着青藏高原和横断山脉崩塌的洪流而上。丽江北部的金沙江峡谷，是山水陡升陡降的巨浪；到了香格里拉小高原，恢复了平阔和稳定；至德钦奔子栏看金沙江月亮湾，又是大涌大浪般的高峡。

山路跌宕起伏，越来越险，待爬上4200多米的白马雪山垭口，穿过近万米的隧道，我终于意识到，那迅猛无比的山水洪流全凭高原积累的寒冷，冻结成雪山冰峰，方能如巨型群雕，屹立于这滇西北的高空。也唯有靠千古不变的冰冻，我方能乘车穿行于变化莫测的"洪流"，到达德钦县城西南海拔3400米的飞来寺，见到巨龙般横空出世的梅里雪山。

飞来寺是前来转山的藏民礼拜梅里雪山的地方，建于清代。它位于梅里雪山东面一片陡峭山岭上，山下就是澜沧江，与雪山只隔了一条峡谷。以我目测估算，它与雪山主峰卡瓦格博的直线距离应该在20公里左右，正是观看和拍摄大山全景的最佳位置。

我于9月份拜访了四姑娘山、贡嘎山，山上总被云雾笼罩。据此地康巴藏民称，从4月至9月，梅里雪山众峰也常被厚厚的云层遮住，什么都看不见。只有在寒冷的冬季，才有希望看到云开天晴的雪山真容。春、秋、夏三季，这里的游客又常常爆满。冬天游人稀少，吃住方便，可不受干扰地观赏雪景。

我在寺庙周围转悠了很久，从各个角度向雪山张望，觉得视野都很开阔。于是选一个最高最突兀的地方，找一家普通旅馆住下。推开窗，雪山就在眼前，不禁喜出望外。此刻正当中午，阳光灿烂而又火热，什么也不干，就坐在窗前，仰望着那雪山过了整整一个下午。

雪山太高，长长的一片银岭横亘蓝天之上。天穹似乎落到了它的后面，成了背景。仰望那一片银光闪闪的庞然大物，第一感觉是被弥天的冰雪压得喘不过气来。艳阳下的雪山表层正处于将化未化之时，莹润欲滴，雪光、水光与阳光交织发出亮晶晶的光辉，又使人像中了魔咒一样，浑身动弹不得。

我多次在照片中观察梅里雪山的主峰卡瓦格博，觉得它很像四姑娘山的幺妹峰；这次当面细看，再次加深了这一印象：角峰、刀脊、陡壁、金字塔造型，美艳而又威严。只是四姑娘山雪峰隐约显露岩石峭壁痕迹，卡瓦格博则通体透白，全是冰雪。卡瓦格博，藏语，意为"河谷地带险峻雄伟的白雪山峰"。

各种版本的照片都突出了卡瓦格博主峰，把其他诸峰的特色淹没了。实际上，它左右身边的两座峰——玛兵扎拉旺堆峰[1]和帕巴尼顶九焯峰[2]毫不逊色，像两位护卫主峰的怒目金刚，突兀的玄黑色岩石，在巨大的冰瀑雪堆之上耀武扬威，气象森严。它南边倒数第二的吉娃仁安峰[3]，并列地排立着五个扁平而尖削的雪峰，似大小不同的

---

[1] 藏语，意为"无敌降魔战神峰"。
[2] 藏语，意为"十六尊者峰"。
[3] 藏语，意为"五佛之冠峰"。

锯齿；数十条冰瀑从岩壁、岩缝流泻下来，形成冰石混凝的奇观。最南边的缅茨姆峰①，几乎是主峰卡瓦格博的翻版，锥峰尖利，浑身是雪，酷似一位白雪公主。卡瓦格博左侧、玛兵扎拉旺堆峰的北边，雪峰簇拥，冰瀑林立。众峰之北，是长长的雪岭，无限延伸而去。

太阳逐渐落到雪山后面，雪山与前面的峰峦之间出现横斜的柱形岚光，原本叠加在一起的山岭显出了层次，这才明白，刚才所见只是从南到北的平面图。雪山之前还有数条山岭相隔，每条山岭又延伸出虎背熊腰般的山脉，由于重叠效应，被眼睛误认为与雪山一体的山麓。

想起第二天早上可以看"日照金山"，感到特别兴奋。向当地藏民反复询问了日出时间，确认 8 点零 3 分是最佳时机，便开始做各种准备了。

入夜，寒气铺天盖地而来。滇西北早晚的温差如同横断山脉的峰谷，白天是炙热的太阳，温暖如春；晚上是透彻骨髓的寒冷，像掉进冰窖。自来水管的水如同刚刚融化的冰，不敢久用。旅馆的房间是木板钉做的小木屋，没有取暖设施，只有电热毯。店主是姓木的纳西族人，不知是为了省电还是为了安全，将电热毯开关与灯开关连为一体，灯一关，电热毯便不加热，若开灯加热，灯光又照得无法睡觉。只好开一会儿灯，再关了睡。冻醒了，再开灯……

窗子是劣质铝合金做的，关不严实，寒风从窗缝中吹进屋里，加剧了冻醒的频率。好在就在梅里雪山旁边，心中依然舒坦。如此睡睡醒醒，不觉折腾了大半夜。凌晨 2 点醒来，干脆披好衣服，推开窗户。只见一轮明月挂在卡瓦格博峰的左上方，雪山沐浴了月亮的清辉，线条、轮廓像白昼一样清晰。周边的一切静悄悄的，远方夜空中隐约有

---

① 藏语，意为"女神峰"。

星光闪烁。雪山下的青山绿树乌黑一团。

雪山本来就得夜间寒气相助,又加上月光的冰清之气,如鱼得水,更加皎洁动人。那些冰雪组成的锥峰刀脊和锯齿状山岭,在寒冷中既尖锐犀利,又坚硬如铁,巍然屹立于茫茫星空之中。寒冷,是雪山的生命和气韵所在。不体验寒冷之气,怎能欣赏到雪山之美?

晨6点,再醒。拨开窗帘一看,天还是黑的,继续睡。晨7点,又醒,看看外面天还没亮,没有心思在屋里待了,起身洗漱完毕,穿戴整齐,走出旅馆。寒风迎面吹来,路上滴水成冰。月光不知何时已经暗淡下来,星星变得稀少,梅里雪山的巨大身影悬在高空,明晃晃一片。雪山后面的天空变成了灰白色;雪山之下的青山绿林被雪光映照得清晰可见。雪光,一种没有温度和颜色的光,冷冷的光。

雪山观景台已经开始售票,有藏民进入,开始向雪山行叩拜大礼,旁边响起藏传佛教音乐。我随几位藏民买票一起进入,向着卡瓦格博峰方向虔诚行礼。天色逐渐放亮,天空仍然没有半片云朵,挂在空中的月亮更加暗淡。观景台上不过十来个人,显得稀稀落落。

雪山后面的灰白天空忽然出现了一道蓝宝石一样的光线。继而,在蓝光之上又出现了一道紫红色光束。蓝光漂亮,挟冰寒之气;紫光高雅,藏能量之热。两者相触,如冰火之交。只见蓝光由浅蓝迅速变成深蓝,蓝光与紫光之间产生了明显的分界,蓝色之内,似有刀光剑影闪烁。然而紫光变红,聚集起更多更强的能量,将蓝色分界线奋力融解、蚕蚀,在蓝光与紫光之间渐渐形成模糊的中间地带。

蓝光的色彩又闪亮起来,变成一片片清纯艳丽的湛蓝,像是汇聚了千年冰冻之气,发散出超凡的魅力。它是在抵御还是在招揽紫光?紫光毫不犹豫,紫色中迅即涌现出大量红色、橙色,源源不绝的光和热从中喷发出来,飞快地向蓝色地带猛扑过去。蓝色渐渐消融、变淡,与紫色交汇、混合……继而,蓝光、紫光同时隐退,消失得无影无踪。

　　一道更亮的橙色光带从地平线升起。卡瓦格博的雪白峰尖立刻被金光染红。金光在下移，红色在扩展。转瞬之间，缅茨姆峰、玛兵扎拉旺堆峰、帕巴尼顶九焯峰、吉娃仁安峰的峰尖依次被金光染红。红光如迅猛燃烧的火焰，在雪山的锥峰、刀脊、峭壁上下翻滚跳跃，而洁白如玉的雪山冰川在红光的持续燃烧下，散发出温馨的暖意。如同一个睡了千年的冰美人，被爱神之箭射中，凤凰涅槃般苏醒了过来，妩媚的面庞泛起一阵阵红晕。

　　这时，红色只是占据一小部分领地，雪山的大部分还在阴影之中。那些刀山、剑丛般的山峦锋芒毕露，寒气逼人。但是红光的速度极快，它从山尖旋即进入山腋、山腰，越过一条条利刃岭脊，穿过陡峭的冰峡，扫过奇形怪状的冰雪堆积物，从最高峰蔓延到最低峰，几乎无孔不入地照遍了所有雪峰。

　　以卡瓦格博为首的雪域山阵都被染上彩霞般的颜色，锥尖林立、刀脊重重的雪峰冰川像火一样燃烧了起来，刀光剑影变成无数火龙上蹿下跳，漫山遍野的熊熊烈焰直冲云霄，形成"刀山火海"壮观景象。

　　太阳在继续升高，照在雪山上的红色阳光渗透在冰雪之中，又被冰雪感染融化，逐渐发白，变成和冰雪一样的颜色。渐渐地，红光全部隐去，强烈的白炽灯般的阳光笼罩了雪山。此刻，冰雪与阳光合为同一种色泽，难分难解。

　　阳光在照亮雪山的同时，向山脚下投下巨大的阴影。那些峡谷中的低矮山岭，本来在日出前还有些光亮，日出后，被阴影笼罩，反而进入寒冷的黑暗之中。太阳似乎从阴影中提取了热量和能量，汇聚到光明地带；又从光明处提取了黑暗和寒冷，叠加到阴影地带，造成阴与阳强烈的反差。

不过，随着太阳不断升高，强烈的阳光一点点灼烧、穿透阴影，终于将温暖逐渐传送到最深的峡谷。

我不记得自己是何时离开观景台的，只知自己久久沉浸在一种从未有过的喜悦之中，忘记了一切。

雨崩神瀑

雨崩，只有二十几户人家的康巴藏族小村庄，藏于梅里雪山南侧山坳。它几乎与世隔绝，至今不通汽车，只有一条人马驿道通向外界。须骑马或步行18公里，翻越3700米的那宗拉山口，方能进入；出来经尼农峡谷，有20公里山路，大部分须步行，其中有5公里悬崖栈道，走过的人都说危险。

雨崩号称当今徒步者的天堂。有人说去了雨崩，哪里都不是风景。我已去了飞来寺和明永冰川，对徒步穿越本无多大兴趣，但听说雨崩神瀑是藏民转山的朝拜圣地，便决定去雨崩。

一

藏族女司机拉姆告诉我，尼农栈道危险，但风景绝佳。如有恐高症，可以不走栈道，原路返回。我问有没有人发生危险，她说曾有两位年轻人在栈道上躲牲口，被撞下悬崖丧命。我想能走牲口的栈道一定很宽，不会像华山千尺幢、黄山一线天那样窄吧？拉姆说是的，但这里的牲口从小放养山中，爬山能力极强，牲口走的路不见得人就能走。

此时正是我有意选择的冬季。为减轻负担，将必需的衣服穿在身上，换洗的衣服和生活用具都留在飞来寺旅馆。连刮胡刀都不带，背包里只带三包饼干、一包牛肉干、感冒药、一瓶水、毛巾牙刷。和拉姆商定了路线，决定用三天时间进出。拉姆交代，手机在路上没有信号，只有雨崩村有信号。出来前，在雨崩打电话给她，她到尼农峡谷外的尼农村接我。

早8点，先乘拉姆的车从飞来寺下山，过澜沧江后掉头向南，沿盘山公路行驶到拉姆的家乡西当村。村里马帮队长也是一位妇女，已带众多牵马人在村头等候。拉姆介绍，西当村是80多户的大村，每户都有两三匹马。所有游客骑马，都是由马帮队长统一分配到各家各户。我一看，他们牵的"马"都是骡子，比川马高大，膘肥体壮。于是告别拉姆，骑骡子进山。

山路在原始森林和大山阴影中蜿蜒穿梭，虽然接近中午，仍然拂晓一样昏暗。眼前的这座那宗拉山和梅里雪山一样，也是从南到北屏风般的长岭，只是矮了半截；山脊平缓，满山翠绿。从飞来寺望过来，它与雪山叠加一起，恰似雪山的下半身。实际上它是一座大山，从西当的海拔2200米到垭口的3700米，共12公里路，虽然并不陡峭，但山势雄伟，一岭高过一岭。

路面因为骡马常年践踏，积累了厚厚的尘土，人马路过，满天飞扬，并不适合徒步。牵骡子的藏民说，骡子寿命为40岁，我骑的这匹14岁，正当年轻力壮。它在崎岖山路上奋蹄前行，总喜欢靠近悬崖外侧行走，脊背时而丘陵般高高突起，弄得人前俯后仰，心惊肉跳。连续骑了三个小时，到达那宗拉垭口，臀部已有痛感。

过垭口，走出大山阴影，顿时沐浴在明净的阳光之中。藏民牵骡子返回，独自一人徒步下山直奔雨崩。山坡变得陡峭，尘土覆盖的路面很滑，不得不踩着路边草根小心挪步。

行不多远，穿出了树林，梅里雪山南部诸峰显露无遗：左前方，缅茨姆峰通体雪白，金字塔状山形酷似卡瓦格博主峰，只是轮廓小了一号；正前方，吉娃仁安峰玄黑色的柱型岩石埋在深厚的雪中，七倒八歪；右前方是满布冰帽、冰斗、冰挂的帕巴尼顶九焊峰，飞崖突兀，面目狰狞；再往右，就是银光闪闪的卡瓦格博主峰，只露出一个峰尖。记得在飞来寺远看这些峰峦，只见冰雪，不见石崖。现在想来，定是冰雪太多，光芒似海，淹没了裸露的岩崖。

山下是完全不同的另一幅景象：茂密的森林、广阔的草甸、清澈的河流、放养牛羊的山坡……雨崩村零零星星的房屋点缀在草原与河流之间，令人想起稻城仙乃日雪山下的亚丁村。此刻横断山脉的雪山、冰川、森林、草甸、河流……多种地貌并存于同一时空，令人产生亦实亦虚的感觉。雨崩徒步，要的就是这样一种味道、一种境界吗？完全是詹姆斯·希尔顿笔下的香格里拉仙境。

行走一个多小时，下到山底。穿过上雨崩村，到达海拔 3054 米的下雨崩村。村里人很少，许多客栈锁着门。拉姆介绍的"雨崩假日客栈"已停业；还介绍的一家"神瀑客栈"，走到村头才找到，顺利住下。行前听说雨崩吃住条件差，常常停电，手机不敢多用，留了 60% 的电。这家客栈和村里的房屋一样，不过是简易的木板结构，山石垒起的庭院围栏，但有单间客房，比传说的十几人合住的房间好多了。屋里有电热毯，手机也能充电。客栈餐厅可以做饭，有酥油茶。夜里，客栈里很安静。想着自己就在缅茨姆峰和吉娃仁安峰脚下，实实在在进入雪山怀抱，很满足，睡得也香。

二

一觉醒来，已是 7 点半。急忙起来洗漱，不料早已停电停水。自带的保温杯里只剩三分之一的水，已经有些凉。再看手机，只充了 73% 的电。推门出去，客栈里空无一人，喊了半天也无人答应，店主竟不知去哪里了。一看手表，已接近 8 点。心中盘算，一上午不吃饭不喝水问题不大，于是背起旅行包向神瀑出发了。

这条去神瀑的路是真正的徒步者天堂。穿过村头的草甸广场，伴随一阵阵叮当的铃声，便见到零零散散放养的骡子，如野生动物一般从山林走出来。草甸尽头是一片刚刚落叶、结满小黄果的沙棘林，如满树盛开的花朵。山谷中河流叮咚，雪白的水花时而透过树缝映入眼帘。

沿着蜿蜒曲折的草间小路进入幽谷，粗大的红豆杉、笔直的铁杉、皮肤闪亮的红桦树、叶子鲜绿的高山杜鹃比比皆是。特别粗大的古树贴了标签，属于村里登记造册的保护树种。走进密林，觉得脚下松软，用手挖下去，不是土，是厚厚的落叶层。树干和林间石头上布满了绿色青苔，摸一摸，是干的，像丝绒一样柔软。山中荒寂，看不见一个人。

天色逐渐放亮，偶尔在树梢上见到旭日染红的雪山峰尖，转眼又被别的树枝挡住了。过一会儿，日照雪山的倩影又从树缝间钻了出来。越往高处走，雪山的形象和光芒显露越多，如同大洋里浮出水面的冰山。爬过一片高坡，不知不觉到了吉娃仁安峰脚下，一个大冰斗状的河谷由里向外延伸出来。前行的山路，扎起了长长的经幡走廊；河谷中的经幡组成了无数个锥形的山峰，向天际处绵延起伏；五颜六色的经幡挂得漫山遍野，又像繁花似锦的园林。我渐渐沉浸在藏民膜拜山神的虔诚氛围之中，如同进入庄严神圣的殿堂。

空气逐渐稀薄，步履顿觉沉重，气喘吁吁地又攀爬 1 公里左右，到达海拔 3657 米的神瀑脚下。抬头一看，缅茨姆峰和帕巴尼顶九焯峰遁去了大半个身子，只留下纯粹的冰雪角峰。吉娃仁安峰却以前所未有的清晰展现面前。在飞来寺隐约看到它有五个峰尖，现在看清它是七连座雪峰，中间两座形如石屋，屋前有巨大粒雪盆，有三条冰瀑从中奔泻而下；南面三座，两座飞崖突兀，一座形似螺髻，全部埋入冰雪；北面两座呈金字塔状，间距疏朗，落落大方，峰间有厚厚的冰帽。七峰之间皆有冰川向中央倾泻，在断崖之下的低洼地带形成一个巨大的冰瀑。

大冰瀑向东拐了一个弯，再向南奔腾而下，突然被一片巨型绝壁阻断。那片绝壁像贵州赤水佛光岩一样，占满了整个山坡。崖壁浑身无一丝裂缝，壁面色泽滋润，红中杂黑，壁上流痕无数。壁顶有两条冰瀑从天而降，右边一条从顶端延伸数米后中断，继为水流，至下端崖脚复结为冰瀑；左边一条从上端滴水下来，至半空贴绝壁结为长长的冰瀑，分两级流至岩根。两条冰瀑皆被奉为神水。我按藏族习俗，向着"神瀑"行了叩拜礼，接着走到"神瀑"跟前，抬头仰望。

这是藏民叩拜卡瓦格博神山的圣地，也是离雪山南部冰川最近的地方，却又践踏不到冰雪。一片巨大的冰盖悬在头顶，冰川的洪流由北向南奔腾而来。两条称之为"神瀑"的冰瀑，除了吸收吉娃仁安峰下大冰瀑溢出的部分，还汇聚了帕巴尼顶九焯峰那边的冰雪。而缅茨姆峰侧脊上的冰帽，似乎也有向吉娃仁安峰冰瀑奔流的趋势。阳光明媚，冰瀑表面已开始融化，浑身滴水。由此可见，绵延150公里、拥有20多座雪峰的梅里雪山，因处于较低纬度，其冰川总是不停地融化，从而为两侧大江注入丰厚水源。但它的冰雪又永远化不尽，似有源源不断的冰川支持，不难想象，此地冰雪与横断山脉乃至青藏高原的雪山冰峰大系紧密相连。

太阳渐渐升高，岩壁上的落水如下雨一般。右侧冰瀑旁边岩壁上有一股泉水流下，岩脚处积下一汪清澈的水潭。走到潭边，忽然听到岩壁上面响起鞭炮般的声音，接着有冰块石块从空中飞落。细看那落下的冰石，体积都很小，但声音大得出奇。冰块坠落是清脆的裂帛声，石块崩落是沉闷的轰隆声。过不一会儿，又有巨响伴随冰石落下，匆忙退到远处。但冰崩声仍然不绝于耳，且有越来越大趋势，恰似山谷间响起枪炮声。

环顾周边山谷，巨大的砾石比比皆是，山崖间崩裂塌陷的痕迹触目惊心。我由此想起了28年前的那场著名山难。梅里雪山，虽然海拔只有6740米，却因天气变化无常，山脊陡峭，雪崩冰崩频繁，无人能够登攀。1990年12月，以日本京都大学教授井上治郎为队长、中国登山协会教练宋志毅为副队长的中日联合登山队，不顾当地藏民阻挠，从雨崩村出发攀登卡瓦格博主峰。连续20多天，天气出奇地晴朗，登山队员凭借丰富经验，陆续穿越冰川裂缝、碎雪层和90度大冰壁，攀爬到6300米的主峰右肩。眼看胜利在望，突然天昏地暗，下起了百年不遇的暴风雪。山形地貌大变，所有人迷失了方向。接着，大本营附近发生了大雪崩，剧烈的气流冲击波将整个山坡的大树一扫而光，11名日本队员和6名中国队员如同人间蒸发，下落不明。8年后，遇难者的遗体遗物在卡瓦格博峰下海拔4000米的明永冰川下游被藏民发现，冰川将他们的尸首和行李切割得七零八落，令人惨不忍睹。这次山难引起了社会的广泛关注，在藏民的强烈呼吁和部分登山爱好者的支持下，2000年，梅里雪山公园发布公告，禁止一切攀登雪山活动。

站在雨崩"神瀑"旁边，遥望梅里雪山诸峰，遍布岭脊和山谷的冰壁、冰川、粒雪盆，寒光凛凛，神圣不可侵犯。在"神瀑"之下的U形山谷中漫步，触摸那些被冰川运动甩出的巨大砾石，钢铁般坚硬致密。有一块砾石像小山一样高大，被藏民作了标记，奉为神物。需要多大的力量，才能将如此巨大的岩石从远处运送到此地？山岳冰川，是冰层与石层结合在一起的混凝物，经过了成千上万年的冻结。冰雪融化，冰崩雪崩，不仅形成滔滔江河，而且伴随山崩地裂。冰川中崩落的砾石必如纷飞的炮弹，具有难以想象的爆炸力和破坏力。这一切，都发生在雪域高原禁区，那无疑是人类不可企及的另一时空。

想起当地藏民关于冰崩变化无常的警告,不敢久留,转身下山。返程路上感觉饥渴,吃了几块饼干,水不够喝。回到雨崩客栈,已是下午两点。店主在,水电已通。问她早上去哪了,她说在房间睡觉,没听见有人喊她。

村里一位藏族长者对当年的重大山难记忆犹新,指着光秃秃的山坡向我诉说雪崩时气流横扫大树的恐怖。长者又告,此地早晚温差太大,冰雪夜里冻结得快,白日阳光下化得也快。因为天气无常,雪山的形状也变化无常。而人的活动,很容易引发和加剧雪崩冰崩。2003年5月,就在雨崩神瀑,3位北京游客刚刚到达,便发生了一次较大冰崩,3人当场都被崩落的冰石砸中,抢救无效死亡。

三

晚上在雨崩村给司机拉姆打了电话,约好出尼农峡谷后她来接送的时间;又通过客栈店主向雨崩马帮队长约了骡子。第二天早上藏民牵了骡子过来,已是8点半。骑骡子朝着尼农村方向走了6公里,便遇到泥石流堵塞道路,只好独步前行。

进入尼农峡谷,地貌果然又变:右侧是高大山坡,左侧是百丈深渊,雨崩河在谷底奔腾咆哮,脚下是尘土飞扬的山路。路很滑,但悬崖上长满了弯弯曲曲的高山栎,即便摔倒,也可抓着树干或树枝,一般掉不下去,倒也不觉得怎么危险。

行至10公里处,山路逐渐沉到深壑幽谷底部。雨崩河在密林乱石中穿行,水势越来越大。砾石与流水,曾经在冰雪中长久封冻,患难与共。现在一起解脱,奔腾流泻,似乎长期压抑的能量有了释放的突破口,水在石间奔泻、狂欢之态,无以复加。

在河谷中迷恋风景,几次手攀树枝,从路边穿越峭壁和陡坡,跃上临岸的巨石,静观奔腾翻滚的长河。河中的流水,仍然带着雪山冰川的风骨和气韵。激流与崩崖裂石相撞,绽开无数雪花,散发出逼人的寒气;涌流在浑圆巨石间旋来旋去,清冷的水花不断翻腾,像一片片碎冰;河流遇到断崖,便有大型瀑布奔泻而下,其间细流被风一吹,飘飘洒洒,又如满天飞舞的暴风雪。

走走停停,不觉忘记了时间。在一片陡峭路面上突然滑倒,一下子滚下山坡,幸亏河岸有密集的树林,被一棵横斜的树干挡住,才没有跌落河中。于是警惕起来,更加小心行走。走着走着,森林无影无踪了,河流又沉到下面去了,两岸变成深切的干热河谷,山路变成了悬崖栈道,方知到了尼农峡谷的危险地段了。

栈道虽然可容两人行走,但脚下皆是万丈悬崖,一旦踩空失足,没有任何挽救余地。倘若前方来了骡马,则真正到了危险时刻。好在是旅游淡季,山中并无人马来往,独自行走较为方便。即使如此,也是先看准路况,再步步踏实,不容自己有半点疏忽。悬空栈道紧贴悬崖边缘向前延伸,转过一个又一个贫瘠山坡。绝壁上满布一条条干裂的沟壑,除了稀疏的耐旱灌木,没有一点生机。隐隐一线的河流逐渐远离视野,没于看不见的黑暗谷底。脚下的灰尘在阳光中飞扬,像密密匝匝的小虫。没有一丝风,只有强烈的阳光照射着山中的死寂。

一条野狗从后面跟了上来。不知为何,我此时见到它竟像见到同类一样亲切。它骨骼紧密,筋肉发达,动作敏捷,一身黄黑相杂的短毛,很像狼狗。我看它向我摇头摆尾,便喂它一块牛肉干。它于是主动为我在前面带路。刚走了一会儿,它突然发现下面有什么东西,飞快冲向路边,贴着峭壁便往下跑,像是有飞檐走壁的功夫。我一惊,赶紧去喊它,却已不见了踪影。正在着急时,它又若无其事地从峭壁跑上来了,继续为我带路。走了不长时间,我们便是老朋友了。

在栈道上行3公里左右,下面的雨崩河已经变成了澜沧江。峡谷两岸山坡更加陡峭荒蛮,一座座山峰像烤焦了似的,寸草不生,只泛着铁青与红褐相间的颜色。再看脚下的澜沧江，已经不是峡谷上游所见雨崩河的清纯洁净，而是被泥沙污染得浑浊厚重。途中时有一片片山体滑坡，积成小山丘一样的沙堆，将悬崖栈道淹没。每遇到此种情景，进退两难，不得不冒险踩着沙石深一脚浅一脚地通过。有时那碎石堆一踩，就向悬崖边下陷，感觉毛骨悚然。

踏着险峻的悬空栈道又行走2公里多，终于到达澜沧江边的尼农村，发现村边长有大片热带植物仙人掌。那条狗一直带我到了村头，方与我分别。我将背包里剩下的牛肉干都给它吃了，以表示感谢。拉姆的小面包车已停在村头，于是坐车返回飞来寺，换乘旅游大巴到德钦县城。

写于2018年2月

贡嘎山的王者风范

一

尽管地形图上的贡嘎山只是川西大雪山的主峰，在我心里，却一直把它作为昆仑山大系向东南方倾斜的余脉。我相信，青藏高原最北、东西向的昆仑山脉，定是拽扯着横断山脉最东一支——南北向贡嘎雪山的母系。不然，无法解释贡嘎山盖世的王者气派。

我搜集了世间流传的从成都、峨眉山、牛背山、剪子湾山各个角度拍摄的贡嘎山全景照片，发现贡嘎山始终通体雪白，与川西绵延几百公里的众多雪峰融为一体，宛然一条长长的玉龙，由北到南卧浮在空中。

我在欣赏这些照片的视角、用光、构图之外，也有些遗憾：它们拍出了贡嘎山在水平方向承继青藏高原的气势，却掩盖了此山在垂直方向所展示的横断山脉的险峻。正如突出了整体，牺牲了局部。

蜀山之王贡嘎山，是最典型的横断山脉雪山。它的海拔虽然只有7556米，但相对高度却超过了青藏高原诸多8000米以上高峰。以8848米的珠峰为例，从海拔5200米的登山大本营到峰顶，高度只有3600米；而贡嘎山主峰离山脚下海拔1090米的磨西镇大渡河口只有29公里，却陡坠6466米，这是世界上峰谷落差最悬殊的山峰。

当然，不能以横断山脉的险峻来贬低青藏高原的宏大。青藏高原，将千万座山体紧密联为一体，在世界之巅筑起稳固的支撑结构。横断山脉打破了这一结构，以流动的山体展现了青藏高原的内在层理。两者各有千秋，后者脱胎于前者。

二

我去贡嘎山的时候正是夏天。第一眼看见它，就被那巨大山体断面展示的多样化生态地貌所震撼。

乘车由成都出发，经雅安，沿川藏公路翻过二郎山，到泸定，转向南行驶，便进入横断山脉深切的大渡河峡谷。云雨带着尖锐的风声从天上俯冲下来，山峰前推后拥在头顶上呼啸而过，水势浩大的河流在脚下疯狂冲刷堤岸，两边山坡不断滑下大片泥石流，整个山水世界处在剧烈的动荡之中。

大约一个半小时，到达贡嘎山东侧海螺沟脚下的磨西镇。转乘景区环保车向山上盘旋，地势陡升，气温随海拔高度上升而不断下降，山上植被出现断层式变化。半干旱的河谷中，芭蕉的阔大叶子和棕榈树的伞状树冠洋溢着热带风情；海拔稍高的山麓，却是喜欢温和气候的翠绿竹林和枝繁叶茂的银杏树；山脚梯田里的瓜果蔬菜又飘来中原地区农作物的熟悉气味。

行至海拔 2600 米的草海子景区，下车漫步，丘陵平原植物忽然消失殆尽，高原冷杉、云杉、栎树、大叶杜鹃组成密不透风的原始森林，繁茂枝头布满湿漉漉的松萝、青苔，树下大根、粗根、扁平根、连理根纵横交错，林木藤萝在冰碛湖反射的水光中纠缠绞杀，疯狂争夺生存空间。

乘车盘升至 3 号营地干河坝，到达海拔 3000 米以上的峰岭，山上植被越来越纯，只剩下粗壮笔直的冷杉和长成树状的高山杜鹃，似乎雪山又冷又湿的气候正中它们下怀。但至海拔4000米以上，冷杉和杜鹃也不见了，一片片低矮灌木和地衣类植物成了大地舞台的主角。攀至一处叫红石滩的地方，满山遍野的石头被一种橘色藻染成火红朝霞，在白雪映照下绚丽夺目。

此刻，我的上下左右并存着多种地貌：雪峰直插云霄，石峰危岩突兀，高原草坡和原始森林在雪线之下递次展开，山洼里藏着湖泊和温带植物，大渡河的急流轰鸣声从山底下隐隐传来。

行前刚刚阅读了丹尼尔·克尔曼的《测量世界》和安德烈娅·武尔夫的《创造自然》，两本书都是介绍德国博物学家兼探险家洪堡的传奇经历。1802年6月，32岁的洪堡攀登南美洲靠近赤道、海拔6272米的安第斯山钦博拉索峰，当他忍受高原反应，登上人迹罕至的高山峻岭，同时看到了雪顶、火山和热带、温带、寒带不同的植物，像一眼看到了大自然整体一样获得了灵感，绘制出覆盖全球气温、土壤和生物分布的自然之图，并根据在南美洲多年的地理考察，开创性提出垂直地带性分布理论。

这位深深影响了达尔文、海克尔和歌德的科学家一直想攀登青藏高原的山峰，以便与安第斯山脉的观察互为参照，可惜未能成行。但他的植物地理学理论已被当今中国科学界广泛应用。有科学家考察了贡嘎山4880余种从亚热带至寒带的植物，确定贡嘎山垂直自然带为9个，这不仅进一步印证了洪堡地带性理论的科学价值，而且标明了贡嘎山是中国与全球最具代表性的垂直景观生态结构剖面和地带性理论样本。

三

一座真正的雪山，具备了森林、草甸、河流、湖泊、石峰、冰雪多种风情并不够，还要看角峰、刀脊和冰川的状况究竟如何。

乘空中缆车从3号营地到4号营地，跨过墨绿的原始森林，视野中突然出现一条寸草不生的大峡谷，两岸陡坡满布泥石流冲刷痕迹，宽阔的谷底起伏不平，到处是新翻出来的泥土和乱石，边角有零星雪堆，好似是有专业施工队正在挖掘填埋的大工地。

下了缆车便打听冰川在哪里，护林员工指着峡谷说："那就是海螺沟冰川，别看上面是土石，下面全是冰。"急忙到观景台向前仔细打量，峡谷尽头果然连着闻名遐迩的贡嘎山大冰瀑。那是从天上直泻下来的一片冰海，于半空中浓缩为一条银色洪流，至此突然坠落，断裂为高1040米、宽1100米的巨大冰雪陡壁。冰壁上满布参差不齐的冰锥和势欲崩塌的冰块。冰瀑下端，直接方才见过的泥石流模样的海螺沟冰川，隐约闪耀着冰雪的凛凛寒光。

大冰瀑周边，众多角峰林立，一条条刀刃状、锯齿状的岭脊从峰尖上凶猛地切割下来。其中有乌黑的石山，也有闪亮的雪山，在浓雾弥漫中时隐时现。此刻虽然看不见贡嘎山主峰，但从它延伸出来的卫星峰峦和庞大瀑布可以感受到漫天的冰雪世界，如同千军万马呐喊着、呼啸着、拼杀着，从四面八方奔腾而下。

大冰瀑像黑洞一样，将众多雪峰喷涌下来的冰川悉数吸纳。强烈的动感挣脱冰瀑的束缚，大鹏展翅般冲向云霄。闪亮的冰雪之光四处发散，照亮了黑压压的乌云和两岸的峭壁。云雾缭绕的冰层之上，时而传来噼里啪啦的崩裂声，在周边山谷中引起一连串的回响。随着冰块滑落、飞溅，半空中扬起一阵阵雪雾。据护林人员介绍，大冰瀑长年累月频繁发生冰崩。冰崩剧烈时，冰体间的撞击和摩擦会产生放电现象，冰壁上蓝光闪烁，雷声轰鸣，无数巨大的冰块、砾石跌落峡谷。

贡嘎山是一个庞大的雪山体系，主峰周围林立着100多座海拔5000米以上的冰峰，共有76条冰川。其中总长14.7公里的海螺沟冰川得贡嘎山深切峡谷陡升陡降之势，由海拔6750米的最高点，直泻至海拔仅为2850米的森林带，创国内冰川落差悬殊之最。

大冰瀑上端的贡嘎山主峰，始终为云雾笼罩。护林员工告知，一年365天，只有80多天能看到主峰全貌，且主要在冬季。在山坡上漫游了1个多小时，见山上云雾不仅没有散去，而且向下蔓延，冰瀑和森林像中了魔法一样钻了半个身子进去。于是返回干河坝，徒步进入海螺沟冰川探险步道。

四

在原始森林中行走了4.5公里，转了一个很大的弯，方才到达原来看到的冰川身边。沿泥石流陡坡间小路下到谷底，只见乱石土层之下，皆是阴森雪亮的冰层。踏着冰层往上走，泥沙变成脚下最安全的防滑垫；大块砾石可以随时手扶身靠，减少了许多危险。然而泥沙一少，则危机四伏，随时可能滑倒。

这是一片砾石与雪水混凝在一起的冰川。泥石流中藏着厚厚的冰层，冰层里面冻结着大大小小的石头；石头像冰雪一样干净整洁，冰雪像石头一样坚硬致密。冰川的洪流将山顶的花岗岩崖层撞碎，并以超凡的力量将巨大的砾石搬运下来；夹杂砾石的冰川又像巨型利刃将山坡切割成峡谷。能感觉到冰川正在无声无息地释放巨大的能量，层层叠叠地塑造着山河大地。

景区内所谓冰川探险至此已到终点。然而向前望去，绵延10多公里的冰川在此只是下游的一小段。这时，一位当地村民向导主动过来告知，坚持向前走2公里，可以到达冰塔林，那里有纯一色漂亮的冰川，如果我付费，他愿意为我引路。我担心自己脚底没有防滑设备，行走不便。向导说可以带我走最安全的地方，于是壮胆随其前行。

谷底的泥沙逐渐减少，纯粹的冰川不断增多。向导引领着我，专挑他熟悉的路线，在凹凸不平的冰层上行走，时而要翻越斜坡和大坑。我猫着腰，半屈着膝，在冰川上爬上爬下，好几次差点摔倒。遇到太滑的地方，不得不和向导一起用砾石块在冰上先凿出台阶，然后再走。行1公里多，眼前出现一片冰川崩塌下陷区，断裂的冰崖如斧劈刀削的石壁，泛着青绿色的冷光。壁下有凹凸不平的冰融洞，洞中有冰挂，触手可及。此时望着阴森可怖的冰世界，又想打退堂鼓，不过向导说更漂亮的冰川已经不远，便硬着头皮继续前行。

冰川凹陷处有许多小小的冰水湾，每走至水边，向导反复提醒，这些水湾像无底洞一样深不可测，一旦滑进去，后果不堪设想。再看冰川两岸，多条水流瀑布一刻不停地注入冰川洞穴之内，始终不见溢出。想起冰川下端泥沙覆盖的冰舌中，冒出一条宽阔的河流，便知这冰川底下必有连为一体的沟壑洞穴，冰雪融水从冰川底下流出，河水挟贡嘎山奔泻之势，沿峡谷一起注入山下的大渡河。

路越来越滑，脚下出现了一片片雪亮冰层。又行1公里左右，面前出现一片冰山雪岭：先是数条绵延长岭从上而下纵向奔腾而来，峰顶蓝光莹莹，沟壑黑影幢幢，砾石散落在峡谷深处，云雾紧贴峰岭翻滚。大山脉至险峻陡峭处突然扭转，散开为众多横向山峦，此刻云雾激荡，长岭断裂，冰川崩塌，高山峡谷纵横交错，闪耀各种蓝调的冰崖、冰壁、冰裂缝、冰蘑菇、冰洞、冰桥决堤般涌出。向导告知，这就是"大冰塔林"。

这片由冰川反复融化冻结而形成的冰山雪岭，极像青藏高原昆仑、冈底斯、喜马拉雅三大东西向山系在川西横断为南北向高山峡谷的沙盘模型。角峰刃脊如雪域高原的千山万岭；冰缝深壑似横断山脉的深切峡谷；陡坡峭壁上一片片挖出的大鱼鳞片冰痕，是金沙江、雅砻江、大渡河奔腾咆哮的波浪。我顺着一条沟壑进入冰川的底部，两侧高大的冰壁将我和蓝天一并紧紧夹住，冰川深处的蓝色洪流穿透了我的肺腑和脉管。我挣扎着返回来，又走进去，再返回来……一个想法忽然在脑海中形成：欧亚大陆板块脊梁的山脉水脉流传并凝聚在此，无尽的石头和水相依相偎千百万年冰冻在一起不弃不离的忠贞彰显在此，地球深处断层的图谱和我生命经络中储存的远古记忆莫非也在此？

这里已是禁止游人登临的冰川上游。此时峡谷中除了向导和我，别无他人。抬头望去，约两公里外的大冰瀑又进入视野，赫然一片遮住半边天空的冰雪洪流，直向头顶横压下来。奇怪的是，冰川周边温度很高，并不觉得寒冷。想起山腰存在温泉，这地层大错断的位置也许正与地下熔岩的交通孔道相通，于是又担心那大冰瀑被来自地下的热量烘烤，随时可能崩塌。恍惚间，一阵阵哗啦啦冰石塌陷的声音从空中传来，感觉很快就要发生大冰崩了，于是匆匆返回。

据载，贡嘎山虽然不像梅里雪山那样，无人能够攀登，但也属于登山危险系数极高的雪峰。到目前为止，仅有 24 人成功登顶，却有 37 人在攀登中和登顶后遇难，登山死亡率远远超过珠峰和 K2 峰。

美国探险家洛克（Joseph F.Rock）于 1929 年考察了贡嘎山，他没有攀登主峰，却拍下了珍贵的贡嘎山照片，并发表于 1930 年美国《国家地理》杂志上。他写道："无与伦比的木雅贡嘎直擎起那绿松石蓝的天……长达几英里的巨无霸冰川在其四周形成巨大的支撑力；而与此同时，木雅贡嘎上又不断有冰川滑下……加固巨型冰川，继续强力支撑着这王者般的雄峰。"在他看来，贡嘎山冰川是一个层级递进的网络，冰川支撑着雪山，雪山又支撑起蓝天。

四姑娘山

汽车从成灌高速转向 303 省道,由平坦的四川盆地进入川西高峻的邛崃山脉北端,在泥石流频发的逼仄峡谷中紧贴渔子溪河穿行。岸边路尽,便钻穿山隧道。

在汶川县映秀、耿达、卧龙三镇之间,狭窄的隧道一个接着一个,黑洞般令人生畏。过了卧龙镇,路边逐渐开朗,海拔由 500 米上升到 2000 米,汽车沿盘山公路开始攀爬 5040 米高的巴朗山,远方夹金山雪峰的白影在岭脊时隐时现。盘至海拔 3000 米左右,山坡上的树木逐渐消失,变成一色的高山草坡;待爬上 4400 米的巴朗山垭口,陡峭大山在两边屏风般展开,脊背如刀刃,横断山脉峰谷落差悬殊的特色尽显。

汽车翻过垭口不久,到达四姑娘山附近海拔 3000 米的小金县日隆镇。据当地人说,这条路自 2008 年汶川地震破坏后,前后修了 8 年;而巴朗山一带盘山公路为新建项目,刚刚竣工。本来从成都至四姑娘山须绕梦笔山、马尔康,行程 390 公里,走巴朗山新路只有 200 公里,但也耗费 6 个多小时。

一

十几年前就想拜访四姑娘山,或因事务缠身,或因交通不便而未成行。现在到了它的脚下，但觉相见恨晚。

它位于横断山脉东北部，海拔6250米，是四川境内仅次于蜀山之王贡嘎山的第二高峰，被称为蜀山之后。从山麓南面的猫鼻梁可以望见它的正面：数重青山翠岭之后，由西到东四座毗连的巍峨山峰直插云霄，西侧大姑娘山最矮，峰顶平缓；二姑娘山稍高，如金字塔；三姑娘山又高出一截，峰尖陡峭；至四姑娘山即幺妹峰，突变为品字形宏大险峻山体，峰尖如锥，山岭如刀脊。

前面三山皆为石峰，无雪，唯四姑娘山白雪皑皑，银光闪闪。

它的峰尖两侧满布冰雪，峰前绝壁下有大片粒雪盆，陡峭山坡上飞挂数条冰瀑，沿着山前沟壑低洼处直奔山脚。所谓"山脚"，实际是海拔4000米左右的高地。在这之上，寸草不生，鸟兽绝迹；在这之下，多为高山草甸，低处有灌木森林，谷溪清澈，牛羊成群。

山之南、西、北方向有三条峡谷，被当地藏民分别称之为海子沟、长坪沟、双桥沟。向一位嘉绒藏族长者打听到，海子沟道路不通，只能远看山之正面；长坪沟可从山之侧面走到山后，靠得最近；双桥沟离主峰最远，可看山之周边。于是选择先去中路长坪沟。

从日隆镇所住旅馆向东徒步行走1公里，便是景区大门。换上景区环保车行驶7公里，到达海拔3000米的步道起点。沿横架山腰的木栈道前行，耳边响起清脆的水石相激声；寻那河流，却在脚下数百米深处，如银带一样闪亮。

观察河谷中遮天蔽日的古木，以古柏、冷杉、沙棘、红桦为多，皆为珍稀树种。古柏最多，许多已有千年树龄，长得粗壮遒劲而又鲜活滋润；沙棘本为灌木，唯此地多为乔木，枝干弯曲有致，造型如盆景；红桦树高大秀美，树皮与白桦一样细腻，只是颜色殷红；冷杉笔直一根主干，不分权地直插蓝天。

从树缝中，望见两侧高大山岭如巨幕一般向前展开，没有尽头。

双岭将蓝天切割成狭条,岭上阳光明媚,岭下阴暗如黄昏。

峡谷中虽说林木繁盛,氧气比西藏光秃秃的山谷充足,但因海拔较高,走起路来仍然多费不少力气。一口气走了7公里左右,到达枯木潭,便有些气喘。这是一个由滚落的泥石流形成的堰塞湖,山顶上激流般冲下的砾石砸中了树根,致使大片树木死亡;枯树枝干的剪影在湖面上横斜弯曲,益显山之荒凉寂静。

从湖面向前望去,四姑娘山西坡的峰脊侧影突然闪出,那是从峰尖沿90度角斜线坠下后复起为双峰又奔泻而下的波浪式流线,像一根绳索将垂直而下的多条冰瀑及石床串起。

雪峰的前面是造型几乎类同的裸露石峰,只是稍矮一截,山坡无雪,像卫士一样挡住雪峰大半身体。石峰前又有一座锥峰,满山葱绿,偶有岩壁露出。我以为这两座峰就是三姑娘山和二姑娘山,但路边嘉绒藏族妇女告知,它们只是四姑娘山和三姑娘山脚下两座不知名的山。

沿木栈道继续前行,望见东面高耸的山峰上,裸露一片片大红大黑交错的崖岩,纹理如画。这时再看河谷中的柏树松树,枝干上挂满了像水草又像胡须的东西,一团团高悬在空中,不见根,也不见水土滋养,却十分旺盛。向当地藏民打听,原来这就是神奇植物松萝。它是靠叶子上的鳞片吸收空气中的水分与养分,因而又名"空气草"。它像热带海洋的珊瑚虫,是周边良好生态的标志,环境稍有污染,便无法生存。

《诗经·颎弁》有"茑与女萝,施于松柏";屈原《九歌·山鬼》有"被薜荔兮带女萝","女萝"即松萝。《本草纲目》载有女萝,据说有清肝化痰解毒功效。沿途所见松萝繁盛之处,树皮上、石头上青苔也多,颇有冷温带雨林味道。

二

又行 3.5 公里，木栈道已尽，多数游人至此疲惫不堪，准备返回。遗憾的是，此处越靠近四姑娘山，越看不见它的面貌，周边蜿蜒曲折的峰岭挡住了整个视线。这长坪沟至此仅走一半路程，离尽头还有 10 多公里野路，全程往返共有 50 多公里。

正在犹豫是否继续徒步，有一藏族妇女牵着一匹个头不大的黑马过来，顾不得讲价，付钱骑马便行。

先穿过一片高大的杉树林，接着沿石头林立、凹凸不平的河边小路前行，马背似波浪起伏不定，人在马上颠簸不已，不一会儿臀部便有疼痛感。我问这里的马为何瘦弱，女主人回应，川马生于山地，为行走灵便，都长得矮小。它在草原上奔跑不如蒙古马，但攀爬山路的耐力比蒙古马强得多。

骑马行 3 公里左右，周边山情又起了变化：东侧山峰变成一色的玄黑石灰岩，岭脊下显露大片冰川；西侧正前方又见四姑娘山银白色侧影，周边卫星峰峦青翠欲滴，山下出现一片片枝干平展、小枝下垂如柳条的红杉树；红桦树隐去，冷杉越来越多；古柏和沙棘树逐渐稀少，但枝叶焕然一新，造型更为优美。

沿途两侧横七竖八的枯木越来越多，或为滚石击中，或为自然死亡，但弥漫森林的盎然生机丝毫不减。河谷中可见越来越多的红色石块，开始以为是丹霞地貌，走近细瞧，却是一种罕见的长满石上的红苔藓所致。

峡谷由东西向转为南北向。在类似茶马古道的崎岖山路上颠簸了一个半小时，终于绕到四姑娘山的西北坡，到达一个叫木骡子的海拔 3700 米的地方。掉头向东南方一看，至纯至净的蓝天白云下，一座雄伟峻拔的雪山于半空中耸起，雪峰东侧山脊陡坠数百米后复起一俊美小峰，再缓缓落下；西侧山脊绵延数峰后沿一大斜坡直贯而下。

峰岭上下尽是巨大的砾石，或三五成堆，或横压斜坠。一团团蘑菇状白云带着灵光紧裹着雪峰，如山之幻影；数十条冰瀑从白云中奔泻而下，漫过陡峭石壁直达山麓。

山之沟壑低洼处堆满冰雪，晶亮耀眼。山之陡峭奇险处虽然存不住雪，但冰封雪冻的痕迹随处可见。雪山之下，紧接着又起一层地貌不同的山峦：山形秀美，山坡平缓，高大葱绿的冷杉像密集的锥峰布满山野，数道清泉闪着银光从山顶缓缓流下。山坡上有许多从雪山上滚下的砾石和被滚石砸枯的树干。

沿着山坡吃力地向前攀爬数百步，在海拔4000米左右的地方仰望它，4000米至5000米之间为高山草坡，5000米以上为冰雪世界。向山下望去，长坪沟在此被众峰锁住，变为U形峡谷，谷底开阔平缓，一道溪流在大片草原中曲折穿行，牦牛在草坪上甩着尾巴，悠闲地咀嚼。

和当地嘉绒藏民聊起此地为何叫"木骡子"，他们告知，只因四姑娘山常有滚石、飞石坠下，砸倒的树木堆叠一起像木垛子，"木骡子"为木垛子的讹传。2008年地震，这里山动地摇，泥石流如洪水猛兽，但好像有山神护佑，在四姑娘山的游客和当地藏民无一人伤亡。

三

骑马返回枯木潭，接着又徒步走回日隆镇，着实有些疲劳。晚上日落后气温骤降，与在成都摄氏40多度的闷热天气似有天壤之别。半夜突觉感冒头疼，浑身寒冷，起身大杯大杯喝水，第二天早上稍有好转。接着去游双桥沟。

这是一条南北向的大峡谷，全长34.5公里，但道路平坦，坐景区环保车可直达尽头。途中但见两侧大山大岭连绵不断，将一条曲折河流紧紧夹在中间。水脉随山脉走向而屈伸变化，山高水长，山转水转，二者形影不离。

左岸山峰秀美，山坡上整齐的草坪与疏朗有致的绿树似人工修剪而成，树林中到处可见低头吃草的牦牛。右岸峰峦千姿百态，山上青黑色岩石虽不为白雪覆盖，但浑身散发冰寒之气，时有瀑布从山顶泻下，像雪白的丝绢。

这条峡谷的森林与长坪沟又有不同，山下河谷以白杨为多，至峡谷中段出现一望无际的沙棘林，皆为粗壮的老树枯干，造型千奇百怪。偶有红杉、冷杉间杂，但很少见到古柏、红桦及松萝。

峡谷上游，沙棘树逐渐稀少，红杉、冷杉越来越多。在海拔3000米至4000米之间，河谷中、山坡上尽是高大笔直的杉树林。红杉针叶鲜绿，枝干横出，垂挂的细枝迎风飘舞，如少女裙摆；冷杉针叶深绿，主干坚硬，枝条紧缩，顶天立地如壮汉。两者搭档，一刚一柔，自成阴阳。

待到峡谷尽头，眼前一亮：在海拔3800多米的高原之上，一座座高大雄峻的雪山腾空而起，分布四周。雪山顶上，时有白云与银雪缠绕，难分难辨；雪山脚下，四季常青的杉林前呼后拥，如千军万马。

众多山峰形貌各异，东侧一座如高大城墙，山坡为浑然一体的陡峭崖岩，从雪峰两侧泻下两条冰瀑，至山腰又汇合一起，像江河一样奔腾而下。西面五峰毗邻，一高四矮，皆为铁青色岩石构成。五峰上半身呈不同形状的金字塔式，峰腋有横向的雪线，下半身合成一体，突坠为百丈峭壁，七八条冰瀑同时从峭壁上泻落。北面孤峰耸立，状如老鹰展翅；山体褶皱强烈，胸前裸露崩塌的危崖断面；石色斑斓，石纹弯曲如波浪。东北角还有一对锥峰，峰尖峰腰为白雪覆盖，数条冰瀑如涓涓细流从山顶流下。

此刻，人在山上，山在天上，空气无比纯净。雪光映射着日光，晶亮耀眼。环顾四周，雪山、石山、林山、草山齐聚一堂，仿佛在白云之上飘浮。冰川、峡谷、森林、草甸、泉流、湖泊皆一尘不染，散发着静谧、安详的气息。

这里颇有新西兰库克峰周边几组不同地貌山峦并存的味道，但众多海拔 5000 多米以上的雪峰，又非 3754 米高的库克峰能比。在这多样化、多中心的景物面前，无法将视线聚焦于某一处，必须多视角、拉网式观看。

置身这些银装素裹的雪峰之间，切实感受到山岳冰川运动。那是石与水在固态下交融的奇迹。水像石头一样坚硬，石头像水一样流泻。冰水融化，流进石缝，再冻结膨胀，将岩石崩裂；岩石滚下河谷，又改变水的流向。水依托岩石固化为冰川，岩石被冰川切割、塑形、搬运。石崖的褶皱、岩壁的裂缝、河谷的石堆，无一不是冰川的影子；雪山的锥峰、刀脊、齿岭、深峡，处处印着冰川的痕迹。冰川，以肉眼看不见的缓慢速度悄悄改造着高原地貌。

在山谷中对着雪山美景看了很久，不过瘾，想爬上去看看，但找不到路。正在四处张望，一位自称"杨二姐"的嘉绒藏族妇女自告奋勇带路，要价 100 元。我砍价到 50 元，她爽快答应。问她藏名，叫才郎卓玛。

才郎卓玛先送我一个绿皮小金县苹果，咬了一口尝尝，竟与家乡山东烟台的黄金帅苹果一个味儿。接着带我翻越景区护栏，穿过杉树林，从独木桥上跨过奔腾咆哮的河流，便向正北的高原山坡爬去。

我看到那冰雪融化的河水呈宝石蓝颜色，问她原因，她说是水中矿物质太多所致，四姑娘山周边，唯有这条河没有鱼。这时再看山坡草原，很奇怪，在下面远看是平缓的，近前看却十分陡峭，很像断崖，原来草原在视觉上对陡坡有衰减作用。

由于海拔已有 4000 多米，加之山坡陡峭，须手攀脚蹬。每攀爬数十步，便气喘吁吁。在草地上一躺，氧气又补充上来，站起来再爬。断断续续爬了 300 多米，登上一个陡坡，到了一处石崖跟前，已筋疲力尽。这时向西看山峰凹陷处，又发现大片雪白的粒雪盆。近看脚下的雪域草原，尽是低矮却又强壮的奇花异草。才郎卓玛告知，这里的花草几乎都是珍贵中药。她指认了有 5 个小花瓣的格桑花，教我辨认并挖了一颗人参果。我问哪里有雪莲花、藏红花和冬虫夏草，她指着最高处一片陡峭山崖说，只有那些雪线下的崖缝中有。

从才郎卓玛处获知，在双桥沟看到的西侧最高峻的山，是四姑娘山的外婆山。双桥沟的山峦是四姑娘山的娘家山。在四姑娘山周边，有 50 多座海拔 5000 米以上的雪山。可见四姑娘山虽属横断山脉东北方向邛崃山的一段，却也是一个庞大的雪山生态系统。

关于四姑娘山名字的来历，当地藏民传说，有四位美丽善良的姑娘，为了保护大熊猫，与凶残妖魔斗争，最后变成了四座秀美山峰，即四姑娘山。

我怀疑他们先是看到这四座山峰太美，忍不住以四姑娘相称，然后又杜撰了神话故事。

写于 2017 年 9 月

醉在普达措

头有些眩晕，但不厉害，一会儿又清醒了，兴奋起来。于是觉得这海拔3300米的香格里拉市恰到好处，高原反应既不像拉萨、稻城那样强烈，又不似丘陵地区那样毫无悬念。如乘兴喝了一点美酒，略有些醉意，又不至于疯狂。而灵感，就是在似醉非醉、有意无意之间闪现，太清醒不行，大醉也不行。

香格里拉这个名字一听就醉。人迹罕至的川滇藏边界，七八座晶莹洁白的雪山围着一片高原沼泽湖泊和森林草甸，里里外外透着清纯的香气——藏传佛教香巴拉王国的香气，希尔顿笔下香格里拉仙境的香气。这是古往今来芸芸众生不停地寻找而又找不到的那个地方吗？或许那香气是指引迷路行人的灯塔，就像原始森林里看不见的精灵。

普达措国家公园就在市区东北方30公里处。冬日里，草色一片枯黄，夏日鲜花的喧闹、蜂蝶的飞舞已经无影无踪，麝、熊、豹、金猫等飞禽走兽也都藏在深山幽谷中静卧不动。但冷杉、高山栎、大叶杜鹃混合而成的森林带仍然一片翠绿；山光水色在天寒地冻之中更显素雅之气。冻得好，冻死那些苍蝇、蚊子和细菌！

山地林区面积很大，乘车在林中断断续续行驶40多公里，仍然望不到尽头。茂密的原始森林攀援着连绵不断的山岭，到处都有七倒八歪的死木、枯木，和翠绿鲜活的树木一起展示了完整的生命过程；广阔平坦的山谷中，一片片草原将视野无限延伸。一条银白色的河流蜿蜒穿行，四处流溢的浅水区已结成雪白的冰，闪耀着迷人的晶光。

我喜欢这种与大自然独处的感觉。世上的风景不论多么迷人，只要游人一多，便索然无味。就说这冬日，无论北京颐和园、黄山天都峰、昆明石林，还是阳朔漓江、海南三亚湾，仍然人满为患。在你推我搡的拥挤中，哪儿还有心思看风景。这里的山林寂静无人，也没有任何亭台楼阁的影子，只有成群的牦牛在荒原上悠闲地甩着尾巴吃草。尘世的喧嚣与浮躁已经远去，能听到草丛里流水潺潺的颤音和林中鸟儿清脆的鸣叫，大地的气息和花香草味扑鼻而来，唤醒儿时在心底深处埋藏的野性记忆。

到达海拔 3705 米的属都湖，湖边有幽静的 3.3 公里步行栈道。太阳已升高了许多，但夜间的寒冷仍然弥漫山谷；放大数倍的山峦阴影挟着冰清之气笼罩了湖面，湖水呈现神秘的黝黑色。湖泊尽头是大片沼泽化的草地，草种已落，长长的草秆举着光秃秃的草穗肆意地摇摆着。

沿栈道前行，一面是静静的湖泊，一面是遮天蔽日的森林。湖中的景色随着阳光强弱和视角转换不停变换。林中云杉、冷杉直插蓝天，枝叶浓绿茂密，时有松鼠跳跃上下，竟无一丝声响。湖的形状很像扬州的瘦西湖，南北狭窄，东西颀长；初看不大，越往里走越深。常有分支深入山坳峡谷，形成湾中藏湾、湖中有湖的幽境。

湖中有许多漂浮的草甸，像散布的小岛。由于牛马与人不能靠近，形成天然的生态保护屏障，苔草和华扁穗草长得特别旺盛，草的根部还发育着厚厚的泥炭藓层。小鸟在上面无忧无虑地栖息、产卵、孵化、繁殖，直将这些孤岛变成世间生命的乐园。

走至湖的北岸，忽见高大的杉树上挂满了密密麻麻的松萝，像万千绿色丝带在空中飞舞。想起它们是滇金丝猴最喜欢的食物，竟忘记了水中景物，追着那飘飘冉冉的空中地衣植物在林中走了好长时间，却没有发现金丝猴的一点痕迹，心中稍有一点失落。

太阳在继续升高，阳光变得如烈火一样烘烤着人。天上一片大光明，没有一丝云絮。湖面上庞大的山影顿时收缩。气温骤升，不一会儿身上觉得热了起来。此时向湖中一望，光影发生奇妙变化：湖水因为过清，被阳光照射后呈现出天空一般的颜色，看上去空无一物，分不清是水还是空气。而天空万里无云，和湖面一个颜色，又觉得像远处的水了。

由于湖水太静，水面无一丝涟漪，又将对岸山上草木的细节连同山影丝毫不差地倒映出来。山的半圆加上水中山影的半圆，成了一个完整的圆；深绿笔直的冷杉和浅绿蓬松的松萝、米黄色的高山栎、红色的落叶松，好像都有分身术，纷纷在水中倒着长。影像过于清楚，给人以失真感，好像是人造的悬浮物。待转至湖之西北角，回头一看，山外的远山，在湖中清晰倒影之上又加了一层模糊影像，方才恢复真实的感觉。

坐上环保车又开始翻越山岭，由南向北行驶 10 公里左右，到达弥里塘高山牧场。在藏语中，"弥里塘"意为"佛眼状草甸"，因其像一只细长的佛眼而得名。这里的草原辽阔而又苍茫，草坡像缓缓的波浪在一些山岗旁边流淌。随便找一处地方躺下来，发现草很深，草茎和草叶撩拨着耳根和面庞，将昆虫的啾鸣传递进耳中，挠痒痒般的舒服。阳光在草丛里四处撒野泼溅，在身上洒满水珠一样的光斑。而人被厚厚的草原地毯托起来，直接抛入钢蓝色的宁静天穹，便有了一种腾空而起的感觉。

想起这片横断山脉的南部腹地，四周皆为陡升陡降的深切峡谷，唯有这块地方，变幻出清一色的高原草甸，平整开阔而又凸起于海拔

3500米以上，这不是天堂又是什么？！

在草原幻境中挣脱出来，继续乘车前行，到达海拔3538米的碧塔海，立刻跌入另一个高原湖泊的幻境。明晃晃的湖面远看一片白光，近看碧绿澄澈。湖岸森林山峦像弯弯的睫毛，紧贴湖的大眼睛。连绵的雪峰倩影在对岸的青山碧水之上，时隐时现。此刻已是正午，太阳高悬在纯净的穹顶，湖水产生明镜般的聚光效应，将天光水光合成一片光海，照得岸边翁郁的森林一片雪亮，睁不开眼睛。身前身后的花草树木，每一片叶子，每一根枝条，都像水一样发出光彩。林中的鸟鸣，经过空中弥漫的树香和斑斓色彩的发酵，在山谷中激起醉人的音浪。

这碧塔海的形状与属都湖差不多，也是东西狭长，南北粗短。两湖之间有大片沼泽湿地，显示着两处水系有密切关联。据当地人介绍，湖中水源主要来自四面雪山融水溪流，湖底也有泉水冒出，湖水从东部流出500米后入地下溶洞，经暗河入洛吉河、尼汝河，最后汇入金沙江。

4.2公里的湖边栈道贴着杳无人迹的山林蜿蜒穿梭，一会儿缓缓上坡，一会儿慢慢落下；一会儿露出弯曲的线条，一会儿藏匿在树丛之中，安静得出奇而又极为神秘，像一条见首不见尾的长蛇，要把人引向传说中的伊甸园。

属都湖平静如镜，这碧塔海满湖波动。没有风，是什么力量把这一湖水晃得动荡不安？会不会是水妖在作怪？因了那满湖的波纹，湖边的山峦树木竟在湖中投不下一点影子。不过没有了影子，湖水看上去更清纯、更真实了。光与影还是有的，是纯而又纯的天光水影，在细密的波纹中跳跃闪烁。时而有鱼浮出水面，搅起一圈圈水涡，将闪烁不定的光影弄得更加支离破碎。漫步中，从不同方位看湖中光影，不知不觉走进了满天繁星之中，光斑闪亮的大团星云在缓缓旋转，流星不断在眼前划过，一片银河降落到脚下。

行至北岸，看到湖中有大量黄色水草，竟与在四川螺髻山冰碛湖中所见的一模一样，都是紧贴水面弯下了腰，藏在水下，不像平原湖泊的芦苇那样，把半个身子探出水面。在一些浅水区，黄色水草和落在水中的枯叶将湖水染成淡棕色，倍增沧桑荒凉之感。当地资料介绍，因湖中水温低，落水的枯枝败叶不易分解，这种颜色会常年保持。不过依我观察，此湖水深波荡，浅水区的淡棕色只是局部，改变不了大片湖区清新碧绿的本色。

碧塔海在藏语中意为栎树成毡的地方。栎树，就是在梅里雪山、稻城亚丁、四姑娘山常见的川滇高山栎。它们最喜欢高寒气候，越是在海拔3000米以上，长得越旺。普达措一带盛产这种高山栎，碧塔海周边尤多。行走在湖边栈道，如入栎树走廊。或许是湖中的冰雪之气吸引了这些高原明星，我从没见过这么多高山栎一起从大山之巅跑下来，聚集到湖边。由于水面辽阔，岸边所有栎树都有充分的余地尽情向水上发展。它们的树形得水之气，能因地制宜，千变万化。而不管哪一种造型和变化，只要以湖水为背景，便沾染了一种出尘脱俗而又娇艳无比的气质。虬曲苍劲的枝干，配以飘飘欲仙的松萝，印在清澈碧绿、光影闪烁的湖面上，变魔术似的演绎出"万木"争荣的幻象。

湖边植物长得繁盛的还有杜鹃，它们紧贴栎树，满山遍野。虽不是花季，但能感受到它们盛开时的芳香。据说杜鹃花叶含有微毒，花谢落入湖中，游鱼食后醉昏，翻着白肚皮漂浮上水面，形成"杜鹃醉鱼"的奇景。

这时不想走了，干脆找一块石头坐下来，先对着充满光明和冰清之气的湖泊凝望良久，再闭上眼静静地用心感受。时间停止了，大脑一片空白，生命的脉搏开始与大自然的频率一起有节律地跳动。睁开眼再看那湖及湖中的光影，仿佛一面神秘的魔镜，正在播放天地万物最奇幻的图像和变化，宇宙深处的秘密和声音尽在其中。

在魔镜前沉醉了很久，方才缓缓苏醒。继续前行，用了足足3个小时，方把湖边4.2公里的栈道走完。太阳开始西斜，寒冷之气又杀气腾腾地逼上来，驱赶着世人离开。

大香格里拉，包括川滇藏边界的三江并流、梅里雪山、稻城亚丁自然风景区。据当地康巴藏族长者告知，藏族在香格里拉转山就转梅里雪山，转水就转普达措。普达措，藏语，意为舟湖，引申为普度众生的湖。

普达措，横断山脉雪山的化身。冰雪融水及雪峰神韵流传至此，经过成千上万年的酝酿，变成了令人销魂的魅影。

绥阳双河洞，遥遥无尽头

这些年一直关注遵义绥阳县双河洞不断"增长"的数据：1987年首次勘探为25公里长；2001年测量长度达到50公里；后来随着中、法、日、瑞等国家联合勘查，它的长度变成70公里、100公里、122公里、161公里、186公里、200公里，2018年3月的最新数据为238.48公里。据说进行勘查的首席专家是一位法国人——让·波塔西（Jean Bottazzi），他已经进入洞中勘查了200多次。问题是，他还要继续勘查，"增长"的数据还没有终止。

9月初，再也忍耐不住，坐上高铁便去了贵州。

一

乘大巴车由贵阳到遵义，连绵不断的峰丛一直遮挡着望眼。在遵义转车去绥阳，难得有一小段平缓的地势。换乘绥阳县班车再向北，又进入峰林的汹涌波涛中。到达双河洞附近，已是下午4点。景区大门朝北，确有两条从山中流下的大河在此汇合。旁边有一个双河村，车站就在村头。当即决定夜宿村头农家旅馆。房间虽小，设施简陋，倒也干净。

刚安顿下来，外面便下起瓢泼大雨。黄昏时分，雨歇，村里停电。在屋里点上了蜡烛，看到自己的影子被烛光放大在墙上，一摇一晃，活像怪物。夜里，噼里啪啦的雨声又蹦进窗户。在云贵高原游览，每逢大雨，喜忧参半。喜的是水大正是喀斯特本色，忧的是大水可能淹没景点。凌晨起身查询资料，一看床上有一特大蜘蛛和飞虫在爬，吓了一跳，抄起一个矿泉水瓶将其杀死。

早起，雨小了。打伞到景区，见河水涨得满满。幸好景区没有关闭，急忙买票从双河谷南侧入洞。洞口很圆，洞里洞外很大一部分已被湖泊淹没。沿水上架设的浮桥进入洞中，见地下河汹涌而出，水声轰鸣如雷。洞中河谷渐行渐阔，河水在高低不平的沟壑中散开，让人感觉同时有若干条河奔流出来。

行 500 米左右，眼前出现一个巨大洞窟，洞顶窝穴累累，乳柱斜坠；四周高低不平，满布奇岩怪石。无边的黑暗从四面八方袭来，压迫着微弱的灯光。地下河从前方巨大黑影中破峡而出，与一群巨石扭打在一起，大浪翻滚，水声尖锐刺耳，如凭空卷起风暴。继而，化为一片地下湖泊，淹没了洞里很大一片洼地。走到洞的尽头，却见一座圆形大厅，在水一方立起。大厅底下，俨然一座舞台，台上堆石装扮的布景、演员惟妙惟肖。此处名为大剧院，倒也有几分相似。

过大厅，忽然转入一条险峻的峡谷。地下河冲进逼仄的洞窟，怒不可遏，强大的激流变成飞速旋转的涡流，乱剁乱刴，水石相激声在穴窝中来回碰撞冲激，洞壁岩石发出一阵阵尖叫。行进中，见到数条支流从洞壁穴窝中奔腾而出，汇入主流。有三四条地下瀑布从旁门左道灌下，又从脚下的洞穴中泻了出去。此段地下河谷被洪流劈砍得特别深切，常有竖井、深渊暗藏谷底。

行 1.5 公里左右，峡谷变宽，河床平阔，大石星星点点，河流变缓。但峡谷曲折，令人方向尽失。行不久，洞窟一分为二，沿右边洞中峡谷上行，见深潭层出不穷。阴暗中潭水黑黝黝一片，看不清水质。又行半公里多，前方出现螺旋结构的天窗式洞口。沿边缘石阶路朝上攀登，见地上河循地势曲折流入。待爬到洞口，外面却是一个巨大天坑。洞口顶端，一片水帘式瀑布从天而降，快步冲出水帘，发现在天坑底部。

雨还在下，天坑瀑布的水帘在空中散开，带出一阵阵风，吹成满天水雾，弄得洞口周边水汽氤氲。冰凉的雾气飘到脸上，脑中不由自主蹦出"水大生风"四字。沿天坑绝壁人工栈道盘旋而上，头顶上雨水、崖壁瀑流和洞窟冒出的地下河水汇合一起，成了密集的水炮水枪发射基地，防不胜防。虽有伞撑着，但地下溅水已将衣服湿了大半。此时抬头一看，对面天坑陡坡上，又有一条长长的瀑布奔泻下来，水势凶猛，绵绵不绝。据当地人称，天坑瀑布属暴涨暴跌类型，大雨时壮观，枯雨季节则无水。

继续前行，接近天坑顶端时，到达又一洞穴——石膏洞。此洞为双河谷西侧旱洞，约3公里长。洞中钟乳石品相一般。不过洞窟开阔，滴水较多，至中段以后，出现大面积流石坝，号称地下梯田，但比不上广西乐业罗妹莲花洞的莲花盘。

过梯田，有一很大面积的浅水湾，湾中石笋和洞顶乳柱其貌不扬，但水中影像扑朔迷离。主洞至此路断，从旁边支洞继续前进，洞穴渐行渐窄，忽听水声在四面八方响起，四处张望，不见一点水的踪迹，但觉有条洪流随时可能决堤般灌满洞中，吞噬一切。脚步不觉加快，一路小跑到了洞口。

二

在洞中行走，觉得一路下坡，已近山脚。出洞一看，却还在山腰以上。伴随滔滔河流下行1公里，才到山下。转乘景区环保车到双河谷西侧5公里外，看双河洞另一支洞——大风洞。

刚下车，便听服务人员说，因大雨而发的洪水淹没了洞中部分道路，今日只能卖半票，看一半景点，不禁失望。此时雨稍歇，身上衣服没干，同时进洞的还有三位当地人。导游穿了两件衣服，告知洞里温度在13度左右，与洞外差别很大。进入洞内，果然冷风阵阵，气温骤降，不得不边走边活动上肢取暖。

开始，觉得洞里景物一般。行1公里后，洞内层次结构渐多，钟乳石规模增大。有一洞中天生桥横架半空，周边石笋多从空中飞崖之上生长，颇有特色。但因看过织金洞、银子岩，很难兴奋起来。

又行半公里，洞中结构越来越复杂。在一个叫天宫峡谷的地方，各种奇岩怪石组成无数屏风、环洞、回廊、楼台，一层层穴窍洞窟互联互通，曲折离奇。突然间，水声轰鸣，脚下又出现了奔腾咆哮的地下河。飞湍、漩涡如电动钢钻，打通着一层又一层的孔穴。

行至一处叫地心之门的无底洞，低头一看，深邃的螺旋型空洞一刻不停地旋转下去，重重叠叠的黑影在深处奋力上蹿，无尽的寒气似从冥冥之中奔袭而来，诡异而又恐怖。据说此洞为旋转的地下暗河长年累月溶蚀所致，探险家多次勘查都没有测出它的深度，只是确定它通往重庆和桐梓方向。

前行不久，洞穴变成又小又窄的隧道，须低头方能前行。有一处最窄的地方，水从上方猛泼下来，成了低矮的瀑布，路面积水汇成了滚滚河流。导游告知这就是大水淹没的地方，为了安全，今日游程到此为止。我提前查询资料，知道这洞中后半段恰是精彩处，于是提出打伞闯过去试试，前方水小就走，水大就返回。经恳求，导游勉强同意。

我打着伞低头走到"瀑布"面前，无奈洞口太窄，伞撑不开，干脆收伞快速冲刺进去，用时5秒左右，身上如泼了几盆水，衣服、鞋子全部湿透。过去后，即是陡峭下坡，水皆沿着路边穴窍流走了。于是回头大喊这边没水。不一会儿，其他三位也冲了过来，皆成了落汤鸡。沿石阶路下了一个坡，前面又出现挡路瀑布，于是毫不犹豫再次冲了过去，倒也痛快淋漓。回头一看，其他几位连同导游一起跟了上来，不禁大喜。

行数十米，终于进入名为地缝的一段。只见两面巨型绝壁垂直夹起，中间只剩一条裂缝，人在裂缝中走，必须侧身面壁，双手平展摸着石墙，双脚撇开横向挪步。抬头向上看，裂缝逐渐狭窄，高处一片漆黑，一眼望不尽头。此刻感觉与那华山一线天又不同，华山一线天虽窄，但只觉惊险；在此更窄的地缝绝境，上下左右无半点回旋余地，不仅险恶，而且有无边无际的压迫感，只觉被一把宇宙的匕首刺中，喘不过气来。行进中，有好几次被石壁夹住了，屏住呼吸，缩身使劲一挤，方才通过。

出地缝，惊魂未定，前方又出现一种从未见过的洞穴结构：一条长长的滚筒状隧道，被奇形怪状的卷曲石挤得满满，构成连环的旋转式、波浪式、螺旋式洞窟，空中伸出许多弯刀、旋臂状石雕，洞壁遍布凹孔、道孔、穿孔。如同进入波涛滚滚的海洋，四面八方的暗涌、旋流、飞湍相互激荡，此起彼伏。不过那浪头浪花皆坚硬如铁，一不小心，会碰得头破血流。在大小不一的孔洞穴窍中低头，弯腰，拐弯抹角，穿行数百米，竟然晕头转向。此段号称九曲十八弯。

出洞发现，身在入洞口约 500 米外同一方向的山坳里。计步器显示，全天共游览水洞旱洞 9 公里，其中地下河为 6 公里，这在 200 公里长的双河洞中，只是很小一段。

三

到客服中心，与景区运营经理梁宝光先生交谈，得知此洞目前发现 230 个支洞、5 条暗河、108 个竖井。他告知法国探险家让·波塔西就住在双河村，每周都要进洞勘查。并送我一本载有波塔西考察报告的杂志。

我立刻返回双河村向店主打听让·波塔西住在何处。店主说就住在后面小卖部那家楼房，离我昨晚所住只有 50 米远。赶紧跑过去询问，门前长者如同提起一位老朋友："你说的是老让啊，就在三楼。"于是我见到了让·波塔西。

他个子不高，穿着黑色圆领 T 恤，配一条藏青色休闲短裤，赤着脚走出房间。深陷的眼窝，闪耀好奇心的大眼睛，敏捷的身手，似乎是专为洞穴探险设计的体型。他笑起来带着法国人特有的帅气，言谈随和，与杂志照片上那个全副武装、神情严肃的探险家判若两人。我自称是一个洞穴业余爱好者，想见他并请教几个问题。他欣然答应。

他会说流利的中文，甚至会说一些贵州方言，但我的北方口音他有时分辨不出，我用手机查英文给他看，他才明白。一谈到洞穴，他的眼睛便放出蓝幽幽的光彩，让我想起洞穴中奔腾的暗河。听接触过他的人介绍，他像传教士一样，热心传播绳索技术及洞穴探险技术。他每周进洞，都要带着帐篷起码在洞里住一个晚上，最多一次住过一个礼拜。他和同事带的设备有发电机、绳索、船、渔具、电钻、探测仪等。

我问他双河洞 200 公里长是从哪里算到哪里。他说洞里的距离不是直线的概念，而是上下左右拐弯。问他溶洞结构如何，他用手比划说，上中下一层又一层，而且互连旁通。得知他游览过世界各地许多洞穴，我好奇地问双河洞在世界排名第几，他说亚洲第一，世界第十。最长的洞是美国猛犸洞，600 公里。我又问中国的洞与法国的洞有何不同。他说法国的洞狭窄幽深，贵州的洞比较好，各种类型都有。他告诉我贵州紫云县的溶洞"苗厅"也是他勘查过的，后来英国探险队运用激光测距进一步探明，"苗厅"是世界最大容积的洞。因为时间有限，我当天告别了他。

夜查美国肯塔基州猛犸洞资料，洞的长度仍在继续探测。结合波塔西探测双河洞的进程，可知所谓洞穴的长度，并非洞之本来面目，而是包含了探测水平。云贵高原的溶洞，也许上千、上万乃至十几万公里长，只是没有探测到。

让·波塔西生于1962年，是法国洞穴联盟副主席，著名洞穴探险家。从他写的《中国最长的洞穴》一文了解到，在他之前，日本探洞队已来过双河洞，还发现古代的人进洞的痕迹。由于双河洞幽深复杂，地下水丰富，探测过程有很大危险。在探测其中的团堆窝水洞时，他和同事逆流而上，洞顶越来越低，水势丝毫不减，他们不得不把头埋入水中，游泳前行，终于测得团堆窝水洞与另一个支洞——龙潭子水洞是连通的。他认为，贵州这一带，"无山不空，无洞不连"。

返遵义，衣服未干，已患感冒。急忙乘车去重庆，吃一碗麻辣的米粉，身上便如着火一般，冒出汗来，渐觉舒服。

梁宝光先生告，景区已设山王洞探险项目，5人以上组团，景区提供整套装备并进行技术培训，每人费用1000元左右。很是诱人。

写于2018年10月

格凸河穿洞

在广西乐业游览了大石围天坑群，忽闻贵州紫云县新发现的格凸河苗厅，面积为10万多平方米，为全国最大溶洞，似乎潜意识里听到一声召唤，不由自主地收拾行装出发。

乘车由乐业到贵州罗甸，再由罗甸至紫云，从云贵高原的边界进入腹地，喀斯特峰丛始终前簇后拥。雨一直在下，地下水从山上洞窟窍穴中到处流泻，沿途泥石流塌方频繁。小塌方挡住一半道路，汽车勉强通过；但有大面积山坡滑落，则彻底阻断交通。几乎绝望之时，司机想出妙招：与对面县城开来的车商量，两个车各在大塌方前掉头，乘客下车，冒雨步行翻过塌方处，乘另一个车再走。350公里山路，遇到两次大塌方，换了两次车，走了足足一天半，到达格凸河景区外面的格当桥。

一

格凸，苗语，意为圣地。格凸河，红水河支流。发源于贵州长顺县，先向西南流向紫云县，又向东南流向罗甸县，大致走了个之字形。听当地苗族长者说，格凸河很怪，一会儿是明河，一会儿是暗河。流经紫云县的这一段，穿洞很多，尤以大穿洞和10万多平方米的苗厅著名。

下车先打听如何去苗厅，许多当地人不知道。有人说格凸河下游有一个中洞，内有苗寨，那就是苗厅。还有人说苗厅去不了。于是逢人就问，边问边核实。各种信息显示，中洞和苗厅是两个地方。中洞有苗民居住，苗厅尚未开发。大河苗寨的苗民王晓海告我，他在枯水季节和朋友一起坐皮划艇进过苗厅，那里没有居民，但有电站并设置了铁栏门。他通过关系让电站开了门，但进洞以后，黑得什么也看不见，手电筒也没用，贴着洞壁走了不远就返回了。王晓海告，从苗厅到中洞有一条小路相通，大约1个小时可以到达。

　　在格凸河景区门口找到一辆私家小面的，只去苗厅，来回150元。上车后才知司机以为所去苗厅就是中洞，对真苗厅一无所知。我请王晓海与他电话沟通，最后谈好，去我说的苗厅，价钱不变。他在山下等我，我去了苗厅，再独自步行去中洞，来回时间初定4小时。

　　从景区门口出发，沿河往下游走，出格当桥，沿紫云至罗甸公路前行，约10公里，向左分岔。又行数公里，路再分岔，右为去中洞，车继续左行去苗厅。行不远，突见山下格凸河变成深蓝色狭长湖泊，莹润闪亮。司机告，格凸河上游为二支——水塘河与翠河，其间纳地下河无数，穿山透岭。自融入鼠场河后，到此段，为摆架河，深水区达数十米。由此开始，车转为沿河逆流而上。

　　山路紧贴悬崖，越来越险。我问司机雨季有无塌方，司机说塌方很少，但山中猴子爬行常使石头滚落，令人担惊受怕。过狭长湖泊，山下河谷变得更加陡峭，水流湍急，浪花翻腾。不一会儿，路到尽头，苗厅洞口已到。

　　下车细观，原来是格凸河出水洞。洞口不大，洞中一片漆黑，深不可测。洞外即陡峭悬崖，水势浩大迅猛，水流塞满整个洞口，出洞便轰然跌落，变成数级瀑布，在大块乱石中奔腾咆哮而下，如虎狼之群。洞口下方约600米处，建有电站。洞口果然建造了铁栏门，锁住。

显然，在此大水季节，即便不设障碍，游人也无法进入。

洞之上是一座庞大山体，密林中隐约可见去中洞的路。我告别司机，孤身一人攀登而上。这是一条鲜为人知的盘山小路，由于少有人走，几乎被野草和灌木丛完全遮住。我从一棵榕树身上折断一截树枝，不停地分拨草丛，以防碰到毒蛇。有些杂树和灌木丛生处，不得不用树棍拍打一阵，探清虚实，再小心通过。从大树的缝隙中环顾四周，尽是荒山野岭，没有人烟，也没有路标。不由得高度警惕起来，时刻防备着突如其来的危险。

攀爬约半小时，到达第一个峰岭，一个穿洞长虹般横亘半空，这便是与上游大穿洞对称的小穿洞。穿洞之下，崩塌乱石堆积如山，记载着远古的格凸河如何在这里恣意翻腾，冲垮岩崖。穿过石阵，沿岭脊前行300米左右，出现岔路。记得苗民王晓海说没有岔路。于是当场打电话询问，他竟然记不清了，说右边大概是中洞。于是走右路下行。

不料进入一个天坑般洼地。迎面一片绝壁倒插深坑，周边碎屑岩崩塌的斜坡上，皆为原始森林。路极窄，紧贴陡崖。路边长满蜇人的荨麻，与头顶下雨的石头恰成绝配。我即使穿着长裤，小心躲闪着，也被蜇了五六下，腿部一阵阵痛痒。好在去乐业大曹天坑时已有被蜇的经验，心知不会有危险。

下行至坑底，气温骤升，适才爬山的一身大汗还没干，又被坑中的闷热弄出一身新汗。壁上滴水渐渐增多，时而水流如注。此地虽说仍在户外，但岩压树遮，几近黄昏，阴森可怖。近前一看，适才远处所认的洞穴只是一片流痕染黑的巨型石崖，黑崖之下，树木掩映之中，藏着两湾满满的水潭，闪耀着迷幻的墨绿色光彩，如同两个巨大的眼睛。水潭实为洞穴所在，从水色判断，洞极深，储水极多。水潭左前方，又有一浅水池，池水清澈透明，为上端岩壁流水所致。在深潭周边寻来寻去，始终找不到能进去的旱洞口，才知苗民王晓海所说不对，于是返回岔路口，继续沿左路上行。

二

沿岭脊向上攀登，前方出现一座更高山峰。行1公里左右，看到峰顶又有一个大穿洞，心再次飞上高空。转过一个山弯，一位下山的苗民出现在眼前，顿时喜出望外。

上前仔细打听，才知这座巨无霸大山共有上中下三个洞，上洞为穿洞，中洞为苗寨所在，下洞即苗厅。他提及苗厅，脸上表情顿时庄重，和我比划了半天，大意是苗厅不能进也进不去。在苗厅边上行走，必须小心翼翼，不能有任何不敬行为。我想起在湘西，有苗民告诫洞中不得大声说话。在广西乐业，有苗民告诫洞中不能大小便。便知苗族以洞为神，与藏民敬雪山为神一样。于是点头表示赞同。

我请他指出中洞位置，他挥手向上，所指地方已经离我不远，但被繁茂大树遮挡，看不见洞口。但有苗民不时从树林里走出来，背筐挑担，似在忙碌收割。沿着他们下来的山路继续上行，约20分钟到达中洞。接着，我看见了深山老林中最原始的穴居村落。

它们不过是一些竹子和木头搭建的方形帐篷，许多帐篷还没有顶。用来作支撑的竹竿因没有截齐而长短不一，在简陋的架子上搭了一些草编遮挡物，便是围墙。竹竿、棍棒、草编的筐子随意放置帐外，洞口的树杈上搭起竹竿，晾晒衣服。洞中似乎养了不少鸡，到处听见鸡叫声。我绕着帐篷转悠了良久，感觉洞内凉爽，像一个大空调。洞窟高大，但不讨数百米深。洞壁和地上有薄薄的绿色苔藓，洞顶时有滴水。据洞里苗民介绍，这里共居住18户苗族人家，是真正的穴居式苗寨。当地政府在山下统一建起了民宅，动员他们到山下住。但他们表示，哪里也不去。

我好像被拽入远古时代。所遇苗民，皆面带微笑，待人和善，看不出长年穴居与其他地方居住有任何不同。他们对外面世界发生的任何事情都不感兴趣，只关心山林中的洞穴生活。提及山下苗厅，皆眼睛发亮，充满敬意，俨然苗厅卫士。

站在洞口向下看，此山为东南—西北走向，外表平平，含而不露。周边喀斯特峰丛也无奇异之处，相对高度不过数百米。然而紫云县平均海拔在 1000 米之上，人眼所见峰峦只是很小一部分，看似低洼的地方已是千山万岭联在一起的高原，其中必藏有无穷无尽的地下宫殿。这片山峦的洞穴，在山下一个也看不到。但仅以上山沿途所见，从上到下已有 5 个大型洞窟，包括两个穿洞。

据当地材料，山中苗厅由法国探险家让·波塔西于 1989 年首次勘探，2014 年又由英国探险家以激光测距技术勘查，现已测得其面积为 11 万 6000 平方米，容积为 1978 万立方米。苗厅有近 20 条地下河从东西南北汇聚其中，巨大的地下空间堪称地球空壳。我自知今天是进不了苗厅了，但此刻就在苗厅所在的山上，想象的翅膀无间隔地飞进洞内，恭敬心和好奇心一起穿过层层叠叠的黑影，搜寻着庞大的地下山峦、密集的石笋乳柱和奔腾不息的暗河。

苗族人称此洞为苗厅，与奉格凸河为圣地一样，有崇拜溶洞与地下河之意。至于穿洞、天坑所显示的古地下河遗迹，证明无论是地下溶洞还是地下河，皆为相互联通的多层结构，如自来水管道系统。由此可证，地下水脉与地上水脉完全不同，地上水只能由高向低流，地下水通过管网般的水压，却能将低位水系输送高端位置。这或许可以解释"山有多高，水有多高"的奇异现象。

出中洞，接着再向上攀登，15 分钟左右，到达上洞。此穿洞与刚才苗厅附近所见小穿洞大同小异，皆为虹桥状。"桥"下是一座崩塌乱石堆起的长岭，两边皆为陡立坡。

从上洞下来，突然下起瓢泼大雨，想起司机还在山下等我，不敢延误，撑伞冒雨快速下山，不到 1 小时，到达山底。一到山下，雨又停了。看手机计步器，上下山共行走 12 公里。打电话给王晓海，告知他中洞与苗厅在同一座山上，只不过洞口是两个方向，一上一下。

三

乘车返回格凸河上游，再游名为燕子洞的大穿洞。进入景区大门，先由东向西翻过一座岭脊，然后掉头折回，对面一座巨大绝壁，赫然显露两个大洞。右洞为水洞，左洞为旱洞。沿石阶路下行百米，便听见右洞中传来震耳欲聋的水声，同时看见格凸河由西往东，直奔洞内。

下行进至洞口，迎面是一森然拱门。洞穴高且阔大，两侧峭壁如斧劈，壁上苔藓累累，洞顶滴水如雨。河流从洞外滚滚而来，入洞后变为狭长湖泊，水面平静。行 200 多米，河床突然跌落，河间有数块大石屹立，最大一块如金沙江虎跳峡的巨石，顿时激起无数惊涛骇浪。飞湍、瀑布、漩涡，绕大石上下跌宕起伏，奔流旋转；各种浪阵相互冲撞扭打，狂蹦乱跳。望着洪水猛兽般的暗河，听着石水相激的惊雷般大音，直觉得洞窟很快就要崩塌了，禁不住小步快跑。

此时在洞之左前方，又有一巨型洞口冲天而出，一束天光照进洞中，恰能看清洞中翻腾的浪花。但洞穴深处逼仄，河床陡峭，地下河洪流迅猛冲下洞去，落入深渊般的黑暗，无影无踪，只有流水声在洞壁回响。我的好奇心似勒不住缰绳的烈马，随暗河一起滑下黑暗的悬崖，惊魂般跌落在一片飞湍流泻的险滩。于是猜想下游未进入的苗厅，洞内暗河的水势必是更加惊心动魄的场面。

时值苗族蜘蛛人表演攀岩走壁，表演者为名叫黄金林的大河苗寨人，今年 36 岁。他个子不高，身体敏捷。先用一个竹筏摆到洞内湖泊对岸,再将竹筏系在岩壁上,踩着岩缝便飞崖走壁般向上爬去。时而四肢紧贴岩壁;时而手攀石槽,两腿悬空;遇有苔藓湿滑处,则另辟蹊径。待他爬至100多米高时,游人从下面看,感觉绝壁向里弯曲,蜘蛛人好像在天花板上爬行,观者无不惊悚。

在洞内右侧峭壁修有一条悬空栈道,沿栈道走至300米左右,有一吊桥,过桥到达对岸绝壁,沿石梯上行,百米左右,到达洞内天窗底下。从天窗爬出,却是一个巨型天坑,四围绝壁圈天,坑内闷热无比,香蕉、美人蕉长得如海南一般旺盛。沿小路从边缘攀登,穿过方竹林,已汗流浃背。爬至天坑北端边沿,右边又是一座山峰,山下是号称古地下河遗迹的盲谷。从山腰小路转至盲谷尽头,下方是一片绿色深渊般的原始森林,不知藏了多少毒蛇猛兽,没人敢进。掉头又返回天坑西侧,沿陡峭小路到达进洞时所见右方上洞,再沿盘山路下至山底,共行5公里,到达格凸河码头。

河面宽阔平静,河水涨满,正由混浊向清澈过渡,呈鸭蛋青色。乘船逆流而上,两岸秀美峰峦夹峙,翠竹绿树倒映水中。船行1公里左右,前方一座石笋倒插河中,两侧皆有高耸峰峦,中间只剩一线天。船从缝隙穿进,却见石笋变成一堵高墙,穿行良久方过。

到码头下船,上岸即是大河苗寨。当晚宿苗民老支书家。老支书儿子王晓海即告知我去苗厅路线者,刚满40岁,也是攀岩能手。我问他为何攀岩,他说为掏燕窝,但现在已明令禁止。我奇怪为何大穿洞内有几十万只燕子,我却一只也没见到。王晓海告,燕子早出晚归,我进洞时间为中午,因而看不到燕子。于是惦记早起再次进洞。

夜里,村内外虫鸣如雷,不觉想起法布尔的《昆虫记》。晨5点,窗外响起公鸡打鸣声。6点起床,天刚蒙蒙亮。沿着格凸河边山路向东一直走去,边走边看河两岸曙色曚昽中的景物。行40分钟,再进大穿洞,果然见到大批燕子。

燕子一群群从洞口顶端飞出，远看过去只是无数模糊的黑点，但近处低空或超低空飞行的燕子看得比较清楚。燕子飞行轻松潇洒，扇几下翅膀，俯冲，滑翔，转弯，甚至波浪式飞旋。洞口之外，绿水青山之上，一批又一批燕子呼喊着，嬉闹着，随着我喜悦的目光，一起冲向蓝天，其中有三五成群者、独来独往者，看似一群乌合之众，实则有组织、有序列，如同国际机场的千百架飞机起飞，始终无擦碰相撞事故。洞中绝壁上大批等待起飞者，吱吱喳喳的叫声节奏很快。成千上万的燕子欢唱叠加起来，配以河流的低音，如庞大的管弦乐队演奏；不时有尖锐的高音蹿出，如小号。

此时清晨，从大穿洞向外看，三座小山蜿蜒围住湖泊，山脚绿树向湖面拼力倾斜，山影树影在水中十分平静。唯有岸边绝壁的暗洞时有流水冲出，在水中惹起一群群漩涡。仔细观察，还有小鱼在水面逗起一圈圈涟漪。

出大穿洞，远望碧玉般的格凸河，想起有人告知大穿洞上游，此河又变成暗河，暗河所过又是穿洞，且洞中又有支洞，真是洞深似海。

写于 2017 年 8 月

小寨天坑

喀斯特景区的趣味，在于它有地上与地下双重山水。地上有峰丛、残丘、石林、瀑布，地下有溶洞、竖井、天坑、地下河。我总觉得，地下部分藏着无穷无尽的可能性，比地上部分更为精彩。

小寨天坑——喀斯特地下山水的奇观，位于重庆奉节县小寨村的一座1331米高的大山之中，坑深666.2米，是目前全球最大的"天坑"。

在上海陆家嘴乘电梯到632米高的上海中心大厦顶层，以闪电的速度腾空而起，城市迅速下降，420米高的金茂大厦、492米高的上海环球金融中心瞬间落入脚下。这一目前排名世界第二的摩天大楼比小寨天坑仍然矮34米。

广西乐业大石围天坑深613米，比它浅了53米。但四周绝壁如削，无可攀援，传闻有探险者不慎跌下绝壁遇难。重庆武隆天坑有电梯和栈道可到坑底，却只有300米深，且三坑相连，中有穿洞，是天生桥奇观，不是正宗天坑。我也曾下到荒蛮的广西大曹天坑底部洞穴，虽说野味十足，不过是个小坑。听说这小寨天坑壁间有小路可到坑底，不禁喜出望外。

从重庆汽车北站乘大巴，沿着长江劈开的峡谷由西向东，两岸高山峻岭连绵不绝。行驶5个小时，约400公里，到达奉节。坐摩托车去下游白帝城转悠一阵，望见夔门两侧大片垂直陡崖，锁住百米宽的江面，众流攒簇前行如拥挤的羊群。返回县城国平汽车站，乘开往三角坝乡的班车向南面的小寨出发。一过奉节长江大桥，密集的高山峡谷扑面而来，颇有横断山脉的味道。路是新修的县级公路，有不少逼仄的穿山隧道。司机说此路直通湖北恩施，恩施那边的地形和奉节相差无几。不到两个小时，行 91 公里，到达荆竹乡小寨村。

进景区，乘环保车驶进坑口，向下一看，心惊肉跳：东、西、北三面大山断崖，加上南面一面巨墙般峭壁，直将大坑四周死死围住，不透半点缝隙。洞口庞大无比，下面是望不见底的黑暗世界。坑底河流奔腾咆哮之声滚雷般冲天而起，震得地动山摇。

太阳从东边山顶冒了出来，阳光照在大坑西面的断崖上，将风雨剥蚀的裂纹变幻成斑斓的岩画。东侧山崖之下的阴影却愈加黑暗，笼罩了半个天坑。崖壁上乌黑的沟壑明明是水流冲刷所致，看着却像烈火烤焦后的痕迹。

沿着坑口东边砌好的陡峭石阶路下行，有一种倒过身来头朝下往前走的感觉。一进坑中，天空顿觉狭小，坑底袭来的水声震耳欲聋，绝壁在头顶势欲倾倒，时而有冰凉的水珠从崖缝滴落。跟随坑中悬空栈道旋转下行，似被卷入一个巨大的漩涡中心。

下行百米左右，看清了大坑上半部分的形势。原来四周皆为双层高大断崖。断崖纵向裂纹粗糙清晰，壁上寸草不生。东边断崖从坑口到下面断层过渡带，恰有碎屑石崩塌为陡峭坡立面，其上长满了松树、翠柏、竹子、桂花树和灌木，下行栈道就利用这一地形建造起来。但至大坑中部，东边陡坡消失，变为垂直而下的峭壁，栈道不得不沿断崖过渡层逆时针向北穿越，这时西边断崖之下恰巧也出现了崩塌乱石组成的坡立面，使得栈道得以续接。

这小寨天坑垂直距离虽说 660 多米深，绕着岩壁下到坑底的路却起码在数倍以上。我一开始把它与海拔557米的北京香山相比，心想它无非比我常爬的香山再高100米吧。沿栈道下行不久，便感觉完全不是一回事。香山虽说鬼见愁峰下有一段陡峭岩崖，但中段香雾窟一带有许多平缓的岭脊。这天坑却是直上直下，基本没有缓冲，全靠盘崖栈道而下。才行三分之一路程，便见有人返回，问其下到底没有，答曰太深了，只走了一半。行不久，又遇两三拨人返回，皆说下面太陡太深，不去了。我猜下面的游人必定越来越少，于是做好独自进入坑底的准备。

行至大坑中部，气温骤升，一丝风也没有。大汗淋漓之后，脸上冒出更大的汗珠。突然悟得，喀斯特地域，先是小雨细雨，继而大雨倾盆，水柱倒灌，莫非和人的汗一样，活动剧烈后水势增大而需要尽情发泄？又想到四川、重庆火炉之热，必源于四川洼式盆地的形状，如这小寨天坑，四周封闭而不透风。

陡峭，在视觉中夸大了绝壁的深度。越是俯身探望，越是加剧了深不可测的绝望感。在壁间栈道下行了很长时间，好几次感觉快到了坑底，近前一看，下面仍然黑乎乎一片。沿途到处是危岩警示牌，提醒游人快速通过，以免被滚石所伤，似乎崩塌正在发生。天越来越小，坑越来越深，光线越来越暗，坑中的植物全变了模样，在地面上认识的花草不见了，一些奇异的藤蔓和蕨类逐渐增多。

为防看不到坑底而影响心情，干脆只顾走路，不问前程。待从北面山崖转到西面山崖，沿陡坡再下行800步左右，看到坑底东侧绝壁的大洞，隐约有地下河从中流出，浪花飞溅，在空中散成一片片云雾。环顾四周绝壁，又变成湿漉漉的铁青色，到处渗水。东侧崖顶之上，有一细长的银线笔直垂下，开始以为是一束阳光，细看原来是一缕瀑布。坑底中央，立起一座小山。山坡上疯长的蕨类，和崖壁上满布的苔藓联在一起，凸显坑底的阴暗潮湿。

顺着西面陡坡石阶路又连续向下走了 1000 多步，看着东边绝壁脚下溶洞逐渐变大，洞口上面的天空更加遥远，终于下到大坑底部——一个完全阴暗潮湿的世界。此刻仰望坑口，如一个小小的项圈，将天空围成圆洞。四周绝壁，天井般笔直而下，长长的裂纹一眼望不到头，镌刻着高墙般崖岩突然整片整片崩塌的壮举。凝望这些势如破竹的纹理符号，仿佛听到远古时代山崩地裂的爆炸声和岩石大块的跌落声。断崖太高，远看又分为上中下三种不同颜色：最上一层，照进了天光，石色斑斓；中间一层，罩在阴影之中，黑压压一片；最下一层，是灰色的水世界，云雾朦胧。

那个在上面坑口一点也看不到的洞穴却是一个数十米高的拱形大洞。洞里一团漆黑，神秘莫测。洞外地势骤降，乱石累累。一条巨大的地下河从黑洞中呼啸着奔腾而出，引起洞穴内外的岩石一阵阵欢呼呐喊。暗河紧贴东侧崖壁狂泻而下，在乱石中激起一排排浪花，浪阵随石阵变幻形状，或扭成 S，或绞成麻花，或扎起辫子。河边有数块布满苔藓的大石，递次分布，形成巧妙的峡谷。河流出洞不久，便被峡谷逼进右边约 50 米外的又一洞穴，转眼不见踪影。

我的想象越过洞口，进入幽深黑暗的洞穴，隐约看到地下河沿峡谷左冲右撞。狭长的洞穴连着许多支洞，支洞下面还有竖井，竖井之下又有洞窟、隧道。地下河在迷宫般的洞穴中如鱼得水，无孔不入。

天坑之奇不仅在大山崩塌之强烈，断崖绝壁之高，而在崩塌的土石碎屑被整体搬走。如果只有崩塌，没有塌陷之物的清理搬运，天坑断然不会如此之大。而 1 亿立方米的碎石能干干净净地运走，毫无疑问是一丰功伟绩。这一奇迹显然来自那条来无影去无踪的地下河。它定是将石头边搬运边溶解，最后将山体化成了河水，一部分流入大江，一部分再循环返回，通过滴漏积淀，再造钟乳石奇观。

从坑口到坑底共 2600 个台阶，2.7 公里。然而计步器显示我到坑底已走了4公里。原因是我沿途为了打量风景，多走了许多岔路。从坑底往回返更加艰难，连续出了几身大汗，才回到坑口。

东侧绝壁上端有一"莲花洞"，供奉观世音像，洞口就在路边，有长者守护。返回时进去拜访，只见洞穴幽深，洞壁滴水如雨，洞底泉流成潭。长者和善，主动引我观赏洞里潭水中盲鱼。我在大石围天坑博物馆见过盲鱼照片，无鳞，体色略显肉红并透明，眼睛退化，据说是长期在没有光线的地下生活所致。但此洞水中盲鱼为黑色，像大蝌蚪。长者介绍，这些盲鱼在黑暗中呈现白色，透明，有微光。洞口天光照进来，立刻变为黑色。它们好静，趴在水中长久不动。

小寨天坑南面10多公里外的三角坝乡，有一地缝式峡谷，共有37公里长，有些地带垂直深度达200米以上，缝间距离不过10米，狭窄处仅容一人通过。坐一私人面包车过去，景区售票人员告知，因前几天大雨，河水暴涨，淹没了游览线路，暂不开放。在当地村民引领下从外面查看，只见峡谷之中有一条裂缝般深壑，从北向南延伸而去，沟壑中时有清澈泉流和蓝色深潭显露。据多位村民介绍，有一英国探险家从裂缝沟壑中走了进去，最后从天坑中部的洞穴走了出来，自称看到了地下河和许多大鲵。

村民又告，三角坝地下整座山都是空的，有人挖地基时听到了地下河流水的声音。地缝中有地下洞穴出水口，当地村民相信地缝峡谷的水与天坑地下河贯通，最终流入长江。

返回奉节，反复看长江中下游地形图。突然发现，从武隆到小寨的诸多天坑地缝，似乎在暗示着四川盆地和长江三峡的地形结构。四川盆地，越看越像一个天坑，它的塌陷，巧妙吸引周边众多河流一起汇合成长江。而长江三峡，越看越像一条地缝，它引领江水借助谷壑崩塌，向东穿透重重山脉而奔流入海。

天坑地缝，在塌陷中昭示着山与水的生死之恋。断崖、陡坡、滚石，对于山，是粉身碎骨的陷落；对于水，却是飞速流泻的宝贵地势。山体崩塌，换来地下河的兴盛。水借陡峭地形奔流而下，势不可当。

写于 2017 年 11 月

大石围天坑群

据说世界上已发现并确认的天坑共有78个,其中52个在中国,广西乐业天坑群集中了28个。深与宽均过500米的为超级天坑,全球屈指可数。而乐业天坑群的大石围天坑深613米,宽600米,排名世界第二,仅次于奉节小寨天坑。因大石围的名气,乐业天坑群又称大石围天坑群。

一

我好奇于广西那么多溶洞都没有塌陷,为何单单在乐业这个地方出现一大群塌陷的大型漏斗——天坑?

从海拔150米的桂林坐高铁到百色市,再乘大巴一路向北,地势逐渐升高,喀斯特峰峦连绵不绝。到乐业县城,已是海拔1100多米。原来,这里是青藏高原、云贵高原巨大山脉向南奔腾入海的要冲。乐业周边,峰丛峰林特别发达,著名的百朗地下河全长160公里,水势浩大,乐业天坑群恰在地下河冲击力最强的中段。

乘乐业至花坪乡的班车到大石围天坑景区,转环保车向西北方向行3公里左右,在西边看到了流星天坑——直陷290米深、围壁陡峭的锅底型大坑。在东面望见了234米深的神木和312米深的白洞两大天坑,坑边皆有从半座山峰劈下的三角形峭壁。再向东北方向行5公里左右,到达大石围天坑东峰南侧。下车前行百米,进入马蜂洞地下河遗迹。

一进洞口,便是一个巨大的下沉式洞窟。洞口天光照进洞中,可见洞壁伤痕累累,乳柱因失水而枯萎断裂,崩塌的碎石堆成了陡坡。沿弯曲石梯下行,良久,方到洞底,前面却是一个低矮的隧道。入隧道,灯光亮起,见洞壁岩石皆坚硬如铁,河水冲刷石面的流痕如刀剜斧劈。约莫百米,数根石柱挡住去路,近前一看,皆为衰朽失色的石笋,上粗下细,似一触即溃。从旁边小心绕过,前面又是一个下沉式大洞。此时方才明白此洞两头大、中间小,因而名马蜂洞。洞中乱石如洪水般向下逐级分流,有200米左右,向前猛然冲出一个又高又宽的天窗。天光进入洞中,照见两边岩壁流水冲刷痕迹如海水波纹。走到洞口,正对西峰绝壁裂纹组成的岩画。洞口边上,有一棵钟花樱桃长成大树,树皮棕红鲜嫩,树形优美。树边长有许多古老蕨类植物。

据地质勘查,马蜂洞即地下河古道,后来崩塌为天坑,地下河改道,此洞成为旱洞。新的地下河去了哪里?据当地资料,10多年前,曾有中英联合科考队以绳索牵引,下到沟底,在西北角发现一个洞口。进入洞中行走1公里多,发现地下河和盲鱼——中华金线鲃,但随行一名队员不慎跌入暗河,竟无影无踪。此刻我在马蜂洞口探头向下望去,除了浓密的一片原始森林,什么也看不见。

从马蜂洞原路返回,向右前方翻越山岭,来到西岭观测台,向下探望,东峰、西峰和北峰三座崩裂绝壁似万丈高墙,从天垂直而降,大石围成一个巨型圆柱体,密不透风。目光飞至坑底一带,仍然看不到洞穴。倒是在马蜂洞右下方约200米处,看到了一个漆黑的洞口。

转身又攀爬至海拔1486米的西峰峰顶,反而又看不见大石围天坑的坑底了。但见四面八方绿色峰丛纷至沓来,偶有星星点点的灰白岩崖点缀其间。峰峦的相对高度有限，不过数百米。但它们的基座是海拔1000多米、数百座峰峦连为一片的山体，显示出云贵高原余脉的稳定优势。

这时凝望东峰、北峰绝壁，黑白相间、斧劈刀削般的裂纹近在咫尺。远古时代发生的一种势如破竹的崩塌突然在脑海显现。看来，地下河冲蚀溶洞，如厨师切肉。横向的溶洞塌陷，如剠着丝切肉，只能一点点切下。但纵向的岩崖崩塌，必如庖丁解牛，顺着丝一撕一大片，产生裂变效果。

二

从大石围天坑出来，想去能到坑底的穿洞天坑，被告知因雨季崩塌，道路阻断。于是去乐业地质博物馆找到工作人员，请教还有什么办法能去天坑底部。他们推荐我去大曹天坑，此坑底部连着5万多平方米的红玫瑰大厅洞穴。

去大曹天坑的山路约15公里，没有公交车。找了一辆私家车，只送不接，50元。乘车沿西南方向山路前行，秀美峰峦从车窗外纷至沓来，好几处山崖露出黑黝黝的洞穴。约半小时，到达仅有20户人家的大曹村，得知天坑以村庄命名。

下车向一位村妇询问，有无年轻人愿意带路。她立即叫出刚满20岁的儿子，要价100元。小伙子叫张德富，会说普通话。他带我沿村南沟壑向山里走去，山路泥泞，不得不踩着草根走。裤腿扫荡着雨水未干的草丛，不一会儿湿透。但天气凉爽，风里充满了高原的气息。小伙子告知，这里夏天不热，睡觉要盖被子。冬天下雪，冷得很。

行半小时，到达大曹天坑西侧洞口。只见东面、南面的大片绝壁高墙般立起，底部隐约显露黑洞；西面、北面却是碎屑岩崩塌而成的斜坡。小伙子向下指了一下洞的方向，便想返回。我说这可不行，说好了你带我进去看红玫瑰大厅。小伙子苦笑着只好继续带路。

原来下行之路十分险恶。连日下雨，斜坡浸满了水，踩上去如入沼泽。所谓的"路"根本看不见，到处是密集植被。山坡陡峭，地面遍布苔藓，为防滑，不得不时常侧身、弯腰或蹲下，手扶岩石和树干小心挪步。天坑里封闭，阴湿闷热，不一会儿，大汗淋漓，浑身衣服湿透。此时再看坑底，竟如深渊一般，越走越陡。不小心滑倒一次，沾一身泥，幸有大树挡住。爬起来，觉得手上又痛又痒，问小伙子怎么回事，他走近一看，告我被荨麻蜇了，痛痒一阵就好了。

到了沟底，一座巨型石塔屹立眼前，如洞窟卫兵。往前一看，那洞口又在上方。洞外斜坡极陡，坡面土石铺满厚厚苔藓，比适才斜坡还要滑，且没有树攀扶。小心攀爬至半腰，回头往下一看，竟如悬崖。一旦滑倒，后果不堪设想。此时，小伙子在前谨慎探索脚踏点，每行一步，回头用手拉我一下，终于安全到达洞口。

进入洞中，却发现自己又在一座山脊上，两边皆为陡坡。洞很大，但洞口却被高岭截去一块。洞顶水泻如柱，底部已形成储水的流石坝。小伙告知此水清甜可饮，并俯身喝了几口。

我向洞内张望半天也没看清洞穴走向，小伙子向右下方指去，说下去才能看见。得知我没带手电筒，他建议到此为止。我不甘心，建议用手机代手电筒。于是两人向洞底走去。

洞里到处滴水，不过有许多大滚石可以攀爬，比洞外好走。下至底部，果然发现一个小小的洞口。开启手机"电筒"，向下一瞧，深井一般，漆黑一团，有一简陋焊接铁梯紧贴井壁。

缘梯而下，方觉是垂直而降，不得不转过身退着走。铁梯很细，摇摇晃晃，感觉随时会跌入深渊。小伙子告知，以前没有梯子，村里人都是用绳子拽着下来的，若没有绳子，下不去，也上不来。

原来这是一个典型的洞中竖井。感觉用了很长时间，才下到井底。井底稍微宽阔，但前面又出现陡坡，用手机灯光照着，小心探身下去，终于到了号称红玫瑰大厅的边缘。但前后左右一片漆黑，靠手机的灯光只能看到近处的一点洞壁。干脆约小伙子关掉手机，体验一下洞内无光的感觉。结果黑上加黑，如同掉进万劫不复的深渊，层层叠叠的黑暗像枪林弹雨杀奔而来，身上不禁打了一阵冷战。于是返回。

小伙介绍，大曹天坑之洞直通北面数公里外的谭家洞。其中还有支洞，在支洞中可见地下河。

此行得知，乐业天坑群有三种气候并存：地表为凉爽的高原气候，有"小东北"之称；天坑内封闭阴湿，形成类似热带雨林的小气候；溶洞中温度较低，像恒温空调。

回到村里，找到另一位小伙，开摩托车送我回县城。

三

乐业天坑群东北方向16公里处，为罗妹莲花洞所在的九连峰。洞中地下河为百朗地下河的上游支流，奇怪的是，此处水势比下游还大，河水经常暴涨。

在罗妹莲花洞附近的乐业汽车站宾馆住了三晚，天天下雨。山上山下众多水流泛滥，岩层的断面上，水沿着黑色纹理瀑流般泻下。地面到处在塌陷。

趁雨停了的时候，抓紧游洞。刚到洞口，却又下起"大雨"，抬头一看，"雨"不是从天上掉下，而是从上面石崖泻出。进了洞，只觉得洞顶石缝中，小雨、中雨、大雨一齐下，夹着水柱、水帘，如瀑布群，即便打着伞躲闪，衣服也被溅湿。此洞从头到尾是一条怪石林立的峡谷，浩浩荡荡的地下河沿谷底奔流而下，时而波涛滚滚，时而激流狂泻，时而涡流回旋。洞中流水声、溅水声、瀑布声及各种

"雨"声汇聚交响，经穹形崖壁上凹凸不平的钟乳大块来回折射，形成天然的音乐厅效果。

这是一个年轻的洞穴，钟乳石发育尚在婴儿时期。洞壁粗糙如毛坯房，地上冒出的多为未成形的石条、石礅，洞厅垂坠着面目狰狞的石乳，许多乳笋乳柱还在胚胎中。地下河的飞湍激流在不停地溶蚀石灰岩层，开辟着广阔的溶洞空间；溶解了石灰岩的水乳四处滴漏积淀，重新造石——先造毛坯，再精雕细琢。各种石头胚胎浸泡水中，圆润透明，正以肉眼看不见的速度蓬勃生长。有的崖壁出现了发育成熟的石瀑石挂，如万千条固化的细流，晶莹剔透。

行至一半路程，峡谷突然开阔，一片片梯田式流水坝从洞壁高处渐次流泻下来，在低洼处又变幻成一个个大型浅水湾。在丰富的地流水积淀下，湾中孕育出许多莲花盆状流水坝，有的盆盆相叠，盆中有柱、盆中有"树"。洞内各种流水坝莲花盆共有269个，盆中盆有600多个，有一号称"莲花盆之王"者长9.2米，宽4.44米，平静如镜，银光闪闪，据说是世界上罕见的大莲花盆。

继续下行，洞中峡谷转而变窄，河床陡然跌落，忽见一片玉石般圆润的大型石瀑于半空中逐级泻下，在黑暗的洞穴里闪着隐隐白亮，如夜空下的雪山。近前一看，有涓涓细流从石上溢出。过石瀑，水石喧闹声又起，一条更宽的地下河从旁边大洞奔腾而出，与莲花洞暗河汇聚一起，形成滚滚洪流，翻卷着大浪，向山的西南角洞口涌了出去，直奔大石围天坑方向。

地下河的入口，在罗妹莲花洞南面100米左右的山脚下，我到洞口看了多次，水势同样壮观：一条长河自北向南紧贴山脚冲荡过来，至洞外500米处，与自东向西的另一条河汇聚，然后顺山势流入山洞；洞内河道狭窄，河床陡坠，逼迫拥挤的水流迅猛狂泻，但一遁入洞中，顿时不见踪迹。

入口的河和出口的河是否同一条河，无人知晓。我猜地下河与地上河是完全不同的水脉。地表水虽有高低之分，但只在一个层面、一个方向流动。地下水得管网式洞穴之利，在多个层面、多个方向同时流动，互联互通，快速循环并形成强大水压，上下自如，自有地上无法比拟的优势。

当地人说，罗妹地下河的水位很奇怪，有时很远的地方下雨，这里却涨了起来。有时这里的水涨起来，下游百朗峡谷的地下水却不涨。

四

在大石围天坑询问导游，有没有发现海洋生物化石。导游说没有。回到县城地质博物馆问馆长，说有。博物馆展陈还没布置好，馆长让工作人员何庭杰先生带我去库房看实物。何先生到库房一下子就搬出一块贝壳化石，顺便赠送一本乐业天坑群地质考察报告，里面印有珊瑚化石照片，可惜实物淹没在化石堆里，一时难以找到。他告知，大石围西峰岩壁、逻西乡马庄的鱼里大峡谷皆发现许多海洋生物化石。

喀斯特岩层和珊瑚礁皆为石灰岩结构，二者是何关系？查有关地质学资料，石灰岩的90%是由海洋中的有孔虫、放射虫、硅藻等浮游生物的遗骸沉积而成。大石围天坑海洋生物化石可证，云贵高原的石灰岩与海洋珊瑚礁有密切关系。乐业地质公园博物馆馆长说，有专业人士认为珊瑚礁是喀斯特的重要来源。我问：珊瑚礁来自热带海洋地区，为何喀斯特出现在温带甚至冷温带？答：这是地壳运动、沧海变桑田的结果。

一个奇妙的地球故事。珊瑚族群，通过吸收海水中的钙和二氧化碳，以骨骼与外壳造出石灰岩礁盘。火山熔岩洪流在地下奔流起伏，地壳板块波浪般迁移运动，使沧海变成桑田，水下珊瑚礁变成水上喀斯特。水，不甘心离开岩石，进入地下溶洞，溶解掏空石灰岩，又把石头变成水。带着矿物质的水又在溶洞中以多种形态滴水生石，再造钟乳石奇观。于是，一个新的地下世界出现。

写于 2017 年 10 月

织金洞的滴水生石奇观

云贵高原及周边的洞去了不少，感觉各有特色。若论地下河水势浩大，当数绥阳双河洞和安顺龙宫；若论洞厅面积宏阔，利川腾龙洞和紫云格凸河燕子洞给人印象深刻；铜仁九龙洞的巨型石笋、乐业莲花洞的大型流石坝、张家界黄龙洞的"定海神针"、荔浦银子岩的"珍珠伞"，皆为溶洞珍品，值得一看；然而若论钟乳石的总体规模和品相，哪里都比不上织金洞。

世上已有"黄山归来不看山""九寨归来不看水""织金归来不看洞"的传言，我以为这些说法难免以偏概全。黄山只是海拔 2000 米以下青山绿水的俊秀，与高海拔的雪山冰峰没法比；九寨沟的水虽美，但没有大江大河和高原湖泊的阔境；织金洞是钟乳石集大成者，但不能取代其他喀斯特溶洞地貌。不过黄山、九寨沟、织金洞这样的美景，确实像一部好书，读一遍不行，需要读两遍、三遍，甚至反复读。单说织金洞，我已去了两次，觉得远远不够。

织金洞位于贵州织金县的官寨苗族乡。从外表看，其周边山势平缓，其貌不扬。好像是故意伪装，山岭尽是杂树丛生的乱石岗，没有桂林那样秀美的喀斯特峰丛。洞的入口隐藏在山西侧南坡一片岩石下面，看上去不大。

一入洞中，却是一个下陷很深、顶端空阔的大型洞窟，名为"迎宾厅"。洞顶零散地悬挂着小型钟乳石,洞内分布数座高大的岩溶堆积物,中央两座石堆如昂首蹲立的雄狮,吓人一跳。旁边有一湾黑色闪亮的潭水,石狮与周边石笋的影子在潭中重叠交错,漆黑一团。石阶路贴着一片峭壁延伸下去,走到洞底,回头一看,两个洞口一左一右高悬上方,太阳的光柱笔直投射进来,照在洞壁苍翠的苔藓和蕨草上,将阳光与生命的关系鲜明显露出来。

出"迎宾厅",进入狭窄的洞穴长廊,下一个大坡,又爬一个小坡,到达塔林洞。这是一个面积为16000平方米的大型洞窟,如金碧辉煌的宫殿,密布着百余座高大石塔。石塔的雕饰各异:或满身挂着石瀑、石花;或披着一层层盔甲似的石幔;或布满细长的石管,时有石锤、石瘤在曲折处郁结鼓起。塔林中耸立两株奇特石松,一株浑身黑褐色,酷似针叶的小型石乳聚成松枝,密集凝结在主干上,下粗上细;另一株将三段塔状树形上下叠加,似三棵树接在一起。两棵石松的黑褐色树冠,都有薄薄的白色石盖,名为"雪压青松"。

我有意观察石松枝叶,实为千窍百孔的熔岩组织。再看洞里其他光滑坚硬石头的断裂面,都是这样细小密集的孔穴,其中渗透了大量滴水。每一块钟乳石,便是一个网状的互联互通洞穴体系。这让我想起在海南岛棋子湾捡过一块珊瑚遗骸,从空中往下倾倒,竟然倒出许多海水。看来钟乳石和珊瑚礁一样,是一个科学精密的储水器。蓄水在其中多如牛毛的管道中循环往复,便可产生流水不腐的效果。这似乎在暗示,整个云贵高原,就是这样一个藏有海量地下水并可循环流动的管网式洞穴结构。

穿过塔林,景物突变,一片空旷的荒原横亘面前。洞窟中的岩溶堆积物少了,嵌空漏透的石雕换成一座座浑然一体的丘状峰峦,洞内变得荒寂、冷漠。暗淡的灯光从底部将峰峦的黑影放大了数倍,投射到洞壁,形象怪异。洞顶平坦开阔,像月光下的天穹,一些稀疏的石纹如淡淡的云。在云的图案里可以看到各种飞鸟、走兽，还有一些影影绰绰的人物……不一会儿，到达望山洞。这里是洞中枢纽，可通往各大洞穴景区。指示牌标明：右边一条路走十八盘，绕二十七拐，登四百四十一石级进"南天门"，入"灵霄殿"；左边一条路经四百二十二石级进"北天门"，入"广寒宫"。"灵霄殿"与"广寒宫"又可互通。

我先走"南天门"。这是一座藏在地下的高山，山脚陡壁上布满与众不同的紫色石葡萄，个个圆润饱满。石阶路紧贴绝壁向上攀爬，沿途正好将山上的钟乳石看个仔细。奇特的是，越往高处走，水势越大。路面又湿又滑，岩石的缝隙中到处渗水，有些大的罅缝漏水像下雨一样，但路边的岩溶石雕在水的滋润下倍加鲜活生动。一排排光滑整洁的石管浑身滴水，轻轻叩击，发出高低不同的音响，很像教堂演奏的管风琴。由此加深一个印象：水，是钟乳石的生命源泉；钟乳石的品质形色，全赖水质水量的好坏。在溶洞世界里，观石，实则是看水。

攀爬20多分钟，过"南天门"，到达洞内最高处"灵霄殿"，不觉出了一身汗。此处海拔1321米，比洞中最低点高150米，比海拔1301米的洞口高20米。整座山岭从洞口平坦处算起，高不过百米，因而此处离山顶仅有几十米厚。适才在洞外所见绿树覆盖的整个山峦，里面竟是一连串藏有岩溶珍品的大型洞窟！

记得游乐业莲花洞、铜仁九龙洞、张家界黄龙洞、桂林冠岩时，虽然钟乳石都很漂亮，但规模有限，大约1小时，便可游完。然而这织金洞，地下珍品好像无穷无尽。此时已经走了一个半小时，行程刚过一半，洞内钟乳石雕塑的大幕却似刚刚拉开。仰头一看，对面洞壁垂下宏伟的百尺石帘，其上铺开奇异的岩溶石挂：柳条垂拂，麦穗倒挂，海蜇晃动触须，帝王的冕旒垂坠，古代仕女头饰步摇……饱含冲击力的垂直线条和精雕细琢的曲线花纹搭配成复杂图案,忽而凸起,忽而凹陷,在石帘上掀起大型浮雕的高潮。

洞窟中央,坐落着众多塔状石笋,其中一棵石柱拔地而起,直抵洞顶,足有17米高,名为"擎天柱"。柱上满布精美的石雕:弯曲的石垄从底部盘旋而上,其间散布低矮的花木,有十几个"小猴"正沿石垄和花木攀爬石柱。石柱身后还有水池,有石莲漂浮水面。

我诧异于这样的钟乳石怎样从洞底一点点长成如此气吞山河的模样。那是含有岩石成分的水从洞顶岩缝中一滴滴落到洞底,然后沉淀为石头,日积月累,逐渐变大。虽然溶洞本身也是水溶解石头的结果,但是水通过持久不懈的工作,又还原出更美的石雕艺术品。原本物理意义的滴水穿石,在这里转变为发生化学反应的滴水生石,且久久为功,造就了地下山水奇观。

沿着高高的石阶路继续前行,不一会儿便到达赫赫有名的"广寒宫",这是一个与"灵霄殿"海拔高度差不多、面积却大了数倍的洞窟。洞中石塔、石松粗壮,如小型峰峦。走不多远,忽见一汪静静的潭水之中,立起一座金光闪闪的复合型岩溶石雕,它的下半身酷似古代武士头盔,头盔下面半镂为空,里面有鲜活的石芽露出;头盔之上又伸出一长一短两根粗壮的石笋,石笋周身雕满石花。它华丽的身影借灯光倒映在水中,一动不动,发出耀眼的光芒。

尽管标示牌显示,这便是身高17米的镇洞之宝"霸王盔"。我还是在它身前身后转悠了很长时间,一直怀疑它的真实性。盯住它上方的洞顶望去,岩层裂纹并无异常,只是有数条水线以不同的速度流落到它身上。那些溶解了石灰岩的地下水,是通过怎样的设计和渠道,积淀成如此震撼人心的艺术品?空中落水的流量并不大,但石雕前深不可测的黑潭,证明此处水系远远超出人的肉眼所见。那些水线在流落的过程中,必是受了什么力量的驱使,改变了原来的单调与乏味,然后以生龙活虎的姿态,共同凝聚并创造了这一杰作。

转过"霸王盔",眼前出现了一片辽阔的荒原,一个狭长的地下湖纵列其间。看不清湖岸的总体轮廓,只有隐隐约约的水面泛出微弱的光。这再次证明,"霸王盔"周边连着庞大的地下河水系。由于洞窟太大,黑暗如夜空,向四面八方弥漫,灯光即刻变小了许多,如天上眨眼的星星。湖的对岸,亮起了一排强烈的灯光,隐约可见长长的巨型浮雕图案,其间有石挂群、石瀑群、石树群、峰林、峰丛、花园、蘑菇园……似将此前出现的所有石雕种类囊括其中,从各个角度记录了地下河流的盛大场面。我从那些多姿多彩的石雕身上,仿佛听到了激流奔腾、飞湍翻滚、浪花四溅的轰鸣声。而岩缝石孔中泻出的各种线状和非线状细流,在此切磋琢磨,生石造石,不知辛勤劳作了多少岁月?

行至洞厅尽头,又进入一片峰岭起伏的山地,只觉阵阵寒气迎面袭来。继续前行,洞中石雕越来越美,岩壁上出现三级华盖形状的奇特石盔。走进一片幽深的低洼处,数座威武粗壮的石塔,满缀着精美的石幔、石挂,紧紧围成一个圆圈,簇拥出一棵名为"银雨树"的石笋。它的造型极为奇特:卷曲的石花围绕笋柱从下往上一圈圈绽放,越来越细,最后石花变成布满毛细管的石葡萄。远望过去,像一个气质高雅的冰美人,立在玉盘之上,神圣不可侵犯。洞内所有的石笋都呈灰色、乳黄色或铁青色,唯有它周身雪白,银光闪耀。据说这样玉石般的品质,只有至清至纯的地下水,在亿万年的滴淋过程中不受丝毫污染,才能逐渐凝结成功。它和霸王盔堪称绝配,皆为地下溶洞的稀世珍品。

我远远地凝望这一灵物,好像感受到来自宇宙深处的信号,不由得产生敬畏之心。我知这织金洞保存了如此丰富的钟乳石珍品,是一个不可思议的奇迹。查《徐霞客游记》,在云贵高原及周边以洞穴考察为主的内容占了很大比重。徐霞客曾两次入贵州，仔细考察了黔灵山古佛洞、威山三明洞、安顺石佛洞等十几个洞穴。然而，他对织金县一带的溶洞毫无察觉。织金洞，凭借表面不显山、不露水的风貌，在云贵高原腹地藏匿了数十万年而不为人知。而"霸王盔"和"银雨树"这样的珍宝，又藏在织金洞最深的地方，更是超越一般人的预料。溶洞一旦被发现并开发为旅游胜地，钟乳石的"生命"便受到威胁。人工设施和人类的活动不仅打搅了洞内的宁静，而且有可能破坏石与水的生态环境。徐霞客曾经到过的桂林七星岩、冠岩及北流勾漏洞等洞穴，钟乳石已经老化、变质。因发现晚而充满活力的这个溶洞又能维持多久而不衰老呢？我不禁为它的命运感到忧虑了。

在"银雨树"一带留恋许久，觉得溶洞似乎可以观止。不想转过"广寒宫"，又是一个名为"十万大山"的最大洞厅。地形地貌完全变了，视野中唯有连绵不绝的山峦。灯光被重重的山峰遮挡在狭小的范围，投到洞顶的山影却被灯光拉长拉扁。山间有浓厚的云雾缭绕，灯光被雾晕染，形成扑朔迷离的景象。在峰林中穿行，看不清峰岭谷壑的细节，只是感觉山形忽高忽低，山势忽陡忽缓。待登上高处一望，由近及远，一层层黑乎乎、大小不同的山影，夹着一片片雾蒙蒙、令人眼花的光晕，如千奇百怪的巨兽，在黑暗中蠢蠢欲动。

眼睛已疲惫不堪，感觉洞中美景总该看得差不多了。不料刚出"十万大山"洞口，又见一处名为"掌中宝"的奇观：危石乱叠、石笋林立之中，突起一块翻卷向上的大型贝壳石雕，贝壳里面像珍珠层一样光洁白皙，壳中有一簇雪白的花苞正待开放，恰似一只巨型手掌中托着的宝物。此物的造型不像来自陆地，难道是海底世界的珍宝吗？我不禁有进入古老的海洋之感了。

过"掌中宝"，在狭窄洞窟穿行不久，发现远处有一缕天光照进洞中，终于到了出口。出洞后觉得很不习惯，再看洞外景物，竟然都很陌生，好像换了人间。

  返回织金县城，向当地人打听得知，织金洞原名为打鸡洞，由该县自己组织的6人勘查队于1980年4月初，在官寨乡东面山腰处发现。勘查队员携带冲锋枪、五节电池的手电筒、绳索，从洞口进入，下陡坡，翻峭壁，过水塘，攀"南天门"高峰，进入迷宫般的洞穴，经过9个多小时的穿越，方才到达"广寒宫"一带，见到了稀世珍宝"霸王盔"和"银雨树"。不料回程时迷了路，到处碰壁之后，累得筋疲力尽，在惶恐中侥幸返回。消息传出后，经有关专家团队科学考察，最终确定建立织金洞国家地质公园。

银子岩玉笋乳柱

游了贵州织金洞，便想再看桂林溶洞，重新比较孰优孰劣。从北京坐高铁到桂林，先去了七星岩、芦笛岩，见洞内的钟乳石大都颜色发黑，萎缩退化，把20多年前的美好印象完全破坏。又看了冠岩，虽有36米洞中电梯和地下小火车诸多景致，但钟乳石的形色和阵容都很一般。经打探，得知荔浦县有一名为银子岩的溶洞新秀，钟乳石堪称一绝，于是迫不及待地出发。

从磨盘山码头乘漓江游轮至杨朔，一路上不停碾压、追逐山影树影，忙得不亦乐乎。下船后乘旅游大巴沿漓江向南行驶，在山水画廊中东张西望，又穿梭了20多公里，累得眼睛发涩，方到达荔浦县马岭镇银子岩景区。

这是一片由12座秀美山峰连缀的画屏，中间一峰高高耸起，两边数峰均匀排列。它和象鼻山、独秀峰、九马画山诸峰一样，皆为漓江岸边典型的喀斯特地貌峰峦。岭脊的线条起伏如波浪，但节律舒缓，并不惊险。山上绿树繁茂，偶有布满花纹的岩石裸露。中间最高峰的东北角，便是洞口。洞的左右，各有一个地下水系涌出来的湖泊，让我顿时对洞中景色充满信心。喀斯特溶洞的奇妙在钟乳石。钟乳石形色好不好，不在石头本身，而在水势。织金洞钟乳石之所以名冠天下，靠的是洞中充足的水源。七星岩洞中的水越来越少，钟乳石的形色便不如往日。因而不管什么溶洞，先从水势便可猜出钟乳石阵容的大概。

刚进洞中，便听见淅淅沥沥的滴水声，继而有又大又凉的水珠落到脸上、脖子上。借昏暗灯光望去，洞壁上下都是湿漉漉的，地面石阶又湿又滑，洞顶各种形状的钟乳石都在纷纷"下雨"，岩层罅缝处水流如柱。没走几步，一个名为"荔浦芋头"的大石礅横在眼前，果然周身是水，圆滑光亮，上端有水珠从洞顶吧嗒吧嗒滴下，像母亲的乳汁喂养一个胖娃娃。

那确实是一种很特别的乳汁：含有二氧化碳的水溶解了石灰岩中的碳酸钙，成了液体石乳，完成化学反应的滴水溶石过程，再从洞顶上滴下来，二氧化碳溢出，被溶解的钙质又还原为奇形怪状的固体石乳，形成滴水生石现象。钟乳石生长极为缓慢，按每年 0.13 毫米的平均增长率，看似不大的一块石礅，没准已有成千上万年的石龄。

过石礅，旋即进入逼仄的峡谷，沿陡峻斜坡拾级而上，见两侧崖壁旁剜内刳，穴罅漏洞奇形怪状，随处可见水溶岩石的强烈痕迹。有一处被名为华清池的地方，从斜坡上猛然陷出天井式深洞，洞底为一阴森可怖的深潭，隐约可见微弱灯光映照的石影。横向望去，迎面井壁上又剜出一上一下两个圆洞，每个洞自成一方天地：洞顶乳柱缤纷，呈飞云缀空之势；洞底水湾中玉笋攒簇，遥相呼应。透过石笋向里张望，洞窟深不见底，似有许多镂空的内窍旁穴隐藏在黑暗中。

过华清池，进入一片隧道式洞穴，穹形洞顶有许多裂痕，漏水如帘幕，即便打着伞，衣服也被溅湿。沿隧道上行，约莫翻过一座山岭，向左一转，眼前出现一片开阔深邃的洞穴，平整如刀切的洞顶垂挂着巨型石幔，数根粗大石柱拱卫洞口，洞壁满布石花石树雕饰，俨然一座地下宫殿。殿中石坡上，依次排列了形态各异的石笋，如众罗汉聚会；中心有一石帘围绕的浮台，台上一尊石像如人端坐，名为佛祖论经。此处钟乳石已渐成阵势,但还算不上新奇。

洞中山路越来越陡峭,石幔石挂逐渐增多,石雕形状更加漂亮。在昏暗中穿过一片狭窄的长廊,景致突变:迎面高大的崖壁上,名为"音乐石屏"的一群管状钟乳石瀑布般流泻下来,每根石管都是一条均匀细长的水流,冰雪般闪亮;顶端源头由数条更细的泉流汇聚而成,至末端复又分成细流。依次轻轻敲击水流状石管,便如管风琴一样奏出空灵曼妙的音乐,给人以温暖的感觉。整个石瀑群雕设计精致,排比匀称,样子也很像音乐厅里的大型管风琴。

沿石坡右转,穿一狭长隧道,衣服被洞顶漏水浇湿了许多,抬头一看,又是一片巨型绝壁,一群精致的钟乳石雕像紧贴其上:深浅不一、薄厚不同的石幔、石管从上倒悬,如泻下大大小小的水帘、瀑布;奇形怪状的石笋、石塔,挂着精致的雕饰,喷泉般从地下冒出,与洞顶垂下的石挂巧妙穿插。群雕脚下,是一片开阔深邃的水潭,莹润的石雕群像拖着长长的影子倒映下来,给漆黑的潭水增添了光怪陆离的色彩。绕到崖根细瞧,各种石雕相互勾连盘结,又组成层层叠叠的洞穴、峡谷,确有些它的名字——"瑶池仙境"的意味。

继续右转上坡,突然看到一片更大的崖壁从上到下布满了石瀑。石瀑中的管状细流与方才所见"音乐石屏"十分相似,在其他溶洞也能见到,但面积之大,实属罕见。千百条十几米高的细管从上到下打造得均匀细致,无一点瑕疵,是真正的长流水不断线。细管的边缘,缀有许多发丝般的微雕,令人想起水流被风吹散而成的水雾。石瀑浑身上下湿漉漉的,莹润圆滑,不用灯光,自身便发出强烈的银色光芒,将周边洞窟照得一片雪亮。我惊奇那些光泽,如何能从漆黑一团的洞窟中发生出来。这里远离地面,它们不可能反射到阳光,莫非是石中原本含有的晶体发出了光亮?抑或水与石的交融碰撞出了火花?此景被命名为"银子钻石",为银子岩景区的标志性景观。

此刻人已在半山腰，向外望去，洞窟高深广大，两座陡峭山崖夹峙，其间穴窍盘错，各种乳柱花萼层出不穷。洞愈大，愈觉得黑暗无边；因潮湿岩层发出的水汽，灯光蒙了一层晕，望着路边的钟乳石如雾里看花。沿山路向左转，到了对面陡坡，接着又向右转，看到名为"独柱擎天"的石笋。

这根擎天石柱下接半壁山崖，上接高悬的洞顶，长达26米。它是在洞顶滴水过程中，通过水分蒸发、碳酸钙固化，上面的钟乳石一点点往下垂，下面的石笋一点点往上长，经成千上万年锲而不舍的滴水生石，最终连为一体。此种石笋在张家界黄龙洞、铜仁九龙洞皆有，这棵石笋特点是主干之上，又分出三支细长小笋，犹如立于峰巅之上的老松，忧郁沧桑，枝干遒劲。

继续前行，盘山公路又变成隧道洞穴，且不断盘升。翻过一条岭脊，来到一座大厅面前，只见金银群塔布满四周，中间有一"神奇双柱"的石笋，根部粗壮多杈，主干一分为二，如连理枝一样紧紧相伴，笔直向上蹿出20多米高，临近洞顶数米时，又止而不前，摇摇欲坠。石笋从头到脚，缀满精雕细琢的石花和枝叶，其间又有无尽的穴孔窦窍，实为镂空的网状结构。此种石笋显然是滴水生石未完成的作品，再过若干万年之后，石笋与洞顶的空当必被新生钟乳石塞满。

沿洞中陡峭山路继续上盘，感觉逐渐攀上一座高峰，时而看到脚下谷底中刚进洞的游人身影，方知转了半天，又回到同一座山中。绕山前行，又过一个窄洞，"大雨"如注，快速穿了过去，来到号称"镇洞之宝"的混元珍珠伞面前。它是一座精心雕琢的伞状钟乳石，伞盖收拢如金字塔，笔直的伞把插在一个特制的基座上，形成中间大两头小的奇妙形态。它的身体，从上到下都缀满了雕饰，远看似佩戴一身珍珠，近看却是精美的镂空雕花结构。它像一个高贵的公主，气质优雅，神采奕奕，被一群石笋石柱紧密围绕，尤其是近前一大一小两棵石笋像两个守护的卫兵，很难近身。那些石笋，也是浑身雕饰，玲珑剔透，似满布中空外奇的蜂巢蚁穴。一滴滴携带矿物质的水如何造就此种类似生命体的石雕，确实令人费解。据说此种形状的钟乳石世界独一无二，堪与织金洞珍品"霸王盔""银雨树"比美。混元珍珠伞是佛教护法之大神北方多闻天王手中的神器，用它来命名眼前的天然熔岩石雕，大概是为了表达它的神奇。

仔细观察混元珍珠伞周边，石峰、石塔、石笋、石蘑菇星罗棋布，各种颜色、各种年龄的石幔、石瀑密密匝匝，恰似四世同堂。此间洞窟，集中了钟乳石的各种奇妙造型，进入滴水生石的高潮。珍珠伞又似一把金钥匙，开启了熔岩雕塑宝库的大门。由此向前蜿蜒穿行，紧接名为"艺术长廊""森林公园"部分，人物状、帘幕状、冰激凌状、石花石树状石雕艺术品层出不穷，似大江大河浩浩荡荡，一发不可收拾。

洞奇，必是水奇引发。银子岩主洞总长10余公里，开发只有五分之一。据悉洞内有地下暗河，河水清澈透明见底，河道宽敞可游船，与洞外湖水相通，但不对游客开放。洞内四处渗漏的水滴，无孔不入的泉流，断层迭落的瀑布，崖壁激荡的浪花；飞湍、漩涡、激流；江河、湖泊……这一切，通过点点滴滴的化学反应，造就了银子岩钟乳石大观。

沿盘山小路连续下坡，穿越了数个峡谷、隧道，方从进口的西侧出得洞来。回头一望，山色青青，浓荫遮蔽，看不出里面有巨大洞窟的任何迹象。

我和一些当地长者讨论起为何桂林的洞不如荔浦的洞。有人说这一片峰峦最早都是海洋，桂林一带先升为陆地，洞穴钟乳石年龄较大，荔浦一带地势隆起较晚，钟乳石比较年轻。有人说因为桂林的洞开发得早，荔浦的洞开发得晚。溶洞一经开发，水源便受到不同程度破坏，钟乳石的成色便越来越差。而没有开发的溶洞，水源充沛洁净，钟乳石颜色纯正无瑕。

查《徐霞客游记》，他的广西之游，痴迷于喀斯特地貌，主要精力用于探索地下溶洞。崇祯九年（1636年），他游遍桂林四周的虞山、叠彩山、伏波山、七星岩、象鼻山、穿山、狮子岩、冠岩等，仔细考察了60多个溶洞。后人到桂林看溶洞，大都逃不出霞客看过的地方，唯独这银子岩是个例外。它于10多年前才被发现，在《徐霞客游记》中没有记载。

雨桂林

世人以"雨桂林"比拟其喀斯特地区多雨气候。当地人都说这里一年到头雨季不断，最多时一年下过360天的雨。每年6月开始，雨量骤增，端午节前后必发一次大水。今年雨势尤猛。6月底7月初，连降暴雨，洪水泛滥成灾。

北方进入酷热天气。干旱的华北与江南的水灾是截然不同的世界。我想，如同冬天里能看到最美的雪山，夏天在赤道附近能看到最好的珊瑚礁，欣赏喀斯特水世界必是大雨滂沱的季节为佳。于是在"中雨转暴雨"的天气里，从北京坐火车到了桂林，刻意看看它这时的样子。

下车便进了铺天盖地的水世界。整座城市久泡在水中，憋得喘不过气来。天被云挟持，狠狠地压了下来。雨，噼噼啪啪落在屋顶、树上、伞上、地上，把白昼打成湿漉漉的黑夜。云层中时而冒出一片黑烟，便是一阵更猛烈的暴雨；地下通道、街头巷尾，到处都是很深的积水。一片片并未枯萎的绿叶和树枝被风雨摧折，散落地面。空中似有江河湖泊，不停地倒灌下来。

漓江变成波澜壮阔的长江。陡涨的江水漫过堤岸，冲进了房屋，淹没了街道、商店、码头、大圩、草坪、兴坪沿江诸镇悉数遭受重灾。在火车站桂林饭店，看到登记住宿的客人爆满，有不少桂林旅游学院学生因校舍被淹，到旅馆来住宿避灾。许多地方因水灾停电。

冒雨游古东瀑布，见山上大大小小的石灰岩溶洞一齐向外排水。石缝间、树根下流淌着无数条小溪，地下涌泉暴涨，汇成声势浩大的六级瀑布，在山谷中奔腾呼啸而下，下游河水由此泛滥，湖泊水位抬高。转身游附近的冠岩溶洞，洞中地下河猛涨，奔腾咆哮，声震如雷，船不能开。洞中岩层到处渗水漏水，时而如小雨、中雨，时而如大雨。地上积满水坑，洞内所有人工设施电路故障严重。

漓江封航连续数日，到桂林的游客皆滞留于城中酒店。7月4日、5日，暴雨稍歇，中雨不断，遇龙河、兴坪码头竹筏依然封闭，唯有从桂林始发的豪华游轮起航。赶紧买票，冒雨上船，见漓江浩浩荡荡，拖泥带水，竟是黄河一样的混浊。不过细看上去，水中又微微泛出丹红，颇有些赤水的味道。我怀疑上游有丹霞地貌，资源县天门山一带便是丹霞山水，离漓江发源地猫儿山很近。船员告知，这种颜色的漓江只有在连续暴雨的季节才会看到，一旦雨停，只要一两天，江水便回清倒影。

雨还在下，万千条水线从云层中垂泻，落在江面上，逗起无尽的涟漪水圈，又互相交叉扰动，引起更多图案复杂的波纹。远远近近的山被烟雨之墨涂成深深浅浅的灰影，一片苍茫景象。近岸的苦连树和翠竹被远方淡淡的山影衬托出剪影般清晰的轮廓，但投在浑水中的影像却模模糊糊，像即兴狂涂乱抹的牛马羊群。船行江中，搅碎了水中所有细腻紊乱的波纹光影，掀起一片片跌宕有序的波涛，与江水中的暗涌潜流扭曲在一起，使江面增添了强烈的动感。

漓江，从北向南穿越桂林市区的时候，便汇集桃花江，散出木龙湖、桂湖、榕湖、杉湖众多水系，并有叠彩山、伏波山、象山、独秀峰等前后簇拥，形成山水大观，雨季中又倍增了许多气势。自磨盘山码头向南，便进入密集的峰林画廊。一座座秀美山峦被高涨的江水淹没到腰际，又被云雾笼罩，远望过去，影影绰绰，似刚刚从水中冒出。山上绿树翠竹被雨水日夜洗刷，一尘不染。江岸崩塌的断崖绝壁，时而在云层里裸露出笔直的红与黑裂纹，是天然的斧劈皴笔法，与山顶白岩绿树合成的披麻皴相映成趣。

江流迅急，船速比以往游漓江时快了许多，颇有"朝辞白帝彩云间，千里江陵一日还"的味道。江面宽广，似数条大江合在一起并流。船行不久，便见江涛汹涌澎湃，水势壮激，岸边竹丛、树林被泛滥的江水冲倒者不计其数。许多长得不高的树被水完全淹没，有的只剩下树冠露在水面。陡涨的大水四处发泄，遇到低洼处，顺势荡出湖泊和水湾。沿岸的民宅，大多半身浸泡水中。

记得以前游漓江，众峰翠碧攒簇，江水清澈透明。山之倩影出没江心，将江水一并染绿，直将崖岩之红褐、农舍之灰白尽数吞没，阴柔之美弥漫了天地。这一次暴雨过后，漓江突然变成了雄浑的赤褐色，通体散发着阳刚之气，与两岸堆青叠翠的峰峦形成强烈对比。这时，岸边山坡上裸露的棕色岩壁，与水色发生了天然巧合，江水的波纹图案与崖壁的裂纹图形显示出奇妙的默契。细看江中水色，分明融入了大量的石色。

行至草坪乡渡头山一带，山形愈奇。圆峰、尖峰、连理峰、额状突出的险峰、翠屏般的排峰，迎面飞舞而来，令人顾此失彼，正是徐霞客所谓"碧莲玉笋世界"。山越多，汇入江中的瀑布泉流越多，水势越大；诸峰漂浮水中，似海上群岛。江在群岛中穿梭泛滥，江也像海，没有边际。云雾在山间蒸腾，如千军万马沿江围来，呼喊冲杀，拔寨夺岭。江随奇峰怪岭奔腾飞舞，造成诸多新的深潭、长滩、乱流、漩涡。

从草坪乡到兴坪乡，可以看到许多大型喷泉从沿岸山峰腰际溶洞中喷泻而出，灌入江中；汹涌澎湃的江水又不时地灌入两岸山峰中的脚洞之中。千姿百态的峰峦，似层出不穷的巨型储水罐，不停地喷涌地下溶洞之水。渐渐觉得，漓江之下，有一条看不见的更大江河，不停地从地下溶洞中奔涌出来，呼风唤雨，推波助澜。

桂林喀斯特峰峦千千万万，大都集中在漓江两岸，无山不洞，无洞不奇。地下溶洞又相互贯通，连成一片。据朱偰游记《漂泊西南天地间》载，1944年他游桂林时便听到当地传说：七星岩深潭一通广东连县，一通湖南衡阳。根据现在的地质学界信息，两广地区与云贵高原的喀斯特地质带是连在一起的，其互联互通的溶洞藏有大量的地下水，它们与丰富的地表水又循环往复，形成永不枯竭的喀斯特水世界。

游船行至兴坪乡一带，山水之美达到高潮。雨停，山尽头出现蓝天白云。但水势不减，依然是罕见的赤色。峰峦密布，或屈起如钩，或盘旋如螺，或陡落似屏。远望绵延不断，近看则是若干独峰或二三峰连理的重叠效应。山，和溶洞里的钟乳石一样，因为水的滋润，岩崖晶莹剔透，密林流翠湿碧。如此一搭配，山水便成了五彩画卷。有名为"九马画屏"的巨型山峰，临江一面山坡突然崩塌，裸露出半边山崖。弯曲的红黑裂纹在未干的雨水冲刷下，组合成九匹马的复杂图案，鲜艳夺目。

又有名为黄布滩的地方，我曾多次乘船走过，水清时可以看到江底有块米黄色大石板，两岸7座高低不同的秀峰映于绿色江面，船压着山影行驶，好像在山尖上奔走，构成著名的"黄布倒影"景观，是20元人民币背面山水取景地。此时，从漓江蚂蟥洲拐弯处，回头再望，虽无峰峦倒影，但江水融入大量熔岩成分，赤褐如火，正是喀斯特本色；江边七峰经过大雨洗礼，青翠欲滴，又有一种冰清之气。冰与火，清与浊，阴与阳，在蓝天白云下交融交汇，又是江水清澈时难以看到的景象。

游完漓江，乘桂林航空320空客返回北方，碰上难得的晴天。通过飞机舷窗往下看,白云洁净如雪,一尘不染,证明桂林喀斯特地域生成白云的水系十分纯净。飞机升至1万米时,透过下面白云可以清晰看到地面连绵不绝的绿色山系,能见度与美国西部和澳大利亚空中所见相差无几,始知喀斯特地貌得益于地下水循环系统,有效保护了环境和空气的清洁。

待飞机过了长江流域,天空突然污浊,雾霾弥漫天地,什么也看不见,又倍感缺少了喀斯特的失落。

写于2018年8月

跌入掌布的山水魔镜

在黔南——云贵高原边缘游览，总觉得千山万壑都沿着九万大山和红水河的脉络向东南海边奔跑。从平塘县城乘车去天文小镇和打岱河天坑，都是顺着这趋势走。唯有去掌布，是顶着山脉水脉向北，不能随波逐流。

在人声鼎沸的当今，要找一处僻静地方，与原生态的青山绿水独处，那个地方可能就是掌布河峡谷。

一

峡谷深邃，人迹罕至。远处森林里闪出一个人影，晃了一下，又转入密林了，恍若梦境。两岸山峰积淀了厚厚的青黛，小河流淌着沁人心脾的清纯，空气中散发着原始森林的静谧，泉流的琴音绵绵不断地冲刷身上的疲劳。舍不得快走，要走一步，停两步，看逆光中的红叶闪耀灵异的光亮，深潭里的清水被飞湍搅起波纹复又宁静，草穗的雪白绒毛在风中摇曳倩影，又印在绿水之上。

北方的树叶已经落尽，这里的山壑依旧缤纷多彩。三角梅正在盛开，仿佛在海南；爬山虎的叶子鲜红，又似到了北方；香蕉和松林都长得茂盛，香蕉正在结果。山沟里有一户农家，院子外耸立一棵银杏树，叶子落了满地，主人故意不扫，天上地下一片金黄，秋味十足。

河谷的藤竹却冒出了笋尖，宣示着春天的讯息。藤竹，喀斯特地区特有的竹类，兼具藤和竹的习性，竹茎细长纤软，叶形翠茂如柳，有韧性，喜低热潮湿。

从水声的急缓粗细可以判断河中石头的阵容。下游河谷中，以中小型圆石居多，分布均匀，种类五花八门，水声从容平缓，水咬着石头，泛起轻微的浪花。前行不久，水声迅急，河床遍布丛林般密集的岩石，河流被逼进石林之中，形势险恶。再向上行，进入浪马滩，河谷中满布石灰岩大块，约一里长，颇似崂山北九水一带的花岗岩河谷，水在石间左突右冲，上蹿下跳，水声大作，浪花飞溅。大石也奇，不似花岗岩大块浑圆光滑，而是千窍百孔，沟壑密布，浸水部分玉色，如钟乳石；不浸水处灰青，沧桑感强烈。

走至岸边一块小山般的大石，只见石面被流水冲刷出密密麻麻的沟壑，凸起的峰丛如刀如剑。尽量找平缓处小心翼翼爬上去，登高一望，见大石之间，深潭、激流，错综分布，时而有小湖一样的水湾，平静如镜。河水清澈透明，河底沙石青苔皆可见。水在石上快流，不见水，只见光影在飞驰。

走在万籁俱寂，唯有流水潺潺的河谷中，不知不觉忘记了时间。林间清香扑鼻，草丛里的蚱蜢蹦出，偶尔会在水声中分辨出鸟的鸣唱。潭水虽然很深，但由于流动，青苔长不起来。积蓄的水湾稍有静止，水底青苔便长得旺盛，将大大小小底石都包裹起来，青苔之绿由内，岸边草木之绿由外，直将水湾染成不透一点气的翡翠。唯湾中一块船型灰白长石，在水中泛出亮光，打破绿色的一统天下。

幽谷拐弯抹角，以为山穷水尽之处，常有别开生面的惊喜。走至一处名为藏字石的地方，只见右岸一处高耸入云的大断崖下，藏着碧绿的一个湖泊。此处已是掌布河上游，水势却明显大于下游。此种反常现象只能有一个原因：地表水与地下水相通，另有水脉支持。再看崖壁脚下，还真有深邃洞穴，湖水直通地下暗河。

走至湖边，突然发现，水中有一大群鱼从洞穴中游出，体色黑中泛黄，尾鳍鲜黄，大者有五六十公分长。游至近前，我刚要举手机拍照，鱼惊，四处逃散，极为敏捷。不一会儿，又聚在一起游了回来。据看山的布依族壮汉说，此鱼为冷水鱼，当地称之为芝麻箭，其鳞细，鱼骨酥软，最大可达20多斤。常躲在洞穴暗河里10多天不出，偶尔出来寻觅小虾小鱼为食。据介绍，河中还有白甲鱼、鲶鱼等五六种。地下暗河中大鲵很多，水井中曾捞出一条50多斤大鲵。

二

大断崖下湖水弥漫着不可抗拒的梦幻气息，水中映照的山峦草木影像如同一面魔镜，让人迅速失去自我，跌入另一个彩色世界。

我总觉得美丽的影像来之不易，除了好山好水好的光线，还必须无人破坏环境和气氛。而极美的影像似是天上下凡的精灵，稍有惊扰便会瞬间离开。于是屏住呼吸，轻轻抬脚，先踏着浮桥到了对岸，又走到上游浮桥，觉得最佳角度在中间，这才坐在浮桥静静地往下看。

湖面半是漾动，半是平静。漾动的那一半，只是一片闪动的光影，没有一点物象。平静的那一半，山影、树影斑斓如画，显出多种奇幻景色。此刻，太阳从左边山上升起，右边的山峰及石崖被投上金黄色阳光，反射到水中，将左边山峦投下的黑影照得透亮。水影中，向内倾斜的白色石崖变成向外拉拽，崖上向外弯曲的褐色树干，则变为向内扭曲，形成两组极具反向张力的物象。幽谷寂静，无人打扰，湖面的石影原始逼真，与水中冒出的石头难以分辨。层层叠叠的树冠在山的黑影里发出鲜绿的亮彩，在天光中则变成黑乎乎一片。水底有一些石头青苔，隐隐约约，与岸上的石影、树影交织一起，分不清你我。

我相信面对美景，人眼有很大局限。不管怎样瞪大眼睛，总会漏掉许多细节。而水，可以将天地万物的所有影像反映出来，弥补人的缺陷。当我返回到河左岸中心位置，向右岸看时，这种感觉特别强烈。我看见山崖上两层洞穴映到水中，变成四层洞穴。水中的洞穴影子将我原本看不见的许多阴暗穴窍反映了出来，比水上的洞穴更加深邃丰富。视野中，水上水下，大洞小洞，实洞虚洞，产生了立体感效应，让人误以为进入无边的洞穴世界。

稍微挪几步，再换一个视角看水中影像，发现石色把水染白，树色把水染绿，但绿色作为暗调，压不住白色的亮调。不一会儿，水面漾动，影像发虚发晕，实像和幻影分开，幻影部分画的味道更足。水起波纹，开始以为被风吹皱，后来才知是水中的鱼儿拨弄。

太阳升高，水中的山影领地在减少，天光云影部分在扩大。我急忙返回下游，折回右岸崖根重新观看，却发现水中的影像也有了变化。原来在水中不见踪影的崖顶小树和灌木丛现在投下了清晰的影像。它们和水中的石头青苔混在一起，看上去竟然像海中的柳珊瑚，鱼在水中游，如在珊瑚丛中穿梭。天光和山影，似阴阳两界，中间隔了一层断崖，鱼在其中穿梭，颜色时白时黑，光与影反差强烈，似乎穿越了两个不同深度和时空。我明知鱼儿来回穿梭十分轻松，但肉眼看上去却极为艰难，恍如隔世穿越。

三

过大断崖湖泊，向北又行1公里，山路脱离掌布河，蜿蜒向右侧另一高峰攀去。顺路穿过密林，直至半山腰以上，到祥云洞。以祥云为名，是因洞中钟乳石如云霞。

走进洞内大厅，穹顶圆滑如夜空，岩溶石雕缤纷多彩，果然有些云山云海的意思。一群群峰丛向上冲击，洼地沟壑向下沉沦；弯弯的岭脊跌宕起伏，无数江流逶迤蛇行。有一些无形的手，在云面上撕扯着面絮。一些云团云块冻结成冰块雪堆，看上去感觉就要滑倒了。我好像在云中看到了风，激流、飞湍带出的风。光线昏暗的深处，云形变化，出现了发亮的雪山，发灰的冰川，乌黑的洞穴。突然觉得在什么地方见过这个场景。对了，是有一次傍晚乘飞机到了桂林上空，看到的云阵就是这样。

游完两个洞厅，沿一陡峭隧道下行数十米，进入下层又一更大洞窟，只见巨大的乳柱从洞顶垂下，如峰丛倒插；地上石笋也高大粗壮，与各种石塔、石礅交错一起，与适才所见上层洞厅似不同地貌。人行其间，须拐弯抹角躲避。洞壁到处渗水，头上时有水珠滴落在脸上脖子上，顿觉清爽。微弱灯光将各种石雕放大在四周洞壁，黑影幢幢。有一巨笋，拔地而起，直接头顶悬垂的一群石乳。笋柱上满饰石花石葡萄，如凝结的喷泉，庞大的影子遮挡了一大片洞窟。适才在幽谷游走，已有远离尘世之感。此刻进入洞中之洞，又觉得与世间隔绝了数层空间。倚着一块壁间石幔，闭着眼静静地歇了一会儿，想起达摩面壁十年和王阳明龙场洞中顿悟，他们的超越自我，莫非靠的是远离尘嚣、穿越时光隧道的功夫？或是心灵在瞬间感悟、放飞，与洞窟中具有亿万年生命的大自然鬼斧神工作品融为一体，进入永恒？

洞中有一倾斜山坡，沿盘山小路转至前方洞底，却是一个竖井。井内设有旋梯，缘梯下至井底，忽听水声浩荡，似有飞湍激流在洞窟中猛烈冲撞。低头一看，又是一个被暗河冲蚀的巨大洞厅。此洞离入口之洞已有150多米深。洞内石峰林立，怪石嶙峋；四周石塔、石幔、石挂千奇百怪。石峰间有一条峡谷，暗河从左边一个洞穴涌出，在峡谷乱石中奔腾咆哮，转入右边洞穴又不见了，但流水撞击岩石之声仍在洞内回荡。在洞穴峡谷中穿行良久，方走到尽头。

前面出口是一个狭窄隧道，进入隧道，转而上行，走数十米，钻进另一大洞。却见洞内被坠落的巨石堆得满满，洞的顶端射进一缕天光。借着天光细看那些落石，觉得与河中所见大块实属同类，方知后者也是暗河从洞中一步步搬运下山。洞中石头奇形怪状，其貌不扬。但质料丰富，劈理裂纹组成奇妙的图案。图纹中，似有各种文字符号，又似山水人家、小桥流水、花鸟鱼虫……正想坐下来仔细观赏，抬头一望，洞顶之上显示出大型龟裂之纹，再一瞧，原来是崩塌的大石挤压一起，势欲坠落，岌岌可危。猛然一惊，不禁加快步伐，快速冲出洞口。

　　出洞，又到河边，仿佛从宇宙的另一个时空回到地球，一切都很新鲜。再看河流、峰谷、山树、花草，与进洞前所见，似换了一副模样。

塔波乔峰观海

塔波乔（Takpochao），查莫罗语，意为离天最近的地方。塔波乔峰，海拔 474 米，塞班岛主峰，马里亚纳群岛最高峰。

查莫罗人[①]认为，这座从马里亚纳海沟升起的大山主峰，是地球上最高的山峰。从东面 50 海里外 11034 米深的海沟算起，它的高度为 11508 米，确实比海拔 8844 米的珠穆朗玛峰又高出 2664 米。按照这一视角，马里亚纳海沟与塔波乔峰浑然一体而不可分割。

塞班岛顶端是一片石灰岩高原，岛上植被低矮，没有参天大树。山形简明扼要：只一个主峰缓缓升起，两翼岭脊像溶液一样向南北两侧均匀流泻下去，中间再无峰峦兴起，因而视野极为阔远。

站在峰顶，好像不是在大地上，而是被一种向上的力量推进了宇宙之中。头顶上是蓝天白云，四周皆是大海。视角是圆的，视野中的海是圆的，弯曲的海天交际线展现的地球也是圆的，和天穹一样。

人，成了某个时空的圆心。轻轻地转一圈，四周的天与海便旋转了起来，好像在跳华尔兹。转着转着，天与海不见了，周边全是星云、光环和曲线。

有了旋转，视角便发生颠覆性变化。在这里，可以看到好几种完

[①] 生活在马里亚纳群岛上的土著人，属于密克罗尼西亚人种。

全不同的海。

山之西侧海域风平浪静，直接菲律宾海。一道长达18公里的堤坝横亘海上，展现了北纬15度的西太平洋珊瑚造礁的奇迹。堤礁之外，长龙般的排浪从汹涌激荡的海涛中猛然跃起，沿堤礁来回穿梭，前仆后继地冲击翻卷；堤礁之内，一片明镜般的潟湖倒映出晶莹闪亮的蓝天白云。考虑到塔波乔峰东面万米深的海沟，它无疑是一片高悬在天空中的湖泊。

早起看那潟湖，会被它的颜色吓一跳。整个湖面白茫茫一片，像下了一场雪。雪白的沙滩与湖面一个颜色，缓缓嵌入湖中，没有一点声响。踩着细软的沙子走到湖边，水底的海草、礁石清晰可见，一些热带鱼趴在水草中一动不动。这时觉得，天与地突然静止，大海停止了呼吸，似乎能听见远古时期时光钟摆的嘀嗒声。

天色越来越亮，一朵朵红云像花一样于海天交际处绽放开来，在潟湖中投下层层叠叠的影子，水面上花团锦簇，泛起半绿半红的色彩。不一会儿，太阳从红霞中冒出，湖中的花影变成一团团火，绿色渐渐融化，湖天之间红彤彤一片。

太阳逐渐升高，红色悄悄隐去，水中的绿调蓝调又卷土重来，天光和白云趁机在水上抹出一片片亮彩。此刻，有小船缓缓驶出海岸，在海上荡起网络状的波纹。细碎的彩光，追逐着闪亮的黑影，在水面上悄悄地奔跑，夹杂着潺潺的流水声。一些细密的光影随着涟漪快速摇曳，像一群群小鱼不停地在水中窜上窜下。光与影闪烁不定，晃漾着抽象的线条与韵律，如同意识流中转瞬即逝的感觉与印象，看似模模糊糊，却又出奇地清晰。

山之西北方向，是一片灵光闪耀的绿色海洋，那是只有在塔希提、马尔代夫、巴厘岛的珊瑚海才能看到的颜色。一看那颜色，便知海底有巨量的珊瑚礁。绿色海洋的中心，有一座名为珍珠岛的小岛，像一颗奇异的绿色炸弹在海上炸开：最里层是堆青积黛、浓得化不开的热带雨林，似压缩的绿色弹芯；边缘沾染绿意、亮晶晶的珊瑚白沙，是刚刚炸开的火光；再外边广阔的珊瑚海，碧玉一般，通体鲜绿，寻不出一点瑕疵，是炸弹爆炸后强大的绿色冲击波，无穷无尽地向周边延伸。

绿色海洋中时而泛出一片片红、黄、棕、紫不同色彩，那是水下繁密的珊瑚礁和热带鱼群所致。珊瑚礁多的地方，远看黑压压一片，似暗藏的城堡。在岛上租一套浮潜工具，往水下一瞧，珊瑚礁的颜色立刻变化，各种蘑菇状、蜂巢状、灵芝状珊瑚丛的鲜艳色彩相互盘缠，活力四射；红绿相间的鹦嘴鱼、金光闪闪的狐狸鱼、满身花斑的炮弹鱼、斑纹艳丽的蝴蝶鱼游走其中，于彩色之上再添新彩，形成水下飘逸灵动的花花世界。

海之色彩在不同时段有不同变化，当地知情人告知，看珍珠岛周边七色的海，以上午10点，阳光以45度角斜照海面时最好。此刻，海之绿最纯，最空灵，色彩也最鲜艳。天空也好像受了珊瑚海的熏染，焕发着灵异的青绿色。而天上飘着的彩云，如轻描淡抹的水彩，再和着灵异的珊瑚绿，在海中晃漾出又一层五彩缤纷的色调。每一种彩色，都闪耀着独特的光亮，并不断地与其他彩色交流转换。这时，很难分辨，哪些是天上彩云投到海中的影子，哪里是海底珊瑚礁和热带鱼晕染出来的幻象。

随着太阳升高，水面上的浮光掠影渐渐消逝，焊条般的白炽光斜射下去，照透了珊瑚海并不深的水域。海中更加澄澈空灵，水下的一切都显露出来。珊瑚礁和海草晃漾着网络状的光环，一刻不停地展示着波涛起伏的痕迹。白色的珊瑚沙如无数个小型菱镜，反射着刺眼的阳光。热风一阵阵刮来，好像火热的吻，让柔软的海面急速战栗。海水渐渐变热，珊瑚虫的生命之火开始焦躁、燃烧起来，在人眼所不能及的时空中，与烈日的天火、海底火山喷发的地火汇聚融合，变成无所不熔的"三昧真火"，将整个大海烧炼成激情澎湃的热汤。

山之东侧、北侧，直接浩瀚太平洋最深的马里亚纳海沟，悬崖突兀，大浪滔天。鳄鱼嘴、蓝洞、鸟岛一带崖岸，峭壁林立，洞窟众多，常有巨帘状瀑布和大旋大转的飞湍，与西部平静海面竟有天壤之别。马里亚纳群岛，作为西太平洋岛弧形链条，多崩岩断崖。在关岛西北部情人崖、提尼安岛南部海角都能看到长达数公里的陡峭断壁，与塞班岛东北部这边的断崖区极为相似。悬崖绝壁皆石灰岩地貌，许多地方经不起海浪日夜冲击，底部不断崩溃，形成凹陷式穴洞。巨浪冲击，沿石崖翻卷腾空，响声如闷雷，脚下有地动山摇之感。

依我经验，大洋之岛岸，凡有长岭般断崖，必是海中江河般洪流冲刷切割的作品。而大江大河之所以能在海中发育并形成不可阻挡的水势，又借助了连绵不断、深切陡峻的水下山势。马里亚纳海沟全长2500多公里，宽只有70公里，像一把利剑，在太平洋西部海底划开一道深峡。由此形成的马里亚纳岛弧，与西面帕劳海岭、琉球和菲律宾列岛又构成平行的三条海中长岭，极像远方欧亚大陆板块峰谷密集的横断山脉地貌。数条南北通道由此在海底打开，激情似火的赤道暖流、冰雪融化的千岛寒流终于找到对冲、交流的渠道，滔滔江河在海中穿梭奔流，山被水冲荡，更加陡峭；水借山势，奔腾千里。

塔波乔峰北端马皮角断崖下汹涌的海面，望去感觉恐怖。一大片海面突然断崖式塌陷下去，变成深邃的山谷；另一大片海面像火山喷发一样飞速鼓胀起来，变成高耸的山岭。水山水岭不断动荡变化，峰峦变成峡谷，峡谷又变成峰峦，浩瀚大海尽是流动的千山万壑，其间奇峰怪岭、飞崖走石层出不穷，瞬息万变。不过，波峰浪谷虽凶险无比，但相互冲撞、激荡，自行削弱、平衡，又保持了大致稳定。此种形势与深切海沟造成的洪流又有不同，它是借助海底群峰攒簇的山势而形成的涌浪，虽惊险，但杂乱无章，形不成不可逆转的江河，很容易对冲衰减。我在塞班岛东南部劳劳海滩下水深潜，看到庞大的珊瑚礁盘组成了连绵不断的海底山系，迷宫一样的峰林分割、阻挡和引导了水下暗涌，才知海之汹涌澎湃也是山之纵横交错所致。在这一带海域潜水，不怕相互激荡的涌浪，只怕江河般定向洪流，遇到后者很容易被卷走。

海，因为深而蓝得出奇。似乎是积淀了无数层次：湛蓝、深蓝、靛蓝、蓝黑……时而有透明的浅蓝从深蓝中流出，像是蓝色妖怪身上流出的冷血。在塔波乔峰看到的大海颜色，实际是水深的标尺：无色，是最浅的；珊瑚造礁形成的浅水滩，呈浅绿、深绿；蓝色，是深海；越深越蓝。马里亚纳海沟的水，无疑是最蓝的。而水的深浅，又透露水下山峦的高低。水的颜色斑块，传达着海底山脉走向的图案。深深浅浅、纵横交错的绿和蓝，实则是高高低低、峰回路转的山和谷。

海之色，无论哪一种，皆如天之色，为不可触摸、瞬息万变的形而上。远远望去，深深浅浅，色彩阶梯鲜明；走近一瞧，清澈透明，空空如也。

塞班岛的天气，晴阴多变，经常是一边日出，一边下雨，因而频繁出现彩虹。此时，只见半空之中猛然立起一座巨型的七彩拱曲桥，一头架在碧波荡漾的海上，一头架在花树繁茂的山上，桥顶直接浩瀚无垠的天穹，将实境与幻境不可逾越的鸿沟一下子联通，奇幻的色彩火炬般照亮了心灵，优美的弧线云梯般引领想象进入宇宙的空间。彩虹转瞬即逝，让你无法相信这是真实；它又频频显身，让你沉迷于神奇之中。

站在火山岛地貌的塔波乔峰上观海，感觉到地下熔岩的沸腾不息和跌宕起伏。这里是环太平洋地震带，山与海深度撕裂，又深度融合。山峦在水上水下起伏的形状，就像地球心脏跳动的节律、地下熔岩喷发流泻的轨迹。世上所有大地山河的形成，莫非都像这里一样，受了地下熔岩洪流奔腾的影响？表面看似取得了平衡稳定，实则地下无处不是动荡不定、流动变化的火山地震，每时每刻都危机四伏。

塔波乔峰，地球上峰谷落差最大的地方，观看时空转换的奇点。

原载 2018 年 11 期《上海文学》

帕劳群岛

从塞班沿马里亚纳海沟西侧弧线由北向南，过提尼安、罗塔、关岛，地貌大同小异。然而至帕劳，不过 500 公里左右，地形大变。马里亚纳海沟南端、帕劳东侧，依然是汹汹的大浪大涌，但向西一望，一道长长的南北向山岭铜墙铁壁般挡住风浪，很像新西兰的南阿尔卑斯山脉。乘船到岭前，却是成百上千从水中冒出的峰峦叠加所致。峰峦皆为石灰岩构成，多崩崖裂石。峰林布局如迷宫一般，或数峰攒簇，或长岭盘旋，或群山缠绕，直将一片海洋分隔成众多平静的湖泊，我称它为海上喀斯特地貌。

山形颇似桂林诸峰，小巧玲珑。山脚岩崖裸露，峭壁倒插水中，黑白相间的裂纹刻画了风浪剥蚀的轨迹。岩崖之上，是由小叶榕树、海檬果、椰子、面包树、露兜树及藤蔓、蕨类组成的热带雨林，密不透风。峰峦从上到下布满溶洞，其间洞中藏洞，旁连互通，不知藏有多少穴窍。帕劳南部群岛中央，有一座绿水环绕、名为情人桥的地标性峰峦，形似一幢巨大石屋，顶平如台，树木繁茂，四周皆为峭壁，中间蚀为大洞，远看像架于海上的拱形桥。其他峰峦之中，如月牙洞、圆心洞、三角洞、一线天洞者，不可胜数。

水上是层出不穷的喀斯特峰林，水下是色彩斑斓、五花八门的珊瑚礁和热带鱼。从帕劳首府科罗市随便乘一条游船驶进人迹罕至的群岛，俊秀的峰峦之间，皆是珊瑚礁造成的潟湖和浅滩。任意选一块地方下去浮潜，即可看见水下丰富多彩且发育完好的珊瑚，许多蘑菇状、枝杈状珊瑚丛已经紧贴水面。珊瑚礁锋利如锥刀，须小心穿行，以防划破潜水衣和皮肤。在珊瑚丛中可见一群群寻觅食物的热带鱼，扔一点面包渣，便可引来庞大鱼群围抢争食。有的鱼迫不及待，干脆跑到跟前抢啄手中食物。

  浅水区的珊瑚，因水深、温度和光照强度大体相同，形态、品种也相差无几；一到了深水区，珊瑚的层次便发生了变化。帕劳西南海域有一著名的水下大断崖，崖顶离水面只有五六米深，崖下则是万丈深渊，因纵跨不同深度水域，水温与光照差异很大，崖壁上生长的珊瑚品种特别丰富。除了浅水区常见的大型玫瑰珊瑚、鹿角珊瑚，还有小山丘似的蜂巢珊瑚，百叶窗般折叠起来的刺石芝珊瑚，无数细密腔管组成的笙珊瑚，像大花蕊一样绽开的疣状杯形珊瑚，罕见的细密如网的丛柳珊瑚……越是危险的地方，越是长得旺盛。贴着断崖向前游去，各种珊瑚欹叠交错；紧贴峭壁者，盘踞穴缝者，倒挂悬崖者，层出不穷。珊瑚颜色由浅礁区单调的黄褐、灰白变为五光十色，恰似百花争艳。至于造型，悬崖上密密麻麻的礁盘，竟无一处类同。蘑菇、鸡冠、树杈、草丛、花簇、伞盖、堡垒、石屋、丘陵，无奇不有。其中结构嵌空镂透，"漏洞百出"，深邃莫测。

  帕劳南部还有一处看软珊瑚的水域。此处众峰环抱，将一片海水团团围住。唯西侧峰峦之下，有一石灰岩洞穴，海水里外贯通。潜到近处，只见两边悬崖万丈，倒插海底，水上所露洞口不过是冰山一角。水下洞穴狭长，中央水道流速迅急，两侧岩崖附近，水流稍缓。陡峭的崖壁上，各式各样的软珊瑚，在昼夜不停的水流中倔强生长。它们或许就是依赖流水冲来的微生物营养，蓬勃繁育起来。

  软珊瑚确实比硬珊瑚漂亮。硬珊瑚色彩暗淡，但坚实如铁，它分泌的碳酸钙是珊瑚所造石灰岩礁石的主体。软珊瑚色彩鲜艳，晶莹透亮，身体娇嫩柔软，但有毒液，不能用手触碰。这里的软珊瑚种类较多，在海洋馆所见人工繁殖的珊瑚，如气泡珊瑚、葡萄珊瑚、纽扣珊瑚、草皮珊瑚，在此处崖壁上都能看到野生品种。软珊瑚以鲜红、粉红、草绿、紫色为多，每一种珊瑚都混有多种色调，或在乳白之上点缀粉红，或在淡红之上变出橘黄，或在草绿之上转换绛紫，无数珊瑚花团锦簇般在崖岸上延展开来，像一片花海，在孔雀蓝的海水中更显气韵生动。

各种各样的鱼群在珊瑚礁盘中进进出出，似十面埋伏的卫兵。一身白鳞的黄尾乌东、蓝绿色的鹦嘴鱼、酷似狐狸的狐蓝子鱼、斑纹鲜明的宅泥鱼、花纹漂亮的蝴蝶鱼在珊瑚丛中都能见到。这里有一种扳机鲀鱼，侧扁体形，体色棕黄或乌黑；背鳍和腹鳍很大，色淡。据当地人说，它在繁殖期脾气很坏，有游客不小心碰到它，被它绕到背后咬破臀部，很疼，但无毒。在水中啃食珊瑚的鹦嘴鱼很多，乍一看，浑身蓝绿；细瞧，蓝绿中杂有红纹，色调鲜亮，与苏眉鱼的通体铁绿、色彩深沉明显不同。苏眉鱼额头隆起，个头很大，常在深海游荡；鹦嘴鱼牙齿突出，长得小，常游到浅海。苏眉鱼在帕劳属于国宝，严禁捕捞；唯有鹦嘴鱼数量多，肉嫩味美，是当地饭馆餐桌上常见的海鲜。

礁缝或洞穴中，凡有斑纹鲜明的小丑鱼，必有海葵。海葵色彩鲜艳，有毒。触手展开时如葵花，一旦受到刺激，立刻缩回。据说小丑鱼能分泌一种黏液裹住自身，免遭海葵毒害。于是海葵的毒性又成为小丑鱼的保护伞。小丑鱼钻在海葵丛中寻觅食物，同时除去海葵的坏死组织及寄生虫，形成水下共生现象。在礁缝中还能看到许多砗磲，它是双壳类中个头最大的贝类，壳顶弯曲如波浪，有数条像被车轮碾压过的深沟道。砗磲外套膜边缘有玻璃体结构，能聚合光线，使虫黄藻大量繁殖，供给砗磲丰富的营养。二者也是共生关系。

海水因珊瑚礁而净化，闪耀灵异的绿彩。这珊瑚海之绿与峰峦草木之绿又有不同。草木之绿，虽然也有浅绿、深绿、黄绿不同层次，但缺乏神气，即使有些光泽，也限于表面；珊瑚海之绿从里到外莹润明澈，神采飞扬。天气好的时候，五颜六色的珊瑚礁从水下反光，绿色海水又隐约泛出淡蓝、橘黄、粉红、绛紫不同色调，成为名副其实的七色海。

帕劳东南部还有一处名为"牛奶海"的地方，那是群山围绕的闪耀宝石蓝光彩的海。我曾在新西兰库克峰下的pukaki湖、贵州小七孔景区腹地的鸳鸯湖见过这种颜色，但从未看到这样的海水。那是喀斯特地貌石灰岩与海水相溶的特有现象——水色中融入了石色，石变成了水，水变成了石，二者合为一体，形成卓异、醇厚的蓝调，恰似海水中掺入了牛奶。造就这奇迹的是分泌石灰岩的珊瑚虫，据说其中还有火山灰成分。乘游览船到达此地，船上水手会潜入海底，挖上来一堆雪白的沙泥。游客可将沙泥涂抹全身，然后跳入水中洗净，便觉得浑身清爽，皮肤光滑。船老大告知，这些珊瑚遗骸化成的珊瑚泥沙，可以去角质，润皮肤。我在这牛奶海里畅游了半个多小时，闻着水中的清香，心旷神怡，好像真洗了一次牛奶浴。

帕劳像大洋里的世外桃源。有时，众峰分割围绕的大海平静得出奇，可以像镜子一样映照出天海间所有景物。而珊瑚礁造就的山水景观，仅凭实物尚不能品出全部味道，必须看它的影子。

晨起，沿海边漫步，眼前展现的是无比纯净的山水画廊。水至清至静，看上去空空如也。房屋、小船的影子落在水里，如飘在空中。缀着白云的蓝天和青翠欲滴的峰林同时倒映水中，山影的底部被天光云影照亮，整座青山好似浮在天上。天色湛蓝，白云如羽毛一样轻轻飘浮。直接映照天穹的水面，不知是自身缘故，还是受天色影响，泛出了亮晶晶的孔雀蓝颜色。一些云片太薄，在布满涟漪的水面上零零散散，形不成完整的影子，只是有些大意罢了。

　　山脚下裸露的石灰岩层被垂下的树枝遮挡，在岸边投下隐隐约约的影像，显现出棕红、银灰、深绿多种色调。但水中大量珊瑚礁清晰可见，也泛出五颜六色，稍不留神，便与山上石影混淆。偶有细小的鱼群在水面上逗起一片涟漪，使水中的影像支离破碎，更添了辨别真假的难度。

　　青山上茂密的树林带着阳光，跟着山影，大片大片地向水深处扑过来，使靠山一面的水系被绿色完全笼罩。或许是因为天光水色的效果，静谧水面上的树影，每一条树枝、每一片叶子都绿彩飞扬，似乎比山上的树更加生机勃勃。微波兴起的时候，山影树影荡漾起来，与水面光亮处晃动的蓝天白云残影纠缠、嬉闹，乱成一团。此时此刻，谁都会起疑心，这还是海吗？

塞舌尔风情

从约翰内斯堡飞塞舌尔途中,我从飞机舷窗俯视印度洋,海水和净空的颜色一模一样,一堆堆纯净无瑕的白云浮在其中,根本辨别不出哪儿是海哪儿是天。此刻觉得这片海洋,被非洲、南亚、印尼岛链及澳洲围绕,恰似一个澄澈宁静的大湖,与浩瀚的太平洋、汹涌的大西洋迥然不同。

飞机上乘客大部分为南非白人和有色人种,中国人很少。下午2点起飞,飞行近5个小时,加上两个钟头时差,出塞舌尔机场已是晚上9点半。在首都马埃岛博瓦隆海滩附近的 Coral Strand 酒店入住。前台的白俄罗斯小姐 Irina 告诉我,这是一家俄罗斯酒店,员工来自20多个国家,每间客房都可以看到大海。夜间果然听到印度洋涛声,一种既陌生又熟悉的感觉。

一

马埃(Mahe)是塞舌尔最大的花岗岩岛,地处南纬4度、东经55度的印度洋中西部。群山沿南北向长轴排成岭脊,占据了岛上大部分面积,平原与可耕地相对狭窄。其他如普拉兰岛(Praslin)、拉迪格岛(La Digue),地貌大同小异,因而456平方公里、115个岛的国家,人口只有9万。由于大部分商品靠进口,东西昂贵,游客较少,又保护了生态环境。

博瓦隆海滩（Beau Vallon Beach）位于马埃岛西北角。海湾像弯弯的月亮，深深剜进山谷之中。雪白而又平坦的弧形沙滩，是包裹弯月的银边。湾里海水呈宝石蓝颜色，像潟湖一样风平浪静。此湾妙在有珊瑚海的颜色、珊瑚沙的海滩，湾中却很少有珊瑚礁和珊瑚碎骸，大小地形及特点很像中国海南的亚龙湾，特别适合游泳而不适合浮潜。由于人少，又有亚龙湾所不能比的清净。

山，挡住了日出，成就了博瓦隆最美风景——海上日落。傍晚，大半边天燃起红通通的大火，但没有烟。空气格外纯净，落日的霞光空灵而又有穿透力，在柔波细浪的海上渲染出彩虹般效果。随着色彩纯正的流火静静燃烧，一朵朵巨大的蘑菇状红花在空中缓慢绽放，海上流光溢彩瞬息万变。天地之间充满了圣洁的气氛；沙滩上的游人在夕阳照耀下，像放射光芒的圣物；天海交接处的几只小船皆被染得金光闪闪。恰逢潮水退去，湿滩明镜一般照出彩虹及海上小船的影像。这时最好快速冲进海里，追着水中的彩霞一起跌入星云之中。

在博瓦隆海湾清纯的水中游泳，是人间至美的享受。游一次两次不过瘾，最好一天游几次，连续游几天。海水平静温柔，但又有大洋的浮力。屏住呼吸，缓缓地穿进那深厚的蓝浆，几乎不用费什么力气，就可以漂浮起来。清澈透明的液体漫过全身，在肩腰之间旋转，仿佛感触到青藏高原的冰雪洪流在印度洋奔腾万里，经赤道阳光照射，已脱胎换骨为暖流。又仿佛躺在一张宇宙的地毯上，随丝绒的波涛轻轻摇起蓝天、白云和太阳。一股股缓慢的大力，暗藏飞舞的乱环、缠绕的绳索，将肉身舒服地推送、拉拽、按揉。

从海里回望岸边群峰，为另一幅画面感到新奇：在蓝色的海涛之上，升起一座座既雄伟又秀美的山峰，山上由椰子、棕榈、芭蕉、桂皮、面包树、芒果组成的热带雨林，像刚刚被水洗过，新鲜而又活泼。山坡陡峭处偶尔显露花岗岩山体，很快又被厚厚的不知藏了多少动物的植被封死。山峦及花草树木一起被波涛摇曳，像醉了一样跳起舞来。绵延的山岭从海湾两侧摇晃着、小心下行至海边，在水中才露出光洁礁石。

上岸不要走，接着享受沙浴和日光浴。最好趴在沙滩上，闭上眼睛，听海潮的乐声从地面和地下两个方向传递入耳。这里的海浪也奇，没有连续的排浪，潮水慢慢攒足了劲，临岸忽然跃起，闷雷似的一声，然后悄无声息。过很久，再启动。微微发烫的沙子蕴藏了足够的阳光，腹与背两个方面都可以吸收太阳的能量。宇宙之火在一点点炙烤着肉身，湿气、寒气连同心中的抑郁渐渐化为乌有。中午的太阳如千万道光剑，刺眼。即使欧美人士也不得不避让三分。上午9点、下午4点的太阳晒着最舒服而且有效。不过这时的水面如聚光镜一般，将阳光成45度角反射出来，像集束的电焊光，很容易灼伤皮肤，应尽量避其锋芒。

二

小船在博瓦隆海滩的东北角抛锚，我们一行4人穿上潜水衣，手提脚蹼，蹚着潮水走到船边。印度教练 Argun 和我蹬着简易竖梯先上了船，另一位瘦瘦的法国教练和身材丰满的法国女士随后登船。船上还有两位黑红皮肤的克里奥尔水手，长得憨厚老实。我粗略统计，共有6人，但来自4个国家，小船的国际化程度很高。

方才在潜水中心交了钱，Argun 不在场，法国人发我一套半袖潜水服，我问能不能换成长袖。法国人说半袖很好，水不冷。上船后，我看到两个教练和法国女士都穿长袖潜水衣，又向 Argun 表示自己更喜欢长袖。Argun 一听，立即让水手将船靠岸，大声地对潜水中心喊话，果断让其换一套长袖潜水衣。我如愿以偿，不由得很开心。我告诉 Argun 我不是怕冷，而是觉得穿长袖照相好看。Argun 像老朋友一样点头赞同。

阳光灿烂，海风柔和，小船轻轻犁开琼浆玉液般的海水，向岩石较多的西南岬角驶去。那无边的宝石蓝下面——靠近赤道的印度洋深处都藏了些什么样的海洋生物？心中不禁起了很大的悬念。20 分钟左右，到达目的地海域。我看见海水下出现了黑压压珊瑚礁的颜色，顿时兴奋。我们四个人同时绑好铅块，穿好脚蹼，背上氧气筒；法国女士和教练首先跳下水，我正要接着跳下船时，Argun 拦住了我，示意我模仿他背靠大海坐在船边，两手护住头镜，后仰翻身跌进水中。我试了以后，感觉此种入水方式更加刺激、潇洒。

我们潜入水中，水下一片混沌。Argun 用手势问我是否感觉正常，得到我的 OK 手势，便带我向深处游去。我的耳膜出现鼓胀，捏鼻鼓气后恢复状态。前行不久，水下出现了期望已久的珊瑚礁。由于我付了摄影费用，Argun 既是我的教练又是摄影师。下水前他问我有什么需求，我说最好让我自己拍。他说 No problem（没有问题）！此刻他把水下相机给我，让我尽情拍摄。

我们穿过一条沟谷，来到一片低洼的开阔地。眼前出现了各种各样的珊瑚。其中鹿角珊瑚大片白化、死亡，与我头一天在圣安尼岛坐玻璃船和浮潜看到的一样。而在北半球的马尔代夫、帕劳，并没有看到这种现象。我曾问当地人士这是什么原因，普遍回应是因海水太热，但也有人说是填海工程造成的淤泥所致。此刻我留心观察，发现深水区里的脑珊瑚、蘑菇珊瑚仍然生机勃勃，长势旺盛。在一些深陷的谷壑，有许多随波摇曳的海葵，其中还杂有雪白的刺枝珊瑚。巨大的海参像小狗一样爬在沙地上。珊瑚礁穴窍里，布满黑乎乎伸展长棘的海胆。

水中的鱼群渐渐增多。在圣安尼海洋公园浮潜见到的五带豆娘鱼已经没有了，一群活泼的小蓝雕鱼率先出场。接着，炮弹鱼的绚丽色块、黄尾乌东的闪亮尾巴、蝴蝶鱼的奇异斑纹……频频撞击眼球，海中到处是流动的色彩。一些大个儿圆眼燕鱼漫不经心地扭动尾鳍，像警察一样巡游。两条又长又细的圆筒鱼，不知道叫什么名字，笔直地横在水中，远看一动不动，近看却在缓缓前进。

海水太清，造成距离上的明显错觉。看上去触手可及的大鱼，用水下相机拍摄时，又因实际距离太远而影像太小。想靠近拍摄，那些鱼又奇怪地难以近身。Argun在旁边扯了一下我的潜水衣，向右下方一指，我一看，有一只大玳瑁趴在礁石缝中，急忙下潜靠近拍了一张。它很像中国南海常见的玳瑁，据说塞舍尔海域有很多，学名鹰嘴海龟。它因为捕食有毒的海绵和刺胞动物，身上含有毒性，并长有极为坚硬的背甲和迷人的棕色龟纹。我由此想起这一带很少看到水母，必是大量玳瑁活动的结果。这时Argun又指向前方，我抬头一看，却是一条帝王神仙鱼，悬在水中并不游动，满身蓝黄相间的条纹，散发出金丝绒般的光彩。神仙鱼是珍贵鱼种，在中国海南已经非常罕见，我盯住它过足了瘾方才离开。

我们边看边向前行，潜入一片礁石林立的海底山坡，Argun突然指向下方，我低头一看，开心至极：两条很大的狮子鱼！它们又名蓑鲉，我早在海洋馆认识了这种鱼，但从未在海里看到野生品种。只见其满身彩纹如锦绣，扇子形胸鳍及羽毛状背鳍向外张开，像浑身长满翅膀的大鸟。它们扑打着奇异的"翅膀"，发出直升机转动螺旋桨似的声音，在珊瑚丛上方转来转去，周边卷起一阵阵波澜。我俯身向下，追着这两只"大鸟"游得筋疲力尽，又始终不敢靠得太近，因为它们背鳍鳍棘毒性很强，人被刺中后，会像马蜂蜇了一样剧痛，严重者会昏迷。

前方出现两大团黑乎乎的东西，我吃了一惊，临近一看，原来是法国女士和法国教练。方才明白，人在海中，也类似怪物。我们相互招手致意，然后各行其道。眼前又出现一片开阔的谷地和形状各异的珊瑚礁，有几条我在马尔代夫见过的甜唇鱼（胡椒鲷）恰到好处地游到眼前，以鲜亮的条纹和富有个性的嘴唇，给我一种亲切感。Argun指向左前方，我侧身一瞧，是一个大玳瑁在缓慢游走。急忙扑打脚蹼去追赶，却见鬼似的越追越远。Argun陪我追了一会儿，摇手拦住我，我猜时间差不多了，于是掉头和他往回游。浮出水面后发现，因为洋流漂移，小船已经离我们很远。我们等着小船开到跟前，见法国女士和教练已在船上，我们很快上船。

乘船返回时，Argun告诉我，玳瑁是游泳健将，速度很快，但看上去很慢，所以给人错觉，总是追不上。我问他那条又细又长的鱼叫什么名字，他以吹管乐的手势告诉我是喇叭鱼（trumpetfish）。我们讨论印度洋鱼类时，他从手机上翻出图片及英文数据库，流利地回答我的询问。最后，我们一致认为，毒素，不仅是海洋生物自卫和捕食的武器，而且是其美丽形体和外表的源泉。越毒，往往越漂亮。如软珊瑚、水母、玳瑁和蓑鲉。

三

在博瓦隆海湾，很容易见到彩虹。湾内的小气候变化多端——云不骗人，云到雨到。不一会儿，云开雾散，太阳又出来了，这时的天空便容易出现很大的彩虹。而浪花从海中卷起后，被强烈的西风吹成帘幕状水雾，在阳光照耀下也会出现一道道小的彩虹。

在塞舌尔首都维多利亚市中心的独立大道上，矗立着一座由三只飞翔的海鸥组成的雕塑，象征着来自欧、亚、非不同肤色、不同宗教信仰的人和睦相处。塞舌尔人肤色各异，却自称为一个民族——克里奥尔（Creole）。克里奥尔一词原意是"混合"，泛指由法语、英语、马尔加什语、班图语以及北印度语混合并简化而生的语言。说这些语言的人，都是克里奥尔人。

在博瓦隆海滩和商场、码头，到处都可以看到"克里奥尔人"：像黑人一样的强健骨骼，黑里透红而闪光的皮肤，性感的嘴唇，黑发，深陷的眼窝，柔和的目光里有一种热情奔放的力量。经过多代混血，他们的祖先与家谱如彩虹般纷杂：商人、自由奴、海盗、漂流者，还有英国和法国殖民者。即使有些没有混血的纯粹欧洲人，一旦移民或居住此地，也自豪地称自己为克里奥尔人。我碰到一位来自山东青岛的小伙，随援建企业到这里打工，爱上一位当地姑娘，结婚后移民塞舌尔，也自称是克里奥尔人。

印度洋，曾经是人类和平交往和通商的场所，也曾经是海盗横行、欧洲殖民者烧杀掳掠与贩卖奴隶的地方。经过数百年的冲突和摩擦，欧亚非各民族在这里悄悄融合。克里奥尔人代表了这一历史趋势，它使塞舌尔成为一个没有种族和肤色偏见的彩虹之国。

博瓦隆海滩，和塞舌尔所有海滩一样，对所有人开放，不允许任何私人和单位独占。岸边海滨大道上，弥漫着烤鱼、椰干和肉桂皮的香味，世界各地的游客来来往往，五颜六色的奇装异服令人眼花缭乱。来此度假的欧洲游客身着泳装，从早到晚赖在这里享受海水浴和日光浴。三三两两的钓鱼和潜水爱好者时而乘船出海，到附近海域过一把瘾。傍晚时分，克里奥尔人以家庭为单位，一批批来到海滩树荫下，唱歌、跳舞、欢聚。所有家庭结束聚会后，都会把垃圾收拾干净并带走。

据英国学者居伊·利奥内考证，最早访问塞舌尔群岛的是波利尼西亚人和阿拉伯人。葡萄牙探险家达·伽马于1502年第二次印度洋航行时发现了这些岛屿。法国于1756年占领此地，并以财政大臣塞舌尔的名字命名。拿破仑失败后，英国人占领了这里。1976年，塞舌尔获得独立，逐渐发展为世界旅游和度假胜地。但英国人和法国人旧情未了，喜欢每年来此地度假。

塞舌尔西距肯尼亚蒙巴萨港 1593 公里，确实远了一些，沿非洲海岸线行驶的船队很难发现它。郑和下西洋的船队有到达溜山（马尔代夫）、阿丹（亚丁）、忽鲁谟斯（霍尔木兹）、马林迪（肯尼亚）、慢八撒（蒙马萨）的记载，但没有到过塞舍尔的记录。

写于 2018 年 9 月

波拉波拉岛

2016年阳春三月，我从北京几经周转，飞抵南太平洋中部的大溪地岛（Tahiti）首府帕皮提（Papeete），接着乘法国"保罗·高更号"游轮到达波拉波拉岛（Bora Bora）。下船发现，这里已是南半球的初秋。

据说波拉波拉岛被欧美游客称之为地球的天堂。"天堂"，是指世上最适合人类居住休闲的世外桃源吗？我不免产生好奇心。

在海上航行，远远地就被漂在水上的波拉波拉岛山形轮廓吸引。它的面积只有29.3平方公里，居民人数不足1万。从游轮望过去，峰峦秀丽，山脊悠长，缓坡从水下开始渐渐上升，至水面以上，尽是柔波细浪般的低矮丘陵。但至山峦核心处，数座高峰猛然拔起，如大涌大浪。中间两座有玄黑色巨石屹立，峭壁垂直如刀削。高峰周边有卫星山峦环绕，似群浪翻腾。

船在波拉波拉岛外锚泊两天，每天早晚，见那山顶始终有雪白的云层缠绕。先是一些云的花絮，从山林深处徐徐生起，逐渐汇聚成各种冰激凌的形状，随着山势向天盘旋。太阳一出，它们顷刻化去；太阳落了，又悄悄翻卷而来。

上岸租得一辆吉普车，沿海边绕山一圈，从不同方向看那峰峦，又是多种面貌。从南向北望去最险，危崖突兀，怪石耸立；从西向东望去最秀，山势平缓，山色青青，峰岭上下簇拥着鲜活漂亮的热带雨林植物。沿途看到许多芒果树、诺利果树、椰子树和大叶芭蕉，椰子树总能在茂密丛林中高人一头地探出身来，但它喜欢待在山与海的接合部，不去山顶。面包树藏在谷壑洼地，像一座小山，树干又粗又壮，叶子肥大而茂密，可惜果实没熟，不能品尝这些曾在大航海时代为过往船只进行补给的食物。

乘当地渔民的小船绕波拉波拉岛行驶一圈，进入彩色的珊瑚海洋。这里的海面有些奇特，近岸海域水深，水色湛蓝、醇厚。出了海湾，海底凸起，海水又浅了，变成罕见的绿色，似乎是把周边海岛的所有翠叶青草洗净了，捣碎拌匀，熬成了绿浆。随着水越来越浅，绿浆逐渐变淡。行至最浅处，海水仅没人的胸前，绿色更加稀薄，水底白沙和珊瑚礁清晰可见。前行至深水区，海水又变成湛蓝。不一会儿，行驶至一片深海和浅海的交界处，一面是令人心醉的蓝幽幽，一面是皎洁鲜嫩的绿清清，蓝天、白云、青山都显得暗淡了。我急忙用手机对着海景拍摄，却发现照一片，瞎一张，那海的颜色根本拍不出来，方知以往对物体颜色的感知标准此刻都失效了。大海的所有颜色都是形而上，绿也好，蓝也好，红也罢，不过是一种光影效果，远看鲜艳明亮，近看空灵虚无。

第二天上午，在波拉波拉岛参加了"玻璃船观赏鲨鱼和鳐鱼"项目。这是一条加装马达和玻璃底的渔船，满载 12 人，除我们夫妇，皆为欧美人。船长为大溪地人，年纪在 50 岁上下，只穿一条短裤，皮肤晒得黝黑光亮，瘦削的身体像豹子一样敏捷，脸上布满风浪刻画的皱纹。小船穿过海湾，在梦一样的蓝色海域平稳行驶。偶有快船从旁边疾驶而过，激起一片波浪，小船就颠簸摇晃起来，不得不放慢速度，待水波平稳再加速。从船长的表情看，他对船的性能和这片水域已经烂熟于心。行驶至一片湛蓝的海水之中，船长关闭了马达，任凭小船随波逐流。这时，水中有一些白晃晃的影子从四面八方闪过来，有人忽然喊起来："shark！"（鲨鱼）那是一群白鲨，形状大小和人体差不多，在水中游速极快，刚看到一群白影，一晃就不见了。不一会儿，水下又出现飞速穿梭的白影。这时船长戴上备好的简易浮潜工具，穿上脚蹼，从桶里拿了一块肉，回头用英语对船上喊："有没有想下水的？"只见一位欧洲中年男士应声而起，穿戴着早已备好的泳衣和浮潜工具，手拿水下相机，跟着船长就跳了下去。那船长下海后，将肉从空中抛下，白鲨们迅速围拢抢食，其游刃有余的仪态，干净利索的转身，狼群一样的争夺能力，刹那间在水中凸现出来。欧洲男士跟随船长一起浮潜，抓紧用水下相机抢拍。白鲨围绕船长和男士游来游去，人与鲨相安无事。

"这些鲨鱼从不伤人吗？"我忍不住问上船后的船长。他笑笑说："只是这里的鲨鱼不伤人。"原来，这些鲨鱼被他经常喂食，逐渐对人友善了。船继续在海上行驶，水中的白鲨追着船跑，一会儿从右侧钻了出来，一会儿又跑到左侧，好像在和渔船捉迷藏。到了一片浅海，水色又由湛蓝变成迷人的青绿。船长再次关了马达。不一会儿，更多的白鲨围了上来。这次未等船长发问，船上所有人都奋勇下海。有一对行动迟缓的老年夫妇，率先下船。大多数人因没有事先准备，来不及换游泳衣，穿着漂亮的衣服就跳下了水。

海水只淹到胸部，水质洁净，看着鲨鱼更加清楚。许多人想追逐鲨鱼，但鲨鱼行动快速敏捷，很难近身。船长告诫，"不要去触碰鲨鱼，那样很危险"，所有的人又警觉起来，谨慎地跟着船长在鲨鱼周边游走。那些鲨鱼则在人群之中来回穿梭，忽近忽远，但与人始终保持一定的距离。水中的游客个个兴奋不已，跟着鲨鱼在水里蹦跳撒野，一片欢声笑语。

我在水中跟着鲨鱼游了一会儿，后背突然被滑溜溜的东西碰了一下，转身一看，是一条黑乎乎、圆圆扁扁的大鳐鱼，再往后看，还有三四条跟着它，黑压压一片，像航母编队一样游了过来。它们拖着一条长棍般的尾巴，两侧胸鳍做优美的波浪式摆动；时而倾斜身体，露出雪白的肚皮；游速虽不及鲨鱼，但比人游得快。这几条大鳐鱼从我身边擦过去，直奔前面的船长。船长一见，立即笑逐颜开，靠上前去——抚摸它们的头部。那些鳐鱼竟然像宠物狗一样，乖乖地贴着船长，任凭其抚摸。有一条鱼好像在撒娇，不时用身子触碰船长。船长会心一笑，托住它，亲吻鱼嘴上部，那鱼一动不动地享受。

这时船长又回船边拿出两把肉，一把撒给远处的白鲨，一把撒给近处的鳐鱼。白鲨、鳐鱼立即分别围聚争抢，水中的游客争着围观，乱成一团。我看鳐鱼似乎对人更为亲善，便多次靠近去抚摸它们。鳐鱼并不躲闪，像老朋友一样让你触碰，不时用身子扫打你。偶尔摸到它的脊背，有刺，很锋利。船长提醒："不要摸它的下面。"我猜它可能像宠物狗一样，喜欢让人摸它的耳朵边。

过足了和白鲨、鳐鱼一起游泳的瘾，一行人穿着湿漉漉的衣服返回船舱。船长最后上船，用一瓶淡水冲洗了头，再用手抹一把脸，也不用毛巾擦，任凭水从身上流到甲板上，接着开船。海水越来越深，纯正的蓝调又占据了整个视野。不一会儿，海水又变成闪亮的绿色，船上的人随着波涛心旌摇荡。行驶中，时有飞鱼跃出海面，转眼消失。船驶向另一片海域，玻璃船底下面渐渐出现漂亮的蘑菇状珊瑚礁，形状各异的热带鱼在礁石间来回游荡。船上的人又兴奋起来。

船长再次关闭马达，让船在水上漂浮，接着纵身一跃，潜入船底，扔下一把鱼食。这时，大大小小的鱼儿从四面八方一齐奔向船底，几乎把玻璃船底挤爆了。船上的人一阵阵欢呼。那些鱼个个像专门培育的观赏鱼，体色斑斓，造型奇特。有些鱼是透明体，看不清鱼身，只能看见鱼骨；有些鱼身上带着奇异的彩色图案，在阳光下发出耀眼的光芒。过了一会儿，船长浮出水面，又向空中扔了一把鱼食，鱼群又纷纷转而冲出水面争抢，激起阵阵水花和一圈圈波纹。海水清澈，从船上可以清晰看到水下游动的鱼群形状。鱼儿在水中游，人在船上凝望，船儿、人儿和远方的山儿、云儿一起随着碧绿的海波荡漾，都成了风景。

用两个半天时间，分别在波拉波拉岛的马蒂拉海滩（Matira Beach）和保罗·高更海滩（Gauguin Private Beach）下海游泳。保罗·高更海滩和"保罗·高更号"游轮一样，与画家本人并无关系，是后人借其名字命名。虽然时值初秋，太阳仍然像烈火一样炙热，沙滩滚烫。即使擦了满身防晒霜、喜欢晒太阳的欧美游客，也躲到树荫下休息。在强烈的光照下，苹果手机的照相功能失效，拍摄的景象漆黑一团。但山海之间的各种景物色彩饱满，极度艳丽。想起自1891年起先后在大溪地居住了10年的法国画家高更，他的《大溪地女人》《三个大溪地人》《海边的大溪地女子》等作品总有一种很强的光照感和灼热感，不仅人物的棕褐肤色、鲜艳火红的花果、透亮的橙色天空皆如灿烂的阳光，占据主要画面，即便背景中的绿色树林、玄黑色土地等，也似有一团火隐藏其中，让人觉得亮堂。他大概是被大溪地的阳光触动、燃烧，才激发了艺术灵感吧。

这是目前为止我游过的最温暖的海水。浅滩很大，海水只没到腰间或胸部。海岬角不长，海岸弯曲度较小，海湾外侧有堤坝一样的珊瑚礁潜伏水中，将大洋的汹涌波涛阻挡、衰减，使湾内风平浪静。海水像清澈的河流，水底的沙滩和礁石历历在目。保罗·高更海滩较小，水深，游出去不远，便有零零散散的珊瑚礁。戴着泳镜往前游，只见水下有一大片岩石礁盘，各种形状的珊瑚盘踞其上，十几条带着彩色斑纹的大鱼在珊瑚丛中游来游去。想靠近细看，不料礁盘底下有一股强大的吸力，把人直往水下拉，心中一惊，奋力挣脱出来，赶紧游回浅水。

马提拉海滩水面开阔，由白珊瑚碎石磨成的沙滩柔软细腻，清澈见底的浅水区面积更大。这里本是很好的海滨浴场，却很少看到有人游泳，但有许多当地人和欧美游客始终趴在水面上一动不动。我游到海里才知道，他们都带着简易的浮潜工具，贪婪地观看水中的珊瑚和热带鱼。禁不住诱惑，也加入其中，俯身向水下望去，海底沙滩中光影斑驳，奇形怪状的珊瑚和肥大的海参比比皆是。成排成队的鱼儿在水下的波光涛影中游荡，像一群群捉摸不定的幽灵。正在寻觅，身旁突然出现两条大鳐鱼，越过自己向前游去，急忙追赶，却怎么也赶不上，眼看着黑乎乎的鱼影在水中远去。

如同波拉波拉岛的山峦秀中藏奇，波拉波拉的海湾静里有险。因这崇山峻岭之中，山坳沟壑众多，海基岸委婉曲折，将海水重重围堵，因而海边鲜有风浪。但许多山岭山坡藏在水中，水下珊瑚礁形态多变，高低不平，常在平静的海面出现下陷的漩涡，或在浅水区与深水区之间出现激流险滩。保罗·高更海滩有两块不同水域紧挨一起，一块平静，一块有暗流。因为水太清，远看几乎没有差别。开始，觉得那海水就像游泳池一样安静，游着游着，突然感觉水流加速，如在滚滚长河之中，无论怎么用力，仍被水流挟裹冲出很远，这才意识到水中的风险，再也不敢大意。马提拉海滩浅水区太大，好不容易游到深水区，发现水面又像河一样流起来。奇特的是，你看不出水流的方向。那逶迤蛇行的水波看一会儿就眼花缭乱，一旦游进去，总有一种把握不住的力量把你拖向漩涡和暗涌。

论沙滩质量，波拉波拉岛海滩并非一流。但这一片海域最适宜珊瑚礁生长，是海洋生物的乐园。

我终于明白，人们称波拉波拉为地球的天堂，不是指这个海岛如何美丽并适合人类居住，而是指它作为保存完好的珊瑚礁生态系统，是地球物种繁衍生息的天堂。

巴厘岛火山

这是能够听见地球心脏跳动的地方。太平洋、印度洋、欧亚大陆三大板块在此交会，地震活动剧烈，火山爆发频繁。

如果把印度尼西亚的400多座火山比作地球的肚脐，那么，巴厘岛就是肚脐眼。以海拔3142米的阿贡火山为首，岛上自东向西依次有10余座火山锥，如同一条火龙。整个巴厘岛无处不是火山的影子，带着浓烈的烟火味。

在库塔海边漫步，见黑沙滩在阳光下闪耀着晶光，抓起一把沙子掂了掂，很轻；细看有黑色细粉夹杂其中，好像火山喷出的灰烬。到乌鲁瓦度夫崖看海浪，又见岬角、悬崖的火山岩层焦黑、坚硬，铜墙铁壁般屹立海岸，满身网状气泡，完全是火山喷发的玄武岩结构。

漫游岛上，到处可见信奉印度教的居民朝拜供奉火山神的传统习俗。家庙、村庙、寺庙皆设祭拜火山的神龛，庙堂占地规模和建筑用料超过居室，层级递进的宝塔结构展现了对火山保护神、破坏神、创造神的逐级崇拜。无论城镇还是乡村，家家户户门前插有祭拜火山的平安竹，以极简主义风格的竹弯造型代表阿贡火山，竹竿饰有火山花草和山神之剑，下端竹篮盛满贡品，以表对火山的敬意。

我租了一辆车，从南边的努沙度瓦（Nusa Dua），一路向北，经过邓巴沙（Denpasar）、邦里（Bangli），行程100多公里，到达金达马尼

（Kintamani）。在海拔1400米的地方，看到了东北方向数公里外、海拔1717米的巴都尔活火山。山上云团终日缭绕，如滚滚浓烟。主峰上下一片焦黑，寸草不生；焦土焦石如万千瀑布，从山顶向四面八方飞奔流泻。巨大的双层火山口藏在峰巅，正在休眠，远看平平淡淡，从中冒出的些微热气迅速蒸发，不留心很难发现它依然"蠢蠢欲动"。

然而四周的卫星山峦植被繁茂，完全是另一种景象。它的左侧脊岭前面复起为一座高大青山，与它合成一个半环，将明晃晃的巴都尔火山湖紧密围拢；右侧脊岭前方，一片满布热带雨林的山岭屏风般立起，像一排卫兵。巴都尔火山喷发熔岩已有26次，最近一次是2000年。据说火山喷发的熔岩流到了64公里外的巴沙尔海岸。巴都尔火山，既是死亡之火，又是生命之火，它像魔术师一样，摧毁了村庄、神社和生命，又喷出了岩石、湖泊、河流和富含矿物质的土壤，火山周围一带柑橘、香蕉、咖啡、椰子等作物生长茂盛，人们在这里重新建起了家园。

我从巴厘岛乘游轮去东面的蓝梦岛，风并不大，但波涛汹涌，轮船摇晃如荡秋千。地面陷下去，又浮起来。地平线飞上天空，又坠下大地。黑云从天上滚滚而来，跌宕起伏的海面呈乌银色，船在浪涌中跌跌撞撞地行走，船板咔啦咔啦地响，大浪从船头卷到空中，又倒灌下来，船舷落水如暴雨。波峰浪谷七上八下，瞬息万变，好像海底断裂带和火山区就在脚下，让人不寒而栗地联想起2004年安达曼海大地震引发的印尼海啸。但浪涌中自有一股相互冲撞抵消、摩擦衰减的力量。三层楼高的游轮不停地倾斜、俯仰、摇摆，竟在大浪大涌的夹缝中侥幸逃脱。

到达蓝梦岛，天空突然晴朗，眼前出现一片清澈碧绿的珊瑚海，一座堆青积黛、白沙环绕的小岛屹立其中。回头一看，阿贡火山的高大身影近在眼前，似从万顷波涛中生长出来。这座海拔3142米、被称为"巴厘峰"的活火山,喷发周期约为 50 年,最近一次喷发为 1963 年 3 月 18 日,当时热浪高达 1 万米,火山灰在 4000 米高空弥漫全岛,熔岩摧毁了山麓森林和村庄,致使 1600 余人丧生,86000 人失去家园。[①] 此刻它好像又在休眠,主峰高耸入云,峰顶周边焦黑色岩石和山腰下浓绿的森林隐约可见,大山的前后左右皆藏有神秘的峰峦。山上的蘑菇云层仿造了火山的身形:中心是高峰,两侧是绵延起伏的卫星峰峦;云影如巨鸟的翅膀,盖住了很大一片地面。

岛上火山石基岸蜿蜒曲折,到处是布满气孔的凝固熔岩,恰似阿贡火山在西南方向伸入大海的支脉。海岸边浪形也奇:万顷波涛中骤然聚起一座孤峰,很像火山模样,从东北向西南迅速移动,峰顶两侧飞溅的浪花在风中撕扯成的雨山雾山,随浪峰一起侧移。待行至西南角,后面又有两座水峰继起;浪峰达到高潮,再掉头向东南海岸箭一般冲击。崖壁被浪花冲撞之处,有许多水流冲刷的穴洞。穴洞很深,潮流冲进去没有动静,良久,又从洞中倒灌出来。

看珊瑚的潜水区就在浪区旁边,似乎在昭示珊瑚虫总是喜欢迎着风浪生长。这里的潜水项目价格便宜,但不正规。潜水教练是当地人,名叫迪诺(Dino),皮肤棕黑,长得矮胖浑实,总是嘻嘻哈哈的。他的教学几乎没有内容,等我穿好潜水服、背上氧气瓶下水,套上他递来的潜水面具,他对着我只比划了上升、下潜、OK 三个手势,就拉着我下潜,直奔海底。好在我有一些潜水经验,勉强跟得上。我很快就看到水下藏匿的大片火山礁石。断壁,穴洞,焦黑的石色,火山爆发熔岩四处流淌而又冷却的印迹,与岛上的火山基岸一脉相承。火山岩上面,是各种各样连在一起的珊瑚礁。一些大型蘑菇状、灵芝状珊瑚礁如刀片一样叠起,枝杈状、疣突状礁石则带有锋利的锥尖,来

[①] 作者于 2017 年 6 月游览巴厘岛,离开后获悉,当地时间 2017 年 11 月 21 日,阿贡火山再次喷发。

访者稍有不慎，便被划伤。如达尔文考查印度洋科科斯群岛后所说，珊瑚虫，喜欢在死火山岛的边缘形成裙礁，因为边缘环境适合珊瑚虫的代谢生长和繁殖。

迪诺领着我沿着低洼处，小心翼翼地穿越山丘般的珊瑚礁群。各种热带鱼群在珊瑚礁丛中到处游荡。脊背抹一道鲜黄、五条黑白斑纹相间的五带豆娘鱼像老伙伴，在中国海南、马尔代夫见到过，在这里也大量涌现；三条黑白条纹将体色截然分开的宅泥鱼，十分醒目，数量几乎与五带豆娘鱼差不多。在鱼群边缘游走的蓝紫色黄尾梅雕，似乎凝聚了大海所有的蓝色，浓得化不开；它长得和蓝倒吊差不多，只是尾巴大了许多。另一种叫黄金吊的鱼，鲜黄的体色与黄尾梅雕的蓝形成鲜明对比，其嘴尖，身体扁圆，背鳍又密又长。还有又胖又大的圆眼燕鱼，带着十来条黑色条纹的黄金鲹，以及一些叫不出名字、形状很奇怪的鱼。

水下暗涌跌宕，流速很快。迪诺带领我沿礁石峡谷小心翼翼潜行。沿途看到许多熔岩浇铸的石台、石板，顶端平整光滑，边缘曲折离奇且尖锐锋利，崩塌断裂、内剖为穴者不可胜数。洞穴罅缝之中，常有漂亮的贝类和鱼种；深层岩礁之下，藏着许多罕见的软珊瑚。有一丛奶油色软珊瑚，趴在一片礁石后面，远看似风吹草动，近看却是一片细密的棕色胶质软管，顶着无数个白色小灯泡，随波摇荡，与我在青岛水族馆所见人工养殖的气泡珊瑚十分相似。每遇到漂亮的珊瑚，我便驻足停留，迪诺理解我的兴趣，主动陪伴。我们在水下渐渐配合默契，一口气潜游了半个小时，方才上岸。

脱下潜水服，低头望见那碧绿清新的海水，心里又痒，转身跳下水去游泳。海水清爽透明，朝阳的一面闪耀着刺眼的光斑；波涛摇荡着远方海岸的山影树影，大地在水面上荡起秋千。时而感觉水中有一股透心的凉气袭来，如遇冰雪，不过很快又有强大暖流穿越身上，似火烤一般。想起极地和雪域高原的融水,随江河入海,跋涉万里,寒气并未消除,只有经这赤道附近的太阳和火山熔岩烧炼,才彻底融化,变为赤道暖流回归,可见大海之中自有一种阴阳平衡的力量。上岸后不久,便觉太阳灼烧脊背。俄而,又有清凉海风飘过。

巴厘岛,水上水下无处不在的火山影子,笼罩着珊瑚虫繁衍生息的乐园。

跋

根据詹姆斯·卡斯的观点，人类活动可划分为有限游戏与无限游戏两大类。一切为了生存的活动和为了分出高低胜负的赛事战事，都是有限游戏；而不讲功利、与世无争、享受创造乐趣和追求精神自由的文化艺术活动，都是无限游戏。有限游戏讲规则、有时间地点的界限；无限游戏不讲规则，没有时空限制。有限游戏让人焦虑、紧张；无限游戏给人以莫大精神享受[①]。旅行，大概就是类似于文学创作和艺术活动的无限游戏。

我喜欢旅行的现场带入感。人在固定不变的生活中久了，感觉会迟钝，思维会僵化，本性会丧失。旅行说走就走，带你离开原来的环境，进入异国他乡，让你对习以为常的事物生出陌生感，激活你的好奇心；现代社会和工业文明让你与大自然日益隔离，很容易产生焦虑、抑郁等心理疾病，旅行带你离开尘世喧嚣，走向山野和远古，解除你的疲劳，恢复你的身心健康。千篇一律的生活模式还有一种弊端：各种规则、界限、束缚令人窒息，活动半径越来越小，时间很快逝去，生活内容乏善可陈。旅行带你冲破种种小圈子，大范围扩展活动半径，重新定义时间，魔术般改变你的生活质量。如波德莱尔的诗篇："带我走吧，火车！带我走吧，轮船！远去吧！远去

[①] 《有限与无限的游戏》第1章。

吧！"① 目的地并不重要："任何地方！任何地方！只要它在我现在的世界之外！"② 旅行的带入感就是一种穿越，它带你突破自然界和社会的种种界限，如同陶渊明追求的世外桃源，佛教徒的行脚参学，中国士子的行万里路，解脱人为的种种束缚，打开生命的无限可能。这里当然也有主观努力：虚怀若谷，放下任何固定的成见偏见，善于包容与自己不同的人和事；入乡随俗，甚至衣食住行的习惯也可以随当地主人改变。真正的旅行不是用同一双眼睛、同一套观念看不同的人和事；而是借助若干不同的眼睛、不同的视角重新审视熟悉的和不熟悉的世界。因此，虽然现代交通工具方便，旅行方式多种多样，但我更喜欢一种独往独来、不受任何约束的行走。这种方式往往会带来意外的收获，如 2019 年在墨西哥坎昆潜水俱乐部遇见德国教练尼克·巴赫曼，跟随其潜入加勒比海观察热带珊瑚礁；2018 年，在贵州双河洞遇见法国洞穴探险家让·波塔西并现场采访；同一年在西沙群岛鸭公岛结识潭门镇渔民许明时一家，根据许家提供的线索，又在海南岛潭门镇草塘村寻访到多次去南沙群岛的老船长苏承芬，观看了他的草根航海日志《更路簿》。

旅行中阅读，是另外一种现场带入感。你喜欢一位旅行家或探险家，他已经不在了，世上只留下他的书和关于他的书，没有关系，旅行可以把你带入他去过的地方，感受他的环境和心境。此时此刻，意识的力量突破生死界限，你和他跨越了时空，像老朋友一样进行心灵交流。我曾带着《徐霞客游记》游览了他去过的大西南许多山川、洞穴，霞客就像一个旅伴陪伴左右。最后在他居住最久的鸡足山，和他一起饱览"东日、南云、西海、北雪"的横断山余脉奇观，体验到他在明末朝政腐败之际向往山林、洁身自好的高远情志。带着《库克船

---

① 《恶之花·忧伤与漫游》。
② 《巴黎的忧郁 48》。

长日记》去新西兰、澳大利亚和夏威夷、大溪地，再乘当地游轮航行，从空中、水上、水下多方面体验太平洋的浩瀚无垠，库克船长现场观测海洋的身影几乎无处不在，尤其是他驾船渡过德雷克海峡、在澳大利亚大堡礁化险为夷的场面就在眼前。在一次乘阿联酋747飞机飞往迪拜的途中，来回穿越青藏高原和帕米尔高原，我守在舷窗前，近距离看到喜马拉雅、喀喇昆仑、兴都库什、乔戈里峰等众多雪山冰川，当我比照电子屏上的卫星地图，确认自己就在东晋法显、唐玄奘西行印度取经所翻越的大流沙（塔克拉玛干沙漠）、大雪山（兴都库什山）上空时，我感觉自己和他们一起经历了出现幻觉、降服心魔、得大清净的心路历程。在安第斯山脉南部及火地岛、比格尔海峡阅读达尔文《比格尔号航海日记》，仿佛看到他携带显微镜、望远镜、猎枪、地质锤、捕捞网套，沿途采集鸟类、鱼类、昆虫、植物、岩石标本，在巴塔哥尼亚高原挖掘出大懒兽、箭齿兽等9种灭绝生物化石，由此悟到自然史长河中的生命演化进程。在南非丛林中翻看海明威《非洲的青山》所记东非狩猎之旅，现场观察作者笔下充满原始野性的动物世界，感觉又不一样；《老人与海》可以当作一本海上游记，在巴哈马群岛和古巴的海上阅读，能切身体验海明威与众不同的钓鱼生活；茨威格的《麦哲伦传》可以作为第三人称撰写的大航海时代游记，在非洲好望角、火地岛上阅读，即是现场触摸那段波涛汹涌的历史。《瓦尔登湖》被我当作心灵游记，带着它去普达措、泸沽湖，体会梭罗与大自然独处的心境，照样有一种内在的喜悦。在这里，读万卷书与行万里路的界限不复存在，今世与前世、生者与逝者的界限也不复存在，它们的踪迹都融合在这本小册子里，难分难解。

我喜欢游记的现场带入感。游记是以现实元素为背景、不受外部干扰独立完成的非虚构写作，其魅力在于现场感和真实性。特别是他人没有发现或到达的地方，旅行者用平实、准确的文字传达自己在现场的所见所闻所思，读来如亲历其境，鲜活生动；若干年后，又是活的史料，具有不可替代的作用。向往美轮美奂的景致——大自然的艺术，是人类的天性，也是不带任何目的与利益考量的精神愉悦，这种愉悦只有在现场才能获得体验，也只有在现场记下的文字才能打动人心。正是这种感觉吸引我去了青藏高原、云贵高原、太平洋和印度洋诸多岛屿，看到了雪山、溶洞和珊瑚礁奇观。去稻城亚丁、梅里雪山、贡嘎山等地游览横断山脉，可以看到最漂亮的角峰、刀脊、冰壁、冰川，那是石与水千百年冰冻混凝的结构，山即是水，水即是山，峰谷落差状似瀑布，山体滑坡又似水流泻。去贵州织金洞、双河洞和广西银子岩游览，可以见到最年轻鲜活的钟乳石，和我在海南岛棋子湾捡到的珊瑚遗骸一样，内中布满细小密集的孔穴管道，是精密的储水器和水循环系统。由此悟得，无山不洞、无洞不连的云贵高原即是藏有海量地下水并可循环流动的喀斯特溶洞体系。在墨西哥坎昆，太平洋塞班岛、帕劳岛，印度洋塞舌尔岛，下海游泳和潜水，都能看到梦幻般五色海和珊瑚礁，让人目眩神迷，进入另一时空……在我看来，雪山、溶洞、珊瑚礁，是山脉水脉从青藏高原到云贵高原，再到印度洋和太平洋的三个里程碑。它们一路呼风唤雨，从地上地下改变着地球面貌，促进山与海之间大循环、大交流。山中有海，海中有山。山是凝固的海，海是流动的山。随着星转斗移，山会变成海，海会变成山。山海流很神奇，它循环往复，经久不息，既是人类得以繁衍的地球生态系统，又是和人类一样有生命的存在。中国儒释道传统文化历来主张修心养性应当接近高山流水，远离尘嚣。走向高山与大海，与浮云、白雪、岩石、浪花、沙滩为伴，不仅能清心寡欲，返璞归真，而且能放飞心灵，感受宇宙的力量和奥妙。为了抓住当时转瞬即逝的灵感，我在旅行中坚持将每日见闻于第二天凌晨四五点钟起床整理记下，力争使现场观测形成的游记保持它鲜活的样子。至今翻看这些旧日文字，仍如置身其中，热血沸腾，对荡涤各种烦恼杂念、唤醒生命活力有奇特效果，但愿这些文字能给读者带来同样的精神享受。

这本小册子汇集的山海游记断断续续写了将近10年。除《北京文学》发表的《山海同流》、《上海文学》发表的《塔波乔峰观海》、《北京晚报》发表的《霞客与佛徒》以外，大部分文章曾在复旦同学李辉主编的微信公众号《地名古今》发表。承蒙王烨先生精心编辑和作家出版社抬爱，得以出版发行。写作过程中，得到李辉、张胜友、张锐、王兆军、汪澜、颜海平、李小棠、卢新华、倪镔、陈可雄、李志勇、孙进、徐学清、陈丹红、易桂鸣、刘志强、余建伟等复旦同学以及任军、陈晓帆、项纯丹、孙小琪、周宝玲、徐玉基、张建铭、汪凌、刘忠蛾、于志斌、涂帆、李澄香、魏莉红、罗思、南桥琴、陈奕森、李金宇、黄敏、王涵等《地名古今》平台良师益友的精心阅评、热情鼓励和鼎力推介，不胜感激！

2024年2月10日

图书在版编目（CIP）数据

山海流／尹学龙著 . -- 北京：作家出版社，2024.7
ISBN 978-7-5212-2801-4

Ⅰ.①山… Ⅱ.①尹… Ⅲ.①散文集-中国-当代 Ⅳ.①I267

中国国家版本馆 CIP 数据核字（2024）第 086620 号

山海流

作　　者：	尹学龙
责任编辑：	王　烨
装帧设计：	天行云翼・宋晓亮
出版发行：	作家出版社有限公司
社　　址：	北京农展馆南里 10 号　　邮　　编：100125
电话传真：	86-10-65067186（发行中心及邮购部）
	86-10-65004079（总编室）
E-mail：	zuojia@zuojia.net.cn
http：//	www.ZUOJIACHUBANSHE.com
印　　刷：	唐山嘉德印刷有限公司
成品尺寸：	152×230
字　　数：	210 千
印　　张：	18
版　　次：	2024 年 7 月第 1 版
印　　次：	2024 年 7 月第 1 次印刷
ISBN	978-7-5212-2801-4
定　　价：	72.00 元

作家版图书，版权所有，侵权必究。
作家版图书，印装错误可随时退换。